中國語言文字研究輯刊

二 編

許錟輝 主編

第 6 冊

西周金文假借字研究（上）

羅仕宏 著

花木蘭文化出版社

國家圖書館出版品預行編目資料

西周金文假借字研究（上）／羅仕宏 著 — 初版 — 新北市：

花木蘭文化出版社，2012〔民101〕

目 2+208 面；21×29.7 公分

（中國語言文字研究輯刊 二編：第6冊）

ISBN：978-986-254-862-2（精裝）

1. 金文 2. 西周

802.08 101003072

中國語言文字研究輯刊

二 編 第 六 冊 ISBN：978-986-254-862-2

西周金文假借字研究（上）

作 者	羅仕宏
主 編	許錟輝
總 編 輯	杜潔祥
出 版	花木蘭文化出版社
發 行 所	花木蘭文化出版社
發 行 人	高小娟
聯絡地址	新北市永和區中正路五九五號七樓之三
	電話：02-2923-1455／傳眞：02-2923-1452
網 址	http://www.huamulan.tw 信箱 sut81518@gmil.com
印 刷	普羅文化出版廣告事業
初 版	2012 年 3 月
定 價	二編 18 冊（精裝）新台幣 40,000 元

西周金文假借字研究（上）

羅仕宏　著

作者簡介

羅仕宏，1981 年生。私立東海大學中國文學系學士，國立中正大學中國文學系碩士班畢業，目前就讀國立中正大學中國文學系博士班。

提　要

　　本文以《殷周金文集成釋文》、《近出殷周金文集錄》二書爲範圍，討論其中 443 筆具代表性之銅器銘文。依其內容製成「西周銘文索引字表」，從中選取假借字例，共得「本無其字之假借」字例共 954 字，「本有其字之假借」字例共 113 組。研究內容主要可分爲三部分：

　　一、論文第貳章專門討論西周金文「本無其字的假借」，內容分爲專名與虛詞兩大部分討論，目的在於如實呈現西周金文假借字之用字情形。

　　二、第參、肆兩章則討論「本有其字的假借」，內容依陳殿璽〈談古字通假的種類與通假的方式〉之分類，分成六類討論，目的在於對文字通假之音義關係作完整的討論。

　　三、第伍章則討論通假字之字形關係。通假字雖著重聲音借用之關係，然而在其借用的過程中，受到潛意識之影響，而不自覺地使用了偏旁相同或相近之字，使通假字雖不重於字形關係之聯繫，卻造成了通假字大部分均有相同偏旁之結果。

　　假借字爲研究金文的重要環節，掌握金文假借字即能掌握銘文的內容，亦可對文字的演變現象與發展有更深一層的瞭解。

目 次

第一章　緒　論

第一節　研究動機與目的

　　漢字之發展源遠流長，而至秦小篆以前之文字通稱爲古文字。其間之發展從最早之陶文、歷經甲骨文、金文、東周文字、戰國文字而至於小篆，陶文之發現主要爲龍山文化與仰韶文化遺址所發現的陶器符號，郭沫若稱之爲「具有文字性質的符號」，即爲從符號到文字過渡階段的產物。甲骨文字主要指殷商時期刻畫在甲骨片上之占卜文字，此時已是成熟的文字，不僅表現於文字的數量之多，也表現於字體結構的複雜。金文主要爲青銅器上之銘識，商代即有金文之出現，然而至西周時期則以此爲大宗，成爲研究西周時期的重要材料。東周文字雖繼承西周金文餘緒，然青銅器的地方性逐漸加強，在字形的演變和發展上都較爲繁複且多樣化。戰國文字之材料較爲分散，主要有金文、貨幣文字、古璽、封泥、陶文、石刻、簡帛等多項，此時期之文字形體變化繁雜多樣，並且普遍使用同音假借，致使其難以確認。秦統一六國後，採取「書同文字」之政策，古文字之發展至此遂告一段落。

　　西周金文站在殷商與東周文字的過渡環節，上承殷商文字之餘緒，文字繼續發展，字形漸趨固定與規整，下爲東周文字變化之基礎。因此熟稔西周金文即可上溯甲骨文字，掌握文字演變之規律與方向，下推東周文字之多樣變化，

掌握文字演變之基礎。近百年來，甲骨文字相繼出土，相關之研究亦不絕如縷，然其鑽研甲骨文字時，莫不以西周金文與小篆字體作爲研究之基礎者，文字演變乃一脈相承，故研治甲骨文則需有西周金文之基礎，研究方能深入。而晚進以來戰國文字亦爲研究之一大熱門，然而東周文字與戰國文字亦以西周金文爲演變之基礎，欲探析此時期之文字則必須先對西周金文有正確之認識，方可依循文字演變之脈絡以探究東周戰國文字。

　　文字之構形有其系統可循，而歷來論析文字構形則以許愼「六書」之說爲眾，故研究西周金文之文字，仍可從許愼所提出之「六書」理論著手。「六書」一詞最早見於《周禮・地官司徒・保氏》：

> 保氏掌諫王惡，而養國子以道，乃教之六藝：一曰五禮；二曰六藝；
>
> 三曰五射；四曰五馭；五曰六書；六曰九數。〔註1〕

《周禮》雖已指出「六書」這個名詞，卻並未說出具體名稱，而後班固、劉向父子、鄭眾等人分別對於六書各有說解。西漢末年劉向、劉歆父子於《漢書・藝文志》中揭六書之名，並弟其先後，其云：

> 古者八歲入小學，故周官保氏掌養國子，教之六書，爲象形、象事、
>
> 象意、象聲、轉注、假借，造字之本也。〔註2〕

而東漢許愼於其《說文解字》更將「六書」予以闡釋與舉例，其於《說文解字・敘》中對「六書」之說解爲：

> 周禮八歲入小學，保氏教國子先以六書：一曰指事，指事者，視而
>
> 可識，察而見意，上下是也；二曰象形，象形者，畫成其物，隨體
>
> 詰詘，日月是也；三曰形聲，形聲者，以事爲名，取譬相成，江河
>
> 是也；四曰會意，比類合誼以見指撝，武信是也；五曰轉注，轉注
>
> 者，建類一首，同意相受，考老是也；六曰假借，假借者，本無其
>
> 字，依聲託事，令長是也。〔註3〕

〔註1〕《十三經注疏》，《周禮注疏・卷十四・地官司徒・保氏》（台北：藝文印書館），頁212。

〔註2〕《百納本二十四史》，《漢書・藝文志・卷三十》（台北：台灣商務印書館），頁440。

〔註3〕〔清〕段玉裁：《說文解字注》十五卷上，（台北：藝文印書館，1999年），葉3～

許慎對「六書」之說解，影響後世甚鉅。然而許氏說解十分精簡扼要，是以後世學者眾說紛紜，莫衷一是。而許氏對於「假借」之說法，亦造成許多分歧。假借爲古文字中常見之語言現象，由於漢字爲表意體系之文字，隨著時空轉移，人事不斷地繁複，致使語言記錄方式受到挑戰，既有之字不敷使用，故「假借」他字以表其音意，此即爲「本無其字，依聲託事」。「假借」透過文字的借形而依音表義的現象，使得有音有義而無字形之文字可以透過這種字音相同或相近的方式，藉以寄形託事，使被寄之字產生新的意義，此即爲假借。

西周金文處於文字之演變時期，因此文字的假借現象亦普遍見於西周銘文中，研究銘文中之假借字，不僅可以使原本難以理解之文句怡然理順，長期以來對於銘文中之疑問亦可渙然冰釋。因此研究西周金文的假借字不僅可以使研讀銘文者方便閱讀，更可以使之瞭解銘文內容，掌握文字演變使用之規律與方向，進而成爲研究西周社會文化與文字演變之基石。

第二節　研究範圍、方法與步驟

金文材料自西漢發現以來近兩千餘年，至今仍有許多地下材料不斷地出土。目前所見較大規模的相關整理資料，莫過於中國社會科學院考古研究所於西元 2000 年所整理出版的《殷周金文集成釋文》〔註4〕以及劉雨、盧岩主編的《近出殷周金文集錄》〔註5〕，其所收錄金文銘文資料共 13241 件，爲現今規模最大、收錄最全面完整的指標性著作。其中西周金文銘文資料共收錄 5504 件，本文研究範圍不收錄其銘文內容僅爲族徽、人名〔註6〕、慣用語〔註7〕、銘文不

7，頁 762～764。

〔註4〕 中國社會科學院考古研究所主編：《殷周金文集成釋文（全六冊）》（香港：香港中文大學，2001 年）。

〔註5〕 劉雨、盧岩編著：《近出殷周金文集錄（全四冊）》（北京：中華書局，2002 年）。

〔註6〕 西周銘文中內容僅有族徽或人名之器共有 1751 件。

〔註7〕 「慣用語」是指在銘文內容中僅爲「某某作某寶尊彝」、「某某作某（寶簋）其（萬年無疆子子孫孫）永寶用（享）」、「唯某月（初吉）某作（尊鼎）其萬年子子孫孫永寶用」、「某對揚王休用作某寶尊彝其永寶用」等純紀念性或記錄性的短句語法形式，此種類型共有 2708 件。

清或殘缺不明造成無法判讀者等，而取用其中 443 筆〔註8〕內容較豐富完整與代表性之資料（詳見附錄二）。另外文字釋文之部分，本文參照郭沫若《兩周金文辭大系圖錄考釋》〔註9〕、陳夢家《西周銅器斷代》〔註10〕以及張亞初《殷周金文集成引得》〔註11〕作爲本文所析出的 443 筆銅器銘文文字隸定參考之材料。

本文之研究方法與步驟如下：

（一）將中國社會科學院考古研究所編《殷周金文集成釋文》與劉雨、盧岩主編的《近出殷周金文集錄》收錄之金文銘文資料 13241 件，選錄其斷代爲西周時期之銅器銘文者共 5504 件，每件器依其器名第一字之筆畫依序排列。

（二）將所選出之 5504 件器逐一篩選其銘文內容僅爲族徽、人名、慣用語、銘文不清或殘缺不明造成無法判讀者，重複數件之器以一筆代表之，經過此步驟後，得出本文所錄用之銘文材料共 443 筆。

（三）將上述得出之 443 筆銘文材料，以《殷周金文集成釋文》、《近出殷周金文集錄》中之釋文爲依據，並參考郭沫若《兩周金文辭大系圖錄考釋》、陳夢家《西周銅器斷代》、張亞初《殷周金文集成引得》三書之釋文作爲主要參考材料，將此 443 筆銘文內容，除各家皆未能隸定之字形外，其餘皆依筆畫順序逐字做成「西周銘文索引字表」，用以作爲本文查詢使用之基礎。

（四）從「西周銘文索引字表」中選取假借字例，共得「本無其字之假借」字例共 954 字，「本有其字之假借」字例共 113 組。

（五）將「本無其字之假借」與「本有其字之假借」字例依序探討，其中本無其字之假借分爲專名與虛詞兩大類作討論；本有其字的假借則分通假方式、字音、字形三大類討論，其細節如下：

1、通假方式依陳殿璽〈談古字通假的種類與通假的方式〉中之分類分爲（1）兩字單通；（2）兩字互通；（3）單通群字；（4）群通一字；（5）隔字相

〔註 8〕由二件以上器銘組合成一篇銘文或同銘異器者，皆以一筆計算。

〔註 9〕郭沫若：《兩周金文辭大系圖錄考釋》收於《郭沫若全集》（第七、八冊）（北京：科學出版社），2002 年 10 月第 1 版。

〔註 10〕陳夢家：《西周銅器斷代》（北京：中華書局，2004 年）。

〔註 11〕張亞初《殷周金文集成引得》（北京：中華書局，2001 年）。

通；（6）群字混通等六種通假方式，〔註12〕每一筆資料均分爲「說解」、「金文用例」、「案」三部分說明。

2、字音關係則分爲「同音」、「雙聲」、「疊韻」、「其他」等四種分類方式，其結果採用表格方式置於第陸章結論中呈現。

3、字形之討論則主要分爲兩大類：一爲有相同偏旁者，另一爲無相同偏旁者。其中，有相同偏旁者又再分爲：（1）以另一字爲偏旁，並作爲聲符者；（2）以另一字爲偏旁，並作爲形符者；（3）二字之偏旁同爲聲符者；（4）二字之偏旁同爲形符者等四類討論。

第三節　前人研究成果

有關西周金文假借字的部分，目前學界相關之論文著作主要以本有其字之通假字的研究爲主，其中具代表性的有四：

一爲瑞典漢學家高本漢所著之《先秦文獻假借字例》〔註13〕，其對漢代以前典籍中之假借字共討論 2215 組，有關金文字例者高達 170 組，文中除對各字例極力闡述，並徵引各家學說、典籍文獻以印證之，後加案語以抒己見，堪爲代表性著作之一。

其二爲錢玄所撰之〈金文通借釋例一、二〉發表於《南京師大學報》〔註14〕，文中共列舉 272 組字例，分十二類作探討，錢玄所分之十二類分別爲：

1、一字借作數字例；

2、數字借作一字例；

3、同器或同作者之器，既用本字，又用通借字例；

4、同字在一器中既用本義，又借作他字例；

〔註12〕陳殿璽：〈談古字通假的種類與通假的方式〉，《大連教育學院學報》1997 年第 4 期，頁 16～19。陳氏之分類方式共七種：（一）兩字單通；（二）兩字互通；（三）單通群字；（四）群通一字；（五）隔字相通；（六）群字遞通；（七）群字混通，其中「群字遞通」一類於西周金文未見其例，故不予以討論。

〔註13〕高本漢著、陳舜政譯：《先秦文獻假借字例》（全二冊），（台北：中華叢書編審委員會，1974 年）。

〔註14〕錢玄：〈金文通借釋例一、二〉，《南京師大學報》1986 年 2 期，頁 93～112。

5、有經傳文互證爲用通借字例；

6、有其他銘文互證爲用通借字例；

7、金文用古字，古籍用後造之本字例；

8、金文用本字，古籍用借字例；

9、實爲異體，非通借例；

10、實爲省簡，非通借例；

11、用同聲旁字通借例；

12、以不同聲旁而音同音近之字通借例。

錢氏之功在於對金文通假之類型有所闡發，然其缺失在於對於通假字之時地問題沒有清楚區別，各字例出現之次數或其形音義之間的關係上可再作更進一步之探究。

其三爲全廣鎮之《兩周金文通假字研究》〔註15〕，書中對兩周金文通假字例共討論321例，每例皆依其形、音、義等三大部分依序說解，爲近年來對於兩周金文通假字討論較爲全面之著作，本文即仿此書格式對西周金文通假字作探討。然其書內容於金文銘文僅收錄至1989年，且其收錄之銘文亦有重複者（如召卣），是以本文對於近出之銘文銅器亦加以整理收錄，以求能夠全面的討論西周銘文的文字假借現象。

其四爲王輝之《古文字通假釋例》〔註16〕，書中全面性收錄了殷商至漢初甲骨文、金文、貨幣、璽印、陶文、石刻、盟書、帛書、竹木簡等古文字材料中的通假例證，各字例先依王力《古代漢語》之十一類三十韻部爲分類，各類中再依王力之三十二聲母依次討論字例，爲近年來討論通假字例規模較大之書籍，亦爲討論通假字之重要著作之一。

除上述四項主要相關著作之外，尚有容庚先生指導之中山大學1978級研究生陳抗之《金文假借字研究》，然僅見此文之目錄於《研究生論文選集・語言文字分冊（一）》（江蘇古籍出版社，1985年1月）所附錄之《語言文字專業研究生畢業論文部分目錄》。然未能睹見此文之內容，因此本文特此著明。

〔註15〕全廣鎮：《兩周金文通假字研究》（台北：台灣學生書局，1989年）。

〔註16〕王輝：《古文字通假釋例》（全二冊）（台北：藝文出版社，1993年）。

第四節 假借義界

自東漢許愼《說文解字》爲「假借」作說解之後，歷來有許多學者爲假借的意義與範疇加以闡述，眾議紛陳，莫衷一是，會有此現象之出現，一方面是許愼說解「假借」時十分簡短扼要，僅用了「本無其字，依聲託事」來解釋；另一方面是對於假借所舉之「令」、「長」二字所引伸出的假借是否有意義上關連的問題。從這兩個方面又可引發出三個問題（一）假借爲「用字之法」亦或是「造字之法」；（二）假借是否有「本有其字」和「本無其字」的分野；（三）假借是否涉及意義上相關聯的問題。前輩學者對此多有論述，本文在此作簡單的耙梳。

（一）假借為「用字之法」亦或是「造字之法」

首先，關於假借是「用字之法」或是「造字之法」的爭論始於明楊愼《六書索隱》中提出的「四象以爲經」，而「假借者，借此四者也，轉注者，注此四者也」之六書經緯說。清戴震繼承此說而成「四體二用說」並發揚之，其在《答江愼修先生論小學書》中所云：

> （指事象形諧聲會意）四者，書之體只此矣。由是之于用，數字其一用者，如初、哉、首、基之皆爲始，卬、吾、台、予之皆爲我，其意轉相爲注，曰轉注。一字具數用者，依于義以引伸，借于聲而旁寄，假此以施于彼，曰假借。〔註17〕

戴氏在此主要是對於轉注與假借中的區別作說解，認爲假借包含意義的引伸，並且以音作爲寄字之基礎，然引伸義而在訓詁學中已經從假借的範圍中獨立出來，而以「依聲託事」爲純粹假借之探討範圍。此原無造字或用字的問題，但是後人卻依此加以發揮，明白的將象形、指事、會意、形聲說爲「造字之法」；將轉注、假借視爲「用字之法」。清代段玉裁、王筠、朱駿聲等學者亦多贊同體用之說。段玉裁於《說文解字·敘》中注云：

> 戴先生曰指事、象形、形聲、會意四者，字之體也，轉注、假借二

〔註17〕戴震：《戴東原集》卷三，《四部叢刊初編》冊291，（上海：上海書店，1989年）據商務印書館1926年版重印，頁40。

者，字之用也。聖人復起，不易斯言矣。〔註18〕

又王筠《說文釋例‧六書總說》中云：

> 獨體爲文，合體爲字，是也。……故文統象形、指事二體。字者，
> 孳乳而寖多也，合數字以成一字者皆是，即會意、形聲二體也。四
> 者爲經，造字之本也；轉注、假借爲緯，用字之法也。〔註19〕

自此之後「四體二用」之說遂大行於世，現今大多數學者以及許多的著作亦皆採用此說。筆者以爲，「用字之法」和「造字之法」的區別可能是對於「字」概念的理解有所差異。「字」的概念簡而言之就是「口語中詞的記錄符號」，即形、音、義的集合體。〔註20〕而「造字」是替口語中的詞創制記錄符號，所以「造字之法」應該是指爲語詞創制符號的手段。而就「假借」而言，「本無其字，依聲託事」所說應爲創制記錄符號的手段，只是創制出來的字是借用另一個字的字形，蓋爲另一個形音義兼備的新字。「四體二用說」是從「字形」上來說，造字之法是造字形的方法；用字之法是使用字形的方法，而「假借」未造新的字形，故視之爲使用字形的方法。

（二）假借是否有「本有其字」和「本無其字」的分野

清代學者認爲將假借排斥於造字方法之外不盡妥當，所以後來有「造字假借」和「用字假借」的區別。對於假借是否有「本有其字」和「本無其字」的差異，除段玉裁之「假借三變說」之外，尚有王引之《經義述聞》所云：

> 許書《說文》論六書假借曰：「本無其字，依聲託事，令、長是也。」
> 蓋無本字而後假借他字，此謂造作文字之始也。至於經典古字，聲
> 近而通，則有不限於無字之假借者，往往本字現存，而古本則不用
> 本字，而用同聲之字。〔註21〕

〔註18〕〔清〕段玉裁：《說文解字注》十五卷上，（台北：藝文印書館，1999年），葉4，頁762。

〔註19〕王筠：《說文釋例‧六書總說》，（臺北：文海出版社，1971年），卷1，頁3。

〔註20〕吳嶠：〈早該糾正的邏輯錯誤──關於假借性質之我見〉，《江漢大學學報》第13卷第2期，1996年4月，頁28。

〔註21〕王引之《經義述聞‧經文假借》，（臺北：廣文書局，1979年），頁765。

由上可知，王引之明確的認爲「本有其字」和「本無其字」應予以分別。今之學者大多以本無其字的假借爲「假借」；本有其字的假借爲「通假」。但是由於文字使用背景之差異或是材料區別上的困難等因素，因此對於判定「本有其字」和「本無其字」之間的界線有其相當程度的困難。一般而言，通假是本有其字的，但由於一時疏忽忘了寫本字，或由於聽寫而致誤用，或由於傳抄底本不同，或由於師承不同，或爲苟趣簡易知而不用，或由於方言的差別等等，造成了本字不用，而借用了另外一個讀音相同或相近的字來表示本字所表達的概念，因此它產生的原因和假借是不相同的。﹝註22﹞今人對於假借和通假之間的劃分多依林尹所言：

> 假借皆借其音之義，本無其字，依聲託事，爲狹義之假借；本有其字，依聲託事，爲廣義之假借。

又曰：

> 假借之義，凡分二端，其一曰本有其字，依聲託事，蓋假借爲文字之用，故藉之假借，多至十之四五，皆本有其字之假借也。今人或謂本有其字之借爲同音通假者，實乃假借之一道，而另爲之異名耳，是謂廣義之假借。﹝註23﹞

林尹將本無其字的假借視爲狹義的假借；將本有其字的假借視爲廣義的假借，因此廣義的「假借」實包涵了「假借」和「通假」，本論文亦依此脈絡進行本文之討論。

（三）假借是否涉及意義上相關聯的問題

假借是否涉及意義上關聯的探討，肇始於許愼使用「令」、「長」二字作爲假借之字例，於此，歷來學者多有闡發，歸納起來可略分爲三派：主張假借有意義關聯者，如段玉裁、章太炎等；主張假借無意義關聯者，如朱駿聲、龍宇純等；主張假借有意義關聯與無意義關聯者，如林尹、朱宗萊等。﹝註24﹞

﹝註22﹞馬曉琴：〈簡論「通假」與「假借」的關係──兼論音近通假的原因〉，《唐都學刊》第 10 卷，1996 年第 6 期（總第 40 期），頁 51。

﹝註23﹞胡楚生：《訓詁學大綱》，（台北：華正書局，1989 年），頁 159～160。

﹝註24﹞孔仲溫：《類篇字義析論》，（台北：台灣學生書局，1994 年），頁 148～156。

各家對於假借是否有意義上的關聯，都有不同的說解方式，段氏爲許書作注又往往寓引伸於假借之中，遂造成後世學者對於假借是否具意義關聯的討論。嚴格說來，若以「本文其字，依聲託事」而言，我們可以說假借字的產生，是因爲在語言中產生了某種事物的概念，但是因爲一時還沒有造出一個新字來表示這個概念，所以就借用了一個聲音相同的字來表示這個概念，從這個角度說來，這個字僅有聲音和字形上的借用關係，並沒有意義上的關聯，目前大多數的學者仍是傾向於引伸和假借必須有明確的區分。但是在實際使用上，尤其站在通假字之共時性爲主的觀點上而言，雖然其借字之時仍以聲音之相同相近爲其主要條件，意義與字形間的關係則變成非必要之條件，此緣由於人類潛意識使用借字時，仍不免採用意義相近或是形體相近之字以爲寄字，故本文之立採取假借仍有意義上相關聯的可能，也就是不完全排除在意義上相關聯的可能性。

上述對於「假借」所產生的三個主要問題作了一些簡要的概述。本論文所討論的範圍，主要是從假借字之間聲音借用關係來探討，因此「假借字是造字之法亦或是用字之法」非本文所主要論述的部分，而對於意義上的關聯則視材料所呈現的樣貌來作分析，原則上仍採取假借兼有「有意義的關聯」與「無意義的關聯」的態度來探論。然而，尚有些名詞的使用易與假借中之通假字混淆，如「古今字」、「同源詞」、「異體字」，皆須和「通假字」作區分，以下茲對此作敘述。

1、與古今字的區別

古今字是在某一意義上產生的形體不同的字，產生在前的稱爲「古字」，產生在後的稱爲「今字」。古今字易與通假字相混，徐灝在《說文解字注箋》「祐」字下箋云：「古今字有二例，一爲造字相承、增偏旁；二爲載籍古今本也。」這說明古今字在字形上有造字相承的關係。古今字在意義上也有一定的關係，而通假字除了聲音上的關聯外，並沒有意義上的關聯。另外，古今字是「歷時」的文字現象，有比較長的時間跨度，而通假字的本字和借字必須以兩者同時存在爲前提，也就是必須是「共時」的存在關係。

2、與同源字的區別

凡音義皆近，音近義同或義近音同的字，叫做同源字。同源字，常常是以某一概念爲中心，而以語音的細微差別（或同音），表示相近或相關的幾個概念。

〔註 25〕所以同源字必須在聲音或是意義上皆相同或相近。假借作爲一種音同或音近的替代，在意義上之關聯較爲薄弱，但是同源字不僅在聲音上有音同或音近的關係，其在詞義上尚須相同或相近，此爲兩者間最大之差異。

3、與異體字的區別

異體字是字的形體不同，但是讀音和意義完全相同的記錄同一個詞的字。由於時代和地域的區別，而爲同一詞造出了不同形體的書寫符號，也就是同一個詞的不同寫法。所以異體字間的音義完全相同，在任何情況之下，可以相互轉換。其與古今字的區別在於古今字所寫的詞義並不等同，因爲今字只承擔了古字的一部份的義項，兩者之間並不能隨意互換。

假借字與異體字間最大之區別在於：異體字必須爲同音、同意義之字，僅有字形上之差異，而假借字則以音同、音近爲主要聯繫，字形與字義上之聯繫則非主要條件，故異體字與假借字仍有其根本之差異。

綜上所述，通假字之基本假借條件以二字之音同、相近爲主，意義與字形上的關係則爲非必要之條件。文中討論「通假字」時，由於以西周時期爲斷代，故對於通假字的定義與基本選取條件則以同時期所出現之音同、音近之字爲主，是以古今字、同源字亦有可能於同一時期中之銘文中使用，因此本文基於通假字爲同一時期中共同使用之字，具有音同音近之必要條件，以及意義與字形上之非必要條件等因素，收錄於字例中討論，並對這些字例加註說明，以茲辨別。

〔註 25〕王力：《同源字典》，（北京：商務印書館，2002 年），頁 3。

第二章 無本字的假借

　　許慎《說文解字》敘曰：「假借者，本無其字，依聲託事，令長是也。」〔註1〕此為許慎說解六書之十二字箴言通例，其言「本無其字」者，即為假借之始。段注於假借條下注曰：「原夫叚借放於古文本無其字之時，許書有言以為者，有言古文以為者，皆可薈萃舉之。以者用也，能左右之曰以；凡言以為者，用彼為此也。」〔註2〕此注對於《說文解字》中本無其字假借之語甚明。

　　元代戴侗《六書通釋》曰：「凡虛而不可指象者多假借，人之辭氣抑揚，最虛而無形與事可以指象，故假借者十八九發與之揚者。」〔註3〕然經本文整理，西周金文本無其字之假借字絕大多數是人名、地名的假借，虛詞的假借並非佔絕大多數，是此，本節將西周金文本無其字的假借部分作清理。本無其字的假借本文可分為專名的假借與虛詞的假借，專名的假借包含人名、地名、族名、族徽、朝代、王號、祭祀名、水名、天干、地支、單位、數字等十二種。由於本無其字的假借爭議較少，討論之內容有限，故本文主要以呈現西周金文「本無其字的假借」用字情形為主，並將西周金文本無其字的假借用例具體呈現出來，以供參考、討論。茲以專名的假借與虛詞的假借之順序分述如下。

〔註1〕　〔清〕段玉裁：《說文解字注》（台北：藝文印書館，1999年）十五卷上七，頁764。

〔註2〕　〔清〕段玉裁：《說文解字注》（台北：藝文印書館，1999年）十五卷上七，頁764。

〔註3〕　〔元〕戴侗：《六書故·六書通釋·序》收於景印文淵閣四庫全書，冊226，（台北：台灣商務印書館，1986年），葉9，頁226～227。

第一節　專名的假借

「專名」即為專有名詞，指一個人、物、或地點的專有名稱，[註4] 本節所探討的專名包含人名、地名、族名、族徽、朝代、王號、祭祀名、水名、天干、地支、單位、數字等十二種，各類別依表格呈現再加以說解的方式來對「專名」的假借作論述。專名部分僅限於本文所摘錄的西周時期 443 件銘文作整理，其內容分述如下：

一、人名的假借

人名的假借共有 560 例，人名為銘文中的主要內容之一，表列如下：

表一：人名假借字表

序號	字例	使用器號 [註5]
1	乙	00246；00949；02595；02763*2；02785；02789；04021；04134；04168；04201；04205；04207；04288；04311；04321；04342；05352；05384；05400；05411；05419；05425；05986；06002；06008；06514；09896*2；10168；10175*2；10322；《近出》0489；
2	乃	02532；02712；
3	丂	10176*2；
4	丁	04020；09901*3；04100；09714；03954；05423；02758；04178；04300*4；02674；10170；04320；05399；04042；05410；05983；05997；05391；02818；04466；00246；《近出》0357；
5	人	00109*3；
6	子	02532；02712；03977；04140；05375；04125*2；04020*2；04251；04298*4；04318*3；05375；06001；09726；00753；02832；04330*5；04213；05409*2；00260*2；05392；10173*4；《近出》0478*3；
7	大	04125；04165*3；04298*5；04692；04271*2；02758；04242；00133*2；04459；06011；05403*2；

〔註4〕陳新雄、竺師家寧、姚榮松、羅肇錦、孔仲溫、吳聖雄編著：《語言學辭典》（台北：三民書局，2005 年），頁 358。

〔註5〕「使用器號」一欄為各字例於本文所選取之 443 器中之使用情形及次數，使用次數多於二次以上者以「*」號後加數字表示各字於單一器銘中之使用次數，各字於異器中使用則以「；」隔開以示區別。「使用器號」以《殷周金文集成釋文》、《近出殷周金文集錄》二書之器號為依據，《殷周金文集成釋文》器號以數字直接表示，《近出殷周金文集錄》則縮寫為《近出》後加器號表示。

8	己	02792；02807；00065；02763*2；05432；00089；10321；02733；02702；02729；《近出》0605；
9	上	09454；05995；
10	尸	05407*2；05989*2；《近出》0481；
11	工	00107*2；
12	士	09454；05985；《近出》0487；
13	小	04123*2；《近出》0343；
14	亡	04261*2；
15	山	02825*5；
16	文	04051；
17	父	02712；09723；00147*2；02836*3；04201；04206*4；04238*2；04318；05352；09454；00949*2；02785；02832*5；02841*8；04020；04109；04274；09901*3；06514；09713；10174；00109；02777；02778；04327；05416*2；05998；09714；10322*4；00746*2；02595；02734；02743；03954；05333；05384；05398；10101；02835；04188；04271*2；09672*2；02487；02763；03920；04023；04123；04156；04178；04300；04330；04108；04438；04628；05400；05427；06002；09689；09935；02612；02674；02781；02838*3；04122；04242；04454；04580；04320；04343；05399；05419；09104；05428；06008*4；04042；05401*2；05415；02695；02728；02730；02780；02809*3；02813*4；02830；10161；04196；04258；04311；04324；05431；04341*2；02671；02718；03976；04044*2；04134*3；04195；04213；09300；09721*3；00948*2；02749；02825；04203；05391；05411*2；10176*7；04246；09456*2；00103*2；04067；04272*2；02721；04464*4；04469；04207；04269*2；02725；04107；05403；05985；05986；04205；05425*3；06004*2；10285*2；《近出》0045；《近出》0356；《近出》0357；《近出》0486；《近出》0604*2；《近出》0605；《近出》1003；
18	中	00753；00949*2；02751*2；02785*3；04279；06514*2；04023；02809；02581*2；04165；00065；04184；04268；04274；02762；02777；02803；10322；00746；02734；02743；03747；03954；10101*2；04188；04271；09672*2；02755*2；09725；10169*2；04137；04162；06008；00133*2；00181*2；04202；04208；04627*3；02813；04311；06511；09721；02814；04124*2；04147；04203；10176；04246；06011；02733；04182；04435；04464；02729；04331；《近出》0343；《近出》0357；《近出》0483；《近出》0490*2；
19	王	04060；04268*4；02762；05398；04188；05407*2；04132；04302；02776；06014*4；02830；04341*3；02718*2；04331；

20	弔	00147；09726；02719；00356*2；04287；04250；04276；02612；02833*2；03942；02838*4；04108；04137；04240；04242；04454；04580；05418；05428；04042；04199；04253*2；00141*2；00060*2；00061；02780；04214；03950；04195；02825；02827；02615；02767*3；04067*2；00238*3；04104；04469；04198*2；04266；06516；02742；《近出》0106；《近出》0491；《近出》0603；
21	公	02837*3；04201*3；04318；06512；00753*2；00754*2；02719；02724；02841；04184*3；04268；04274；04292*2；04293；04328；09901*9；00356；04030；04267；04327；10175*2；10322；02821；02835*11；05405*2；06007*2；02758；02816；04131；04300*3；04330*2；04628；09935；10170；02833*5；04029；04071；04122；04162*2；04320；04343；05399；05419；10152；09728*2；00181*4；02774*2；02776；02789；02805；02824*2；04197；04199；04321；06014；00141；02730；02812*2；02817；04241；04341*2；09897；04323；02740*2；04011；04041；02553；02818*2；04255；04466*2；02676；06013*2；09896*2；10321；02739；04153*2；05430*2；02729；04159；04205；04168；00246*3；00252；06005；04331*2；《近出》0027；《近出》0097*4；《近出》0356；《近出》0485*2；《近出》0486；《近出》0502；《近出》0605；《近出》0943；
22	夫	02792*2；04178*2；
23	內	04109；04067；
24	方	02833*4；02810*6；04139*3；
25	井	02720；02832*2；09893*2；02783；00109；00356；10322；04237；02804；04244；04276；02838*4；04240；05418；09455*3；09728；04253；02813；04196；04241；04243；04283；04316；02706*2；02786；09451*2；06015*2；02676*2；06516；
26	友	02832；02835*8；02660*2；04194*4；《近出》0487；
27	不	02735*2；04060；04328*3；
28	引	05427；04208；02809*2；02827；
29	止	04292；
30	矢	05398；09901*2；04300；04320*2；10176*5；
31	亢	09901*2；
32	壬	02718；
33	天	04261；
34	日	04206；04100*2；05423；02791；05432；05989；05968；02789；02824*2；04322；05401；04316；05997；05411；05979；《近出》0491；
35	兮	00065；10174*3；05399；
36	尹	00754*3；09901；10322；04287；09898；05391；04198*3；《近出》0481；

37	氏	02719；04292*5；04293；04328*2；10322*2；04137；04322；00060*2；00061；10176*3；04099；04340*2；02765*2；04139*2；
38	殳	09713；
39	毛	02724；02841；02821；04162*2；02780；04196；04341*4；04296；
40	牛	10285*4；
41	比	02818*5；04466*8；
42	且	10176*3；
43	丕	02735；
44	白	02807；02712*2；02783；02678；02837*2；02839*7；04201*3；04206*2；04238*2；04298；04318；00065；00949；02719；02832*10；04109；04256；04292*2；04293*4；04328*3；10174；02777；04100*2；04327*2；05416*2；05998*2；09714；10322*3；02734；03979；04188；04271；02456；02487；00205；02791*4；02804*2；03748；03920；02816；04023；04073；04091；04115；04123；04156；04160；04244；04250；04276；04300*2；04438；04446；04448；04628；05407*2；05989*2；09689；09725*4；09935；02781；02838；04122*2；04302*2；04320；04343；05419*2；09104；09455*3；03907；04253；04257*2；04321；02809*2；02813；02830*4；04196；04243；04262*4；04283；04288；04311；04312*2；04316；04324；04341*3；04342；02786*2；04134*2；04323；00082；02749；04011；04051；04294*2；00089；00092；00107；02531*2；02819；04167*3；05424；09456*11；09694；02676；04067；04272；04286；02739；04099；04169；04209；10173*4；04153*2；04269*7；04285；02815；04107；04205*2；05425*3；06004*2；10285*2；04296*2；04331*3；《近出》0028；《近出》0347；《近出》0356；《近出》0364；《近出》0481；《近出》0483；《近出》0486*3；《近出》0489*2；《近出》0490；
45	申	04188；04267*4；　04287；
46	甲	04206；10174*3；02824*2；02695；
47	戊	04100；05398；09898；02789；03976；04044；09300；05985；
48	乎	00181*2；02825；04157*2；
49	母	02762*2；02777*2；02702；
50	卯	04327*4；
51	兄	02785*2；06514；06002；
52	外	04283；04273；
53	妄	00109*5；
54	宄	02838；
55	由	05998*2；

56	丙	05431；《近出》0605；
57	史	09454；00949；02762；02777；02778*3；04229；04030；04100；04579；09714；10175；10322；03954；05384；02821；09898；04132；05418；00060；05387；04288；04213*2；《近出》0489*2；
58	生	06001*2；04292*2；04293；04100；04262；04459*2；06511；00082；04326*2；09705；02827；04045；09896；《近出》0027；《近出》0032；《近出》0364*3；
59	令	04300*5；
60	召	10360*2；04292*2；04293*2；04100；02749；05416*3；06004*3；
61	田	04206*3；
62	它	04330*3；09897；
63	仈	02767*3；
64	冉	04313；
65	年	04272；04462；
66	休	04269；10170*4；
67	自	09672*2；04195；04273；
68	夙	02832；
69	百	03920；
70	西	10176*3；
71	吉	10174；
72	成	04320；04466；
73	次	05405*2；
74	戌	《近出》0487；
75	兇	04268；04294；04285；04340；
76	旨	02628*2；
77	刑	10176；
78	采	00356；
79	匡	05423*2；02838*6；
80	伊	09714；04287*5；
81	多	04109；02835*9；02660*2；
82	臣	04184*3；04268*4；02595；10101；04237*3；02824；04321；
83	共	02817；04277；04285；04462；
84	劦	02838；
85	先	02655；
86	寺	02832；《近出》0364*2；

87	戎	10176；《近出》0027；《近出》0032；
88	光	09893；
89	行	09689；
90	此	02821*4；
91	向	02835；04242；
92	妣	04137；04147；
93	汙	04343；
94	由	09455*2；
95	旼	04208；
96	同	02779；04201；04271*2；04274；04321；04330；05398*2；09721；10322
97	宅	04201*2；
98	佣	02734；
99	州	10176；《近出》0604；
100	束	02758；05333；
101	耳	05384*2；06007*3；
102	伯	《近出》0943；
103	守	10168*3；
104	妃	04269*2；09705；
105	克	02712；02796*4；02836*9；04279；00204*3；00205*3；09725*4；04468*4；04465*6；04466；《近出》0942*2；
106	我	02763；
107	即	04250*3；
108	攸	02818*4；
109	酉	04288*4；
110	君	04178*2；10176；
111	折	06002；
112	吳	02831；04298；04271*2；09898*4；04343；04283；04316；04341；04195*2；《近出》0364*4；04273；
113	邵	02776；《近出》0028；
114	孝	04267；
115	邑	02832*2；10322；09456*3；
116	否	《近出》0603；
117	宋	10322；

118	良	09713；
119	汃	00187*5；00188*2；02768；04446；09716；04147；
120	妓	02743；
121	呂	03979；02754*2；09689；10169*2；04341；04273；
122	車	02612；
123	延	05427；02706；
124	妊	04123*2；04262；02765*2；04139；
125	利	02804*4；09897；04191；
126	沈	04330*5；
127	杜	04448；
128	夅	04331*2；
129	吹	09694；
130	究	00141；02812*2；04288；
131	辛	02712*3；05998；10175；05333；02660*2；05427；04122；05968；02730；02817；02749；05979；02725；05403；04159；00246；06005；《近出》0604；
132	辰	09454；
133	邦	02832；04580；04464；04469；04273；
134	走	04244*4；
135	余	10169*3；
136	窄	02755*2；
137	㚢	02712；
138	豆	04276*2；10176*2；
139	兌	04318*4；04274*4；04168*2；
140	何	04202*4；06014；
141	吴	00082；
142	妘	04459；
143	戒	《近出》0347；
144	粤	00048*2；
145	孛	10176；
146	杙	04045；
147	佳	02774*2；
148	叔	04132*3；
149	命	04112*2；

150	其	00187*5；00188*2；02768；04446；09716；04147；
151	易	02830；04268；
152	東	02839；
153	周	06512；09901*2；10175；03920；04330；02774；04241；04041；02739；04273；《近出》0486；
154	服	10169*3；05968；09456；
155	武	02835*5；02833*4；04071；02805；04262；04323；10176*3；04153；04331；
156	明	09901*7；04029；05400；
157	舍	04011；
158	彔	04122；04302*2；05419*2；10176；
159	京	06007*2；
160	牧	04343*6；02818*4；10285*4；
161	季	00141；02832；02743；04327；09713；04287；02781*2；02838*2；04454*2；09827；02830；04283；04195；04225；10173；04266；04168；《近出》0086*3；
162	兒	00949；
163	尚	02785；
164	來	04273；
165	孟	04267；04328；04071*2；04108；04162；04213*2；04011；09705；09456；《近出》0364；
166	姒	02718*2；02831；04341；09713；02628；02743；02827；
167	兔	04579；04240*4；04626*2；05418*4；10161*2；
168	沟	10322；
169	長	06007；09455*2；
170	𢎥	02702*2；02725；04208；10101；
171	者	03748；
172	虎	02824；04321；04316*4；10176；《近出》0364*4；《近出》0491*6；
173	臽	00204；04251；02838*17；09728*4；04340；10285；
174	玤	02612*2
175	叀	04271；02814*3；02818；04466；00238*2；04182；04198；04285；
176	青	09898；《近出》0943；
177	禹	02833*7；04242*3；
178	陵	04047；
179	弆	02838；

180	豖	04298*5；
181	盂	02837*7；02839*12；05399*2；09104；
182	始	02792*4；
183	庚	05375；02791；02612；02748；05426*3；02824*2；04322；05997；《近出》0364；《近出》0491；
184	定	02832*2；04250；09456*2；
185	臤	05428*3；
186	婀	02718*2；09827；
187	臾	00141*2；
188	枏	00746；
189	湝	04071；
190	奎	02813*4；
191	刼	05977；
192	匊	09705；
193	乖	04331*4；09705；
194	奄	02553；
195	夌	02676；
196	皇	10164；
197	剌	02776*3；
198	保	05400；05415*2；09901；《近出》0484*2；
199	南	02837*3；02751；04256；06514；04188；00181*3；02805；02814；02825；02818；04464；《近出》0486；
200	癸	09454；02832；02821；02763；05407；05989；05401*3；05415；
201	後	09725；
202	俎	02789；04206；
203	厚	02730；
204	俗	02832*2；10322*2；02781*2；02817；《近出》0489*2；
205	帥	02774*2；
206	政	02832；
207	城	04274；04341；
208	幽	04293*2；04250；02833；04242；00141；《近出》0490；
209	俞	04277*5；04276；05995*3；
210	泉	02762；02777；
211	爯	03747；04188；《近出》0485*2；《近出》0502*2；

212	屏	10322；《近出》0489；
213	音	《近出》0487；
214	寇	02487；
215	姜	02831；03977*2；04060；04293；02791*3；03920；04300*2；05407*2；04108；04132；02789*2；04195；04045；00103；04436；04182*2；02704；04340*2；04266；04139*2；《近出》0364；《近出》0490；
216	钱	02678；
217	敔	04115；04302*2；05419；02789*2；02824*8；043224；
218	窳	04276；
219	限	02838*2；
220	恆	02838；04199*2；
221	眉	04331*2；
222	姑	00753*2；00754*3；05405*2；05992；04469；04198；04273；《近出》0481；
223	柞	00133*3；《近出》0486*3；
224	柳	02805*3；
225	咎	04197*2；
226	段	04208*2；
227	壹	05401；
228	訇	04321*4；04342*5；
229	弭	04253*2；04257；04627*3；
230	郱	《近出》0526；
231	彪	09723；
232	易	04042；
233	匍	《近出》0943*3；
234	斦	《近出》0969；
235	胐	02831*2；02838；09898；
236	封	04192；04287；
237	貞	10176；
238	欺	10360；
239	朕	04214；
240	師	04206*3；04251*2；04298；04318*5；04692；09726；04216；04274*4；04279；09901；10322*5；00746；02743；10168*3；04276；04343；06008；00133*2；04253*3；04257*2；04322；00141*2；

		02779；02780；02809*2；02812*2；02813*3；02817*3；02830；04196；04214*2；04277*2；04283*2；05995*2；04288*3；04311；04312*4；04313*2；04316；04325*5；04342*2；04468；09897*3；00948*2；05411*2；02705；06011；02721；02704；《近出》0357；《近出》0486；《近出》0489*4；
241	家	04156；
242	宮	02751；09901；06514；10168*3；00181；02805；02825；10176*3；00143；06004；10360；《近出》0486；《近出》1003；
243	格	04262*4；
244	倗	04262；06511；04246；04272；
245	睹	10176；
246	馬	《近出》0971；
247	羔	02831；
248	逆	00061*2；《近出》0097*4；
249	殷	《近出》0487*4；
250	焂	04327*4；10322；04271；04257；04121*2；04241；04342；02786；04323；00107；09456*2；04192；04286；04209；《近出》0490
251	旂	02809*3；
252	訊	02815；
253	高	05431；04464；
254	宰	04251；04188；09898；02780；04258；02819；02827；04272；04191；《近出》0490*2；
255	害	04258*3；
256	追	04219*4；
257	楷	02735*2；
258	屖	02832；04258；04134*2；04269*2；05425*2；
259	專	04454；10285；
260	效	02838*3；05433*3；
261	圅	10322；10164；
262	卿	02595；05985；
263	益	04268；04279；04267；10322；04244；05427*3；10170；04343；04321；04342；06013；04153；04331*2；《近出》0490；
264	敄	00251；02790；04331*2；09456；10175；10176*2；
265	矩	02456；02831*3；02832；05403*2；
266	莽	04123；10176；

267	郜	04156；
268	陰	02838；
269	唐	《近出》0356；
270	遡	10321；
271	員	02695；05387*3；《近出》0484*2；
272	旁	04042；
273	旅	00238*6；02728*2；02818*2；10176*2；
274	恭	02833；04208；
275	翏	02832；
276	姬	00089；00092；02676*2；2767*3；02815；02819；04067；04071*2；04195*2；04198；04288；04321；04328；04342；05997
277	紋	09713；
278	旄	04214；
279	羖	04243*2；
280	班	04341*2；
281	租	09456*2；
282	倍	05424；
283	奚	10321；
284	敔	04169；
285	留	02815*2；
286	昇	09104；《近出》0343；
287	值	02661；03942；
288	黃	04195；09454；
289	康	02786*2；04059；04160*2；04197；
290	章	04466；
291	狀	03976；09300；
292	執	05391*2；
293	盧	00089*2；04091；04251*4；04692*2；
294	從	10176；
295	啟	05410；05983*2；
296	望	02812*4；04272*3；
297	婦	04292*2；05375；
298	嫺	05375；
299	曩	02719；04225*4；05431；06511；

300	許	04292；
301	陶	02832；
302	寓	02718*2；02756*3；
303	菫	02703*2；
304	庸	02830；04169；
305	族	04343；
306	敔	03827；04323*6；《近出》0483*4；
307	旋	04216*2；04279*2；
308	減	02819；
309	麥	02706*2；06015*3；09451*3；
310	畢	04030；04205；04208；04272；
311	密	04266；《近出》0489*2；《近出》0491；
312	翏	02814；02821；04459*2；
313	淲	00143；
314	閉	04276*4；
315	敖	04213*4；
316	曹	02783*3；02784*3；
317	商	02831*3；05997；
318	偈	02832；
319	焌	05428*2；10176；《近出》0347；
320	鄁	10152；
321	奉	02825；
322	晨	02816*2；02817*4；04251；
323	教	10176；
324	毆	04262；
325	液	04312；
326	舷	02457；
327	盇	02671；
328	淮	03950；
329	逤	04059；
330	萮	04195*3；
331	屏	04213*4；
332	圉	00935；
333	冊	10176；

334	渼	04436；
335	舞	00949；02831；
336	喜	02831；
337	無	02814*3；04225*4；04466；
338	曾	02678；04051；04203；
339	惠	04147*2；09456；
340	揚	04294*4；10285*2；《近出》0045；
341	斿	02819；
342	奠	04454*2；02786；02819；02815；
343	復	04466；
344	買	00949；
345	貯	04047；
346	貿	02719；
347	琼	02832；09456*2；
348	善	02820*2；
349	登	09104；《近出》0343；
350	備	10169*2；《近出》0356；
351	盡	02749*2；04294；《近出》0027；
352	啻	02831；
353	逨	《近出》0106*5；
354	湯	00746；02780；
355	幾	03954*2；04331；09721*3；
356	順	02816；
357	進	02725；
358	梳	04073；04091；
359	戠	04262；
360	竆	04438；
361	犅	05977；
362	禽	04041*3；
363	崇	04199；
364	靱	10285；
365	萬	06515；
366	散	02832*2；10176*8；
367	唇	02841*8；

368	單	06512；00082；04294；09456*3；10176*2；
369	華	10321；
370	瑚	04292*2；04293；04324；10164*2；
371	遇	00948*4；
372	寄	02740*3；
373	尌	04124；
374	稒	05411*2；
375	番	04326*2；09705；
376	屟	09718；
377	剷	04273；
378	叡	00092；
379	溓	02740；02803；02730；02831*2；
380	徥	04287；
381	辟	04237*2；《近出》0484；
382	鼓	04047；
383	傳	04108；04206*3；
384	道	05409；《近出》0364*2；
385	頖	02832；
386	御	02810*6；02833*4；03976；09300；
387	頌	02827*2；04229*2；
388	農	05424*3；10176；
389	臨	04030*2；
390	達	04313；《近出》0506*3；
391	赶	04124；
392	毆	10175；
393	義	09453*2；
394	嗇	10285；
395	楚	04246*3；
396	媜	02775；10164*2；
397	睘	《近出》0352*2；
398	嗌	02838；
399	雁	00107*2；00108；02553；02780；04045；《近出》0485；
400	鈴	04313；
401	虡	04167*3；06011；

402	裘	02831*2；02832*2；04256；08456*2；
403	寰	02819*4；04313*2；
404	髮	04286*4；04324*6；
405	斟	02818*4；04466*8；
406	貉	05409*2；
407	媿	04011；04067；
408	腠	04011；
409	雍	00948*2；02721；05411*2；06008；02531*2；04122；05419；《近出》0364*3；
410	戠	04255*3；
411	楷	02704；04139*2；02729；04205*2；
412	睦	05986*2；
413	超	10285；
414	對	《近出》0350；《近出》0503；
415	壽	02831*3；04060；09726；
416	樊	《近出》0489；《近出》0971；
417	遣	04042；04162；04341；09433；10322；
418	睽	04298*6；
419	屬	02832*11；
420	寡	05392；
421	齊	00103；09896；
422	監	04188；
423	碩	02777；02825；
424	憲	02838；02721；
425	耤	04257*2；
426	團	06004；
427	爾	02781*2；
428	叕	10322；
429	遲	00103；04188；04436；
430	歊	05423；
431	啚	02838*7；
432	肆	04192；
433	察	04253*3；
434	虩	02831；

435	瑪	02615；04288；
436	輔	04324；
437	鼖	00948；00260；02767*3；02830；04067*2；04317*3；
438	寧	05384；04021；
439	盩	02831；06011*7；06012；06013*6；
440	鏲	《近出》0347；
441	槃	10176；
442	夥	04466；
443	蝨	10321*3；
444	弸	02676；
445	熒	05979；
446	鄪	04296*6；
447	魯	02774；09896*3；
448	德	00141；04198；
449	虢	09726；04184；04202；00141；04341；02818*2；02827；00238；04182*2；04435；10173；02742；《近出》0086*2；《近出》1003；
450	慶	02832；《近出》0347；
451	嬰	04328*3；
452	穌	04229*2；《近出》0036；《近出》0037*2；《近出》0038；《近出》0040；《近出》0044*2；《近出》0045*2；《近出》0046；《近出》0048；
453	諆	06515；
454	龢	02830*6；
455	鄧	04011；
456	毅	《近出》0364*3；
457	蓋	04273；《近出》0364*2；
458	嬰	10152；
459	盟	00060；
460	衛	02831*6；02832*5；04256*4；04044；02818*3；09456*5；02733；04209*5；
461	履	10176；10322；
462	趡	02730*2；
463	親	04283；
464	瀕	04283*4；
465	譔	03950；

466	駒	02813；04464*2；
467	趲	04465；
468	蔡	00089；00092；04198；04340；05974；
469	甈	02721*2；
470	墅	02739；04469*2；
471	戡	04099*3；
472	賢	04104*2；
473	遹	04207*3；
474	穆	00754*2；00356；10175；02833；02838；04255；06013；04191*3；
475	靜	04273*4；05408*2；《近出》0357*4；
476	諫	04237*3；04285*4；
477	趣	04298*2；
478	曆	02614；
479	醒	04318；
480	館	02740；
481	緆	04195；
482	嬴	02748；05426*3；
483	爲	02838；
484	縣	04269*5；04343；
485	鼐	02732；
486	獻	02655*2；
487	旞	02704；02740；09456；
488	贈	02532；
489	螽	04203*2；
490	麋	10176；
491	邌	10176；
492	嵩	10176；
493	顠	02819；
494	顙	10321；
495	要	02702*2；
496	罠	04153*2；
497	槀	10176；
498	飄	02755；04123*2；
499	戀	02774；02809*3；04044；04201；04238*2；05416*2；05418；

		09714*3；09689；
500	戲	04276；
501	牆	04288；10175*3；
502	趩	02731*2；02755*2；05992*2；
503	檀	04131；
504	劇	05400*2；
505	繁	05430*2；
506	盨	《近出》0486；
507	囊	10176；
508	邀	04214*2；09897*3；
509	獸	04311；
510	獘	04313；
511	襄	02832；
512	變	04046；
513	鮮	00143*2；10166；10176；
514	襄	10176*3；
515	蟎	02765*3；
516	趬	02815*3；
517	趲	04266*3；
518	顏	02831*6；
519	釐	00092；02815；04318；02762；02777；04276；04302；09728；02786；04225；《近出》0489；《近出》0502；
520	豐	02839；04107；05403*2；10176；《近出》0364*3；
521	歸	04331*3；
522	燹	02832；
523	趩	06516*5；《近出》0506；
524	澗	02804；
525	魗	05432；
526	繇	10176；
527	顈	04312*5；
528	騋	10176；
529	巂	《近出》0506；
530	歸	02725；
531	竈	04157；

532	嘁	05985；
533	綜	02790*4；
534	邊	02734；
535	謎	04238；
536	槮	09827；
537	窒	04067；
538	鼻	02827*2；04296；
539	獻	04205*2；
540	遷	04312；
541	競	04134*2；05425*3；06008*2；
542	旛	04466；
543	㪚	02729；
544	晶	04159*3；
545	癭	09723*4；09726*3；02742*2；04170*3；04462*2；00246*4；00246*4；00252；00253；00254；00256；
546	儳	10285*2；
547	穌	00092；04318；04274；00109；04311；04324；
548	懿	02833；05423；
549	歗	02729；
550	龖	04215*2；
551	龔	《近出》0106；
552	饕	02838；
553	鼐	04168；
554	顥	02762*2；
555	鼗	02838*2；
556	爒	04273；
557	鼺	02836；02832；
558	蘁	05428；
559	鼍	06005*2；
560	纛	《近出》0605*2；

　　人名的假借數量雖多，然而大部分的人名均只出現於少數幾件器，依上表所列之人名出現次數超過三件器者有 93 個，即不到百分之十七的比例，其中還包含了乙、丁、子、己、辛、庚、父、白（伯）、仲、弔（叔）、季、公、師等

當作人名之用字，因此人名最容易被用來當作青銅器命名的方法之一，如毛公鼎、大盂鼎、大克鼎、天亡簋、史頌簋、效卣……等，皆爲以人名來命名之器。王引之《春秋名字解詁》敘曰：

> 名字者自昔相承之詁言也。《白虎通》曰：『聞名即知其字，聞字即知其名。』蓋名之與字，義相比附。故叔重《説文》屢引古人名字。發明古訓，莫箸於此。觸類而引伸之，學者之事也。〔註6〕

郭沫若則言：

> 今師其（王引之）遺意，就彝銘名字以求之，得其可解者凡卅有餘事。所獲雖無多，然於王氏所定之義類，則五體咸備。……一之『通作』其例頗多，……二之『辨譌』，非彝銘所有事。三之『合聲』，四之『轉語』，均所未見。五之『發聲』於『仲斯大它』之斯，庶幾近之。六之『竝稱』，則所在皆是。〔註7〕

人名的假借屬於本無其字的假借，由於人與人之間相處之時，稱呼人的時候必須要使用聲音或文字來稱呼對方，然而專稱某人或銘文中指稱某人之用語有限，不足以讓所有人都可以清楚的分別，故遂以其他可表聲或義的文字來借稱，此即爲人名之假借。

二、地名的假借

地名之假借共有 253 例，僅以表列如下：

表二：地名假借字表

序號	字例	使用器號
1	九	04267；
2	厂	10176；
3	上	02735；04323；05410；10285；
4	下	09455；

〔註6〕引自郭沫若：〈彝銘名字解詁〉，《金文叢考》收於《郭沫若全集》（第四冊）（北京：科學出版社，2002 年），葉 108，頁 240。

〔註7〕郭沫若：〈彝銘名字解詁〉，《金文叢考》收於《郭沫若全集》（第四冊）（北京：科學出版社，2002 年），葉 108～109，頁 240～241。

5	山	02751；05410；
6	中	00949；
7	內	02833；
8	方	02751；04328；02809；
9	井	02832；02833；06015；10176*2；02836*3；
10	木	10176；
11	日	04321；
12	五	04238；
13	宁	《近出》0604；
14	皀	00260；
15	永	04466；
16	甲	04466；
17	必	《近出》0489*2；
18	宄	10174；04073；
19	句	09726；04466；
20	田	02803*2；04466；
21	古	02839；
22	世	02835；
23	乍	04327；
24	自	04238；05416；04131；02789；04322；02728；05411；04191；04266；06004；《近出》0357；
25	夷	02805；02818；02821；《近出》0364；
26	西	04328；02833*2；05431；09721；
27	伊	04323；
28	有	02531；
29	庐	05407；05989；06002；05992；
30	衣	02776；
31	行	00949；02751；
32	同	10176；
33	戈	04466；
34	州	00949；04241；04342；04466；10176；《近出》0604；
35	耳	06007；
36	早	04323；
37	芇	10176；
38	厌	02735；05410；
39	吳	04288*2；09300；

40	卲	02827；04296；
41	言	04466；
42	伋	04466；
43	角	04459；02810；
44	呂	05409；
45	杜	04316；
46	谷	04262*2；04323；
47	尿	04313；
48	秅	06015；
49	坏	02810；
50	東	04238；02838*3；
51	周	02783；02784；02831；09723；02678；02775；02796*2；02836*2；02837；02839*4；04206；04251；04318；09454*2；02841*2；04256；04274；02734；09901；10174；02778；04229*2；04267；10175*2；10322；02821；04271；04287；10168；00204；04244；04438；05400；05432；09898；10170；02838；04132；04240*2；04454；04626；04302；04343；05419；09104；10161；09728；02628；04321；05415；06014；02730；02780；02817；04214；04241；04262；04277；04283；04312；04324；05431；04468；04341；04342*2；02703；03950；04323*2；09897；00935；06015；02814；02820；02825；04294；04465；10176；00107*2；02705；02790；02818；02819；02827*2；00260；04272；04286；06013；02661；02739；04169；04435；10173；04191；04285；00143；02815；04266；05403；06516；05986；02729；04462；04215；00252；04296；《近出》0035*2；《近出》0043；《近出》0357*3；《近出》0364；《近出》0484；《近出》0486；《近出》0487；《近出》0490；《近出》0491；《近出》0506；
52	彔	02817；04277；04285；04462；《近出》0490；
53	京	04206；09454；09714；09901；02835*6；00204；02791；02756；04207；04273；05408；02725；10166；06015；《近出》0356；
54	牧	04238；
55	兒	04466；
56	宜	04320*5；
57	長	《近出》0489*2；
58	虎	02751；《近出》0489；
59	庚	06514；
60	姑	《近出》0485；
61	林	00754*2；04322；

62	沫	04059；
63	昂	04323；
64	㏻	04466；
65	坏	05425；
66	南	05410；《近出》0489；
67	陜	04238；
68	㑶	02807；04298；
69	昭	02827；04296；
70	洛	04323*2；10173；
71	城	10176；《近出》0037；《近出》0038；
72	俞	04328；
73	泉	04323；
74	豩	04330；
75	相	04136；《近出》0357；
76	眉	04238；
77	胡	04122；04322；02721；
78	柳	10170；
79	待	02704；
80	廼	04343；
81	匡	02628；02703；02749；《近出》0942*2；
82	邿	02835；
83	重	04241；
84	柬	02682；《近出》0943；
85	宣	04296；10173；
86	師	02835*6；02817；04277；04283；04466；04285；04462；《近出》0491；
87	般	02804；
88	倗	《近出》0352；
89	殷	02833*2；04262；
90	高	04328；
91	眞	02751；鳴 7434；
92	荊	02832；03907；03950；03976；03732；10175；
93	犀	04258；
94	虔	04320*2；
95	專	02739；
96	剛	10176*3；

97	原	10176*2；
98	冢	02835；
99	晉	《近出》0029；《近出》0036*2；《近出》0037；《近出》0038*2；《近出》0040；《近出》0043；《近出》0044；《近出》0045*2；《近出》0350；《近出》0352；《近出》0503；《近出》0969；《近出》0971；
100	茡	02809；
101	海	04238；
102	過	03907；
103	旁	05431；
104	射	05423；04296；04321；
105	窈	10176*3；
106	桐	04459；
107	晃	02825；
108	枰	10176*3；
109	割	10176；
110	康	09901；04267；02821；00204；04178；04250；02805；04312；09897；02786；《近出》0364；04294；04465；00107；02818；02819；02827；04246；04272；04286；04209；02815；《近出》0483；《近出》0490；
111	參	04323；
112	異	02838；
113	陵	09726；10176；
114	敏	04323；
115	魚	04169；
116	貫	00949；02751；
117	曩	04313；
118	國	10152；
119	師	02785；
120	陶	04328；
121	庸	04241；
122	欲	04323；
123	減	04279；04340；09455；
124	麥	09893；
125	淮	04464；10176；
126	畢	10322；04208；10360；《近出》0364；
127	陰	04323；

128	軝	04237*2；05428；
129	商	04191；04466；
130	部	10152；
131	堂	02789；04322；
132	視	02695；
133	巢	04341；02457；
134	革	《近出》0036；
135	琟	10176*2；
136	敆	04323；
137	桹	10176；
138	厥	05409；
139	無	04162；
140	曾	00949；《近出》0357；
141	量	04294；
142	釁	02775；04626；04165；09726；04320；05418；
143	復	04466；
144	淵	04330；
145	遬	10176*2；04169；
146	陽	04323；
147	彭	02612；
148	螽	《近出》0364；
149	鄂	02810；02833*6；《近出》0357；
150	洹	04323；
151	烒	04323*2；
152	寒	02785；
153	華	04112；04202；
154	琱	02748；
155	筍	02835*2；
156	陕	10176*2；
157	淥	10176；
158	棫	10176；
159	覞	10176；
160	亩	02615；
161	黑	04169；
162	觑	10176；

163	溓	02803；
164	辟	06015；
165	御	04328；
166	會	05387；《近出》00489；
167	毅	10360；
168	楊	02835；
169	淫	02791；
170	楚	02775*2；02841；04100；10175；04330；03950；03976；04255；《近出》0097*4；
171	䡏	02816*2；
172	圛	《近出》0357；
173	雁	《近出》0503；
174	團	05416；
175	零	04262；
176	蜀	04341；
177	虞	09694；
178	葢	04041；05977；
179	雍	06015；10321；
180	旞	04466；
181	罳	04466；
182	漍	《近出》0506；
183	廚	10173；
184	樊	04313；
185	齊	00103；04216；04123；04313；《近出》0483；《近出》0489*2；
186	緐	04341；
187	需	04162；
188	漢	00949；
189	寋	02720；
190	障	02751；
191	嘗	05433；
192	嶜	04328；
193	鞻	10176；
194	塞	10176；
195	愬	04466；

196	隡	10321；
197	儑	02810；
198	蔑	04330；
199	魯	05974；09453；
200	甾	10174；
201	諆	02803*2；10321；
202	齛	04327；
203	敫	04322；
204	衛	02832；04059；04104；
205	播	10176；
206	禍	02785*3；
207	膜	02740；
208	豬	10176；
209	蔡	04464；
210	醊	09718；
211	嬰	02702；
212	盧	05423；《近出》0489；
213	遹	04459；
214	穆	04465；02819；02702；
215	歷	02833；
216	滋	09714；
217	義	02805；
218	賦	04322；
219	勳	《近出》0037；《近出》0038；
220	劑	02704；
221	襄	10176；
222	懋	04466；
223	縣	00754*2；
224	螫	02728；
225	戲	《近出》0491；
226	獮	04029；
227	豐	04267；05432；02742；09456；
228	彙	02820*2；
229	甍	04238；

230	歠	02695；
231	鎬	02661；04206；09454；02720；04293；04327*3；02791；04253；02756；09714；06015；04246；04207；04273；05408；10166；02725；10285；《近出》0356；《近出》0364；
232	璧	06015；
233	戀	10174；
234	嚶	02751；
235	糧	02807；04298；
236	邊	10176；
237	齱	04238；
238	獸	05410；
239	瀘	04466；
240	鞞	02835；
241	獻	02835*2；
242	鎂	06007；
243	甯	04131；
244	競	04466；
245	燹	02820；
246	隴	05424；
247	戲	04330；
248	邇	02838；
249	戲	04267；
250	雠	04466；
251	燅	04266；
252	蠻	10174；
253	蓬	10176；

　　地名假借字多出現於受封與劃定地界時出現，最著名之器如《散氏盤》，本器主要爲劃分界線時指出了許多地名，依陳夢家所分共可分爲天地的自然形勢、田上的道途、國邑名、以所植的封樹爲名等四類。〔註8〕西周金文地名非均爲指稱方國，然皆以指稱某地之借名，故仍爲本無其字的假借。魯實先《假借遡源》中提到方國之名的假借時曰：

　　方國之名聲不示義。通檢殷墟卜辭，及殷周之際吉金款識，所記方

〔註 8〕陳夢家：《西周銅器斷代》（北京：中華書局，2004 年），頁 346。

國之名，其別有本義者，多增形文，搆爲形聲之字，以見爲方域之
專名。〔註9〕

又言：

凡諸形文，既相互可通，亦增損無定，要皆後世所附益，而以聲文
爲本名。審其聲文，無不別有本義，用爲方國與姓氏，俱爲假借立
名。……以其初文非爲方國而設，此所以後世增益形文，以搆爲形
聲字者，其聲文固無方國之義，故曰方國之名聲不示義也。〔註10〕

魯實先此處即明言方國與姓名俱爲假借字。蓋吾人指稱某地時，必借某聲或某
字來指稱此地，然借字之時，多不以字之本義來作爲地名使用，而多借用其聲
來意指某地，才會有後世在指稱方國名之借字旁增加如形符邑等偏旁來指稱方
國，故形成後世之形聲字，此爲無本字之假借。

三、族名的假借

族名之假借共 32 例，表列如下：

表三：族名假借字表

序號	字例	使用器號
1	仡	04262；
2	夷	00260*2；02734；02728；02739；02740；02833*2；02837*2；04225；04238*2；04288*5；04313*2；04321*7；04323；04330；04435；04459；04464；05419；05425；10174*2；10175；《近出》0481；《近出》0484；《近出》0489*3；
3	西	04321；04288；
4	成	04321；
5	戌	04321；
6	舟	《近出》0489；
7	戎	02779*2；02824；02835*2；02837；04213；04237*2；04322*5；04328*3；04341；《近出》0028；
8	犾	04328*2；10173；10174；

〔註9〕魯實先：《假借遡源》（台北：黎明文化，2003 年），頁 45～46。

〔註10〕魯實先：《假借遡源》（台北：黎明文化，2003 年），頁 64～65。

9	杞	《近出》0489；
10	身	04288；
11	走	04321；
12	東	00260；02739；02740；02833；《近出》0484；
13	服	04321；
14	門	04321；04288；
15	京	04321；04288；
16	畀	04321；04288；
17	降	04321；
18	南	00260；02833；04323；04435；04464；05425；
19	師	04321；
20	亞	04321；
21	淮	02734；02824；02833；04313*2；04323；04435；04459*2；04464；05419；10174*2；
22	筝	04321；
23	側	04321；
24	戜	04341；《近出》0038；
25	痟	04341；
26	華	04321；
27	龕	02612；02674；04020；
28	彔	02758；04300；09901；
29	匚	04321；
30	薪	04321；
31	彔	04288；04321；
32	玁	02835；04328*2；10173；10174；

　　族名的假借與方國的假借相同，皆借其聲或其字來表示，然上表所列玁狁、東夷、南淮夷本應合稱，然玁、夷、淮夷等有時只出現一字以代全稱，故上表暫將其依字列出，故除東、南、西表方位外，其餘二十九字可單稱或竝稱族名。族名之稱除玁狁爲後來之匈奴族、東夷指東邊的徐淮一帶的部族，此爲較可確定者，其他族名較多出現在《訇簋》，銘文爲：「西門夷、秦夷、京夷、彔夷、師笭側新、□華夷、由□夷、匚人、成周走亞、戍秦人、降人、服夷。」郭沫

若與李福泉對此銘文雖皆有通釋，[註11] 然仍未有定論，尚有待進一步之考察。西周銘文中出現之族名多數僅只出現一次，故其確切之地望仍待考。

四、族徽的假借

族徽為文字或是記號，近世學者仍有爭論，此部分依《殷周金文集成釋文》中已隸定之部分作整理，共析出 30 個族徽，僅以表列如下：

表四：族徽隸定假借字表

序號	字例	使用器號
1	刀	05384；
2	凵	02703；
3	子	05392；05985；
4	丑	02703；
5	木	06002；05403；04462；
6	戈	《近出》0604；《近出》0605；
7	丙	《近出》0604；
8	戊	05410；05411；05983；
9	北	《近出》0604；
10	冊	02758；04300；04462；05400；05403；06002；《近出》0604；
11	舟	05400；
12	羊	04462；05399；05403；06002；
13	光	05401；
14	束	02725；02730；04157；
15	厌	02702；
16	吳	03976；
17	車	05979；
18	何	05979；
19	矣	02702；
20	或	05430；
21	來	02728；

[註11] 郭沫若：〈弭叔簋及訇簋考釋〉，《文物》1960 年 2 期，頁 5～6；李福泉：〈訇簋銘文的綜合研究〉，《湖南師大學報》1979 年 2 期，頁 58～66。

22	若	02763；
23	亞	02702；02725；02763；
24	殼	05400；
25	眀	04059；09827；
26	異	02702；
27	匊	05410；05983；
28	單	05401；《近出》0604；
29	黑	05985；
30	糞	02695；05997；

　　對於族徽的討論，高明《古文字類編》〔註12〕認爲其應爲文字，故專列「徽號文字」一節討論，以商周金文 599 個族徽對應 150 個相合的甲骨文字，證明族徽也是文字。馬敘倫《讀金器刻詞》〔註13〕則羅列商周 150 餘種族徽，加以作本義的訓解。認爲族徽應爲該時期從事某行業者之徽記，此即將族徽視爲非文字之說法。丁山《甲骨文所見氏族及其制度》〔註14〕中則有系統的將六十餘種甲骨文族氏名稱配合金文族徽，作綜合的研究，此爲族徽研究的第一本相關著作。1977 年，李孝定、周法高、張日昇合編的《金文詁林附錄》匯集歷來各家學說，爲族徽的形音義研究作了豐富的整理，也是研究族徽的重要材料之一。

五、王號與朝代的假借

　　王號與朝代的假借各有三種，內容如下：

表五：王號與朝代假借字表

序號	字例	通用釋例	使用器號
1	文	文王	02532；02831；02792；02836*2；04692；09726；00065；02832；02841*2；04109；04256；04261*2；04268；04279；00109*4；00356*2；10175*2；04321；04341*2；04342；04468；00260；00251；

〔註12〕高明：《古文字類編》第三編，（北京：中華書局，2005 年），頁 557～658。

〔註13〕馬敘倫：《讀金器刻詞》收於《金文文獻集成》冊 30，（香港：香港明石文化國際出版有限公司，2004 年）據 1962 年中華書局影印本影印，頁 386～429。

〔註14〕丁山：《甲骨文所見氏族及其制度》（北京：中華書局，1988 年）。

2	武	武王	02839；02841*2；10175*5；02758；04321；04342；04468；00260；00251；00252*2；
3	穆	穆王	09455*3；02830；02814；
4	殷	朝代	02837*3；04206；04238；09454；10175*2；05400；05415；00251；
5	商	朝代	06512；04131*2；04320*2；06014；04059；
6	周	朝代	02783；02784；02831；09723；02678；02775；02796*2；02836*2；02837；02839*4；04206；04251；04318；09454*2；02841*2；04256；04274；02734；09901；10174；02778；04229*2；04267；10175*2；10322；02821；04271；04287；10168；00204；04244；04438；05400；05432；09898；10170；02838；04132；04240*2；04454；04626；04302；04343；05419；09104；10161；09728；02628；04321；05415；06014；02730；02780；02817；04214；04241；04262；04277；04283；04312；04324；05431；04468；04341；04342*2；02703；03950；04323*2；09897；00935；06015；02814；02820；02825；04294；04465；10176；00107*2；02705；02790；02818；02819；02827*2；00260；04272；04286；06013；02661；02739；04169；04435；10173；04191；04285；00143；02815；04266；05403；06516；05986；02729；04462；04215；00252；04296；《近出》0035*2；《近出》0043；《近出》0357*3；《近出》0364；《近出》0484；《近出》0486；《近出》0487；《近出》0490；《近出》0491；《近出》0506；

王號與朝代於《說文解字》之說解如下：

文：《說文・文部》九篇上二十：「錯畫也。象交文。」

武：《說文・戈部》十二篇下四十一：「楚莊王曰：夫武，定功戢兵。故止戈爲武。」

穆：《說文・禾部》七篇上四十：「禾也。从禾，㣎聲。」

殷：《說文・肙部》八篇上四十八：「作樂之盛偁殷。从肙殳。易曰：殷薦之上帝。」

商：《說文・內部》三篇上四：「從外知內也。从內，章省聲。」

周：《說文・口部》二篇上二十一：「密也。从用口。」

王號與朝代之假借皆與前述人名、地名的假借相同，《說文解字》所列之本義與西周金文之用法大相逕庭，故可知爲無本字的假借也。如商字，李孝定曰：

字在甲骨、金文，皆爲地名，亦假爲賞字，亦爲人名。〔註15〕

羅振玉曰：

> 史稱盤庚以後商改稱殷，而徧搜卜辭，既不見殷字，又屢言入商；田
> 游所至曰往曰出，商獨言入；可知文丁帝乙之世，國尚號商。〔註16〕

王國維則承其說曰：

> 始以地名爲國號，繼以爲有天下之號；其後雖不常厥居，而王都所
> 在仍稱大邑商，訖於失天下而不改。〔註17〕

由以上可知，商於甲骨文即假借爲地名，其後轉而借作國號，抑或爲殷王都所在之稱，故爲無本字之假借。商至周代銘文多稱殷，蓋商借作賞字使用也。

六、祭祀名與水名的假借

祭祀名與水名多爲專名之假借，然亦有爲祭祀名或水名而造之字，如「沽」爲水名；「禷」爲祭祀名，此爲爲專名而造之字，而假借之字西周金文可見 4 例，其例如下：

表六：祭祀名與水名假借字表

序號	字例	釋例	使用器號
1	水	水名	04271；
2	玄	水名	04271；
3	滹	水名	04271；
4	宜	祭祀名	04261；

關於以上祭祀名與水名，許慎《說文解字》之說解爲：

水：《說文·水部》十一篇上一·一：「準也。北方之行。象眾水竝流，中有微陽之氣也。」

玄：《說文·玄部》四篇下四：「幽遠也。象幽，而入覆之也。黑而有赤色

〔註15〕李孝定：《讀說文記》第三卷（台北：中央研究院歷史語言研究所，1992 年），頁 57。

〔註16〕羅振玉：《增訂殷墟書契考釋》序，（台北：藝文印書館，1981 年），頁 2。

〔註17〕王國維：〈說商〉，《王國維遺書》卷十二，（上海：上海書店，1996 年），葉二，頁 531。

者爲元。」

滮：《說文・水部》十一篇上二・三：「水流貌。从水，彪省聲。詩曰：滮
　　　池北流。」

宜：《說文・宀部》七篇下十一：「所安也。從宀之下，一之上。多省聲。」

由許慎之說解觀之，祭祀名與水名皆爲本無其字的假借。河水皆同，而有
其名者，取其字之聲或字之義或其引伸義等借以稱河水之名，其與人名、地名
之假借用意相同。祭祀原爲一種儀式，然不同之日期有不同的儀式，則需以名
稱各別命名，以示區別，故爲本無其字的假借，如「宜」是一種祭社以祈求戰
勝之祭，其例可見於殷墟卜辭，如：

宜于庚宗　　《殷墟書契前編》1.45.5 武丁刻辭

宜于義京　　《殷墟書契前編》6.2.2

卜辭宜於宗於京，皆特殊的祭法。祭祀名從殷墟卜辭中即有，可知祭祀具
有其重要性與流傳性，即使是周代商之後，重要的祭祀仍是繼續舉辦沿用，《左
傳・成公十三年》傳曰：「國之大事，在祀與戎。」〔註18〕故知軍事與祭祀皆爲
國之要事，自古皆然。

七、天干地支的假借

天干地支爲金文之記日方式，故於銘文中常見，共有二十二例，茲以表列
如下：

表七：天干地支假借字表

序號	字例	通用釋例	使用器號
1	甲	天干	02839；04206；04251；04274；04279；04293；09901*2；05416；02835；05423；04131；04112；10169；10170；04343；00133；02805；02817；04121；04277；04316；04341；05433；02786；04044；02814；02827；05424；09453；04286；06011；04215；06004；04168；10285；04331；《近出》0097；《近出》0357；《近出》0490；《近出》0491；

〔註18〕〔晉〕杜預注、〔唐〕孔穎達等正義：《春秋左傳正義・卷第二十七・成公十三年》，
　　　　《十三經注疏校堪記》（台北：藝文印書館，1989 年），葉 10，頁 460。

2	乙	天干	00754；02725；02767；02775；02789；02821；02838；02839；04030；04089；04136；04178；04255；04261；04322；04626；05391；05403；05415；05432；06516；09725；09893；09901；10168；10176；《近出》0027；《近出》0356；《近出》0483；
3	丙	天干	05998；02816；02674；04197；06014；02780；00948；05408；《近出》0352；《近出》0364；
4	丁	天干	02807；04165；04298；04318；09726；04261；09901；04229；04267；04327；10322；02734；02835；04271；04287；05405；02763；02804；04300；09898；02748；02838；04454；04320；05418；06008；09455；09728；02776；04194；04208；02809；02830；04311；04312；04324；02718；02756；05997；09897；02820；00089；02682；04045；04246；05409；04192；09896；04099；04209；10173；02702；04273；04340；05985；04159；10360；04296；《近出》0045；《近出》0086；《近出》0357；《近出》0485；《近出》0487；
5	戊	天干	09723；02735；04060；04256；04328；09714；04276；06002；04208；04257；04196；04283；02756；04272；02739；04266；10166；04462；《近出》0035；《近出》0044；《近出》0943；
6	己	天干	09726；04292；02777；02758；04330；02612；02748；05426；09705；04331；《近出》0484；《近出》0605；
7	庚	天干	02831；02792；02785；02832；04268；10174；02778；00204；02791；04244；04250；05432；02781；04302；04202；02728；02813；04316；05431；04342；02703；09721；02825；04046；04203；04294；04465；02819；04104；04273；04285；02729；04205；02742；《近出》0045；《近出》0350；《近出》0357；《近出》0486；《近出》0503；《近出》0969；
8	辛	天干	09454；02720；06007；04131；04438；04214；04195；02749；00107；05992；02815；05430*3；05425；
9	壬	天干	02784；02719；04216；02754；02768；04023；09716；04134；04225；02818；09456；04269；04157；《近出》0036；《近出》0481；《近出》0506；《近出》0604；
10	癸	天干	04020；09901；02778；02835；02695；04262；02703；02682；05430；《近出》0035；
11	子	地支	04206；04293；06002；《近出》0357；
12	丑	地支	09726；04261；04292；04271；02758；04300；05426；02789；02718；02756；05409；02767；05430；05425；《近出》035&；《近出》0487；
13	寅	地支	09723；02792；02785；04268；04274；04279；10174；09714；00204；04023；04244；04276；10169；04302；04343；00133；02805；04197；04257；02813；04283；04342；02756；00948；

			04225；04294；04465；02819；09456；04286；04273；04285；05408；00143；04266；02729；04205；04331；《近出》0036；《近出》0044；《近出》0045；《近出》0350；《近出》0481；《近出》0503；《近出》0506；《近出》0604；
14	卯	地支	00754；02720；04267；10322；02821；05405；06007；04438；04626；06008；02776；04194；04208；05415；02809；02830；09705；10176；02682*2；05992；04273；02815；05403；06516；04159；10360；《近出》0035；《近出》0356；《近出》0484；
15	辰	地支	02831；02839；04201；02735；04208；
16	巳	地支	02748；02755；02777；04165；04195；04229；04255；04262；05985；09726；
17	午	地支	02784；04251；02719；04216；05416；05423；02816；05432；02674；02781；04202；02780；05433；09721；04046；05424；04104；04269；10166；02742；04215；06004；04168；《近出》0035；《近出》0097；《近出》0969；
18	未	地支	00107；02778；02835；04131；04320；04331；09725；09901；10168；
19	申	地支	02839；04328；09901*2；02835；02768；02791；04250；09716；04112；00060；02728；04121；05431；02703；04044；04134；04203；09453；06011；10285；《近出》0352；《近出》0357；《近出》0364；《近出》0486；《近出》0943；
20	酉	地支	09454；09901；02835；02748；02838；04322；02695；04214；09897；02749；
21	戌	地支	04060；04256；02754；10170；04253；06014；02817；04196；04277；04316；04341；02786；02814；02825；02827；04272；04157；04462；《近出》0364；《近出》0490；《近出》0491；
22	亥	地支	02897；04298；04318；04020；04261；09901；09893；04030；04327；02734；04287；02763；02804；04178；05432；09898；02612；02838；04089；04454；05418；09455；09728；04136；04311；04312；04324；05997；02820；05391；00089；04045；04246；04192；09896；04099；04209；10173；02702；04340；05430；02725；04296；《近出》0027；《近出》0045；《近出》0086；《近出》0483；《近出》0485；《近出》0605；

許慎《說文解字》對天干地支之說解如下：

甲：《說文・甲部》十四篇下十九：「東方之孟，昜气萌動。从木戴孚甲之象。大一經日：人頭空爲甲。」

乙：《說文・乙部》十四篇下十九：「象春艸木冤曲而出会气，尚彊其出乙乙也。與丨同意。乙承甲象人頸。」

丙：《說文・丙部》十四篇下二十：「位南方。萬物成炳然。侌气初起昜气

將虧。从一入冂。一者，易也。丙承乙象人肩。

丁：《說文·丁部》十四篇下二十：「夏時萬物皆丁時。象形。丁承丙象人心。」

戊：《說文·戊部》十四篇下二十一：「中宮也。象六甲五龍相拘絞也。戊承丁象人脅。」

己：《說文·己部》十四篇下二十一：「中宮也。象萬物辟藏詘形也。己承戊象人腹。」

庚：《說文·庚部》十四篇下二十二：「位西方。象秋時萬物庚庚有實也。庚承己象人齎。」

辛：《說文·辛部》十四篇下二十二：「秋時萬物成而孰。金剛味辛。辛痛即泣出。从一辛。辛，辠也。辛承庚象人股。」

壬：《說文·壬部》十四篇下二十三：「位北方也。会極易生。故易曰：龍戰于野。戰者，接也。象人裹妊之形。承亥壬以子生之敘也。壬與巫同意。壬承辛象人脛。脛，任體也。」

癸：《說文·癸部》十四篇下二十四：「多時水土平，可揆度也。象水從四方流入地中之形。癸承壬象人足。癸，籀文从址从矢。」

子：《說文·子部》十四篇下二十四：「十一月易气動，萬物滋，人以為偁。象形。」

丑：《說文·丑部》十四篇下二十八：「紐也。十二月萬物動用事。象手之形。日加丑亦舉手時也。」

寅：《說文·寅部》十四篇下二十九：「髕也。正月易气動。去黃泉欲上出会尙強也。象宀不達髕，寅餘下也。」

卯：《說文·卯部》十四篇下二十九：「冒也。二月萬物冒地而出。象開門之形。故二月為天門。」

辰：《說文·辰部》十四篇下三十：「震也。三月易气動，靁電振，民農時也，物皆生。从乙匕。匕象芒達。厂聲。辰，房星，天時也。从二，二古文上字。」

巳：《說文·巳部》十四篇下三十：「巳也。四月易气已出，会氣已臧。萬物見，成爻彰。故巳為它。象形。」

午：《說文·午部》十四篇下三十一：「啎也。五月侌气啎，屰昜冒地而出也。象形。此與矢同意。」

未：《說文·未部》十四篇下三十二：「味也。六月滋味也。五行木老於未。象木重枝葉也。」

申：《說文·申部》十四篇下三十二：「神也。七月侌气成體自申束。从臼，自持也。吏以餔時聽事，申旦政也。」

酉：《說文·酉部》十四篇下三十三：「就也。八月黍成，可為酎酒。象古文酉之形也。」

戌：《說文·戌部》十四篇下四十三：「威也。九月昜气微，萬物畢成，昜下入地也。五行土生於戌，盛於戌。从戊一。一亦聲。」

亥：《說文·亥部》十四篇下四十四：「荄也。十月微昜起接盛侌。从二，二，古文上字也。一人男，一人女也。从乀，象褢子咳咳之形也。春秋傳曰：亥有二首六身。」

上所列許慎所解之天干地支共二十二例，皆非為此天干地支之本義，尤其許慎說解時常摻入漢代盛行之陰陽五行之思想，故天干地支皆與陰陽五行相生相剋之思想相合，故許慎之說解仍有待商榷。今人由甲骨金文觀之，此天干地支皆為本無字之假借字是也。如甲之本義為盾甲、丁之本義為釘子、辛之本義為刻鏤刀、子為象小兒之形、丑為象手之形等，其原來皆非用以指稱天干與地支而有其本義，然銘文多用以指稱天干地支，本義遂晦而不明，故許慎於說解之時不解其本義，而參雜陰陽五行思想以解之。

八、單位與方位之假借

單位與方位皆為用來度量與指稱方向之字，故其字多以他字借以表之，銘文所見共有 12 例，表列如下：

表八：單位與方位假借字表

序號	字例	通用釋例	使用器號
1	北	方位	02783；02836；02839；04256；04268；04271；04287；02804；09689；09898；10170；02805；04243；04312；04316；02825；02819；04255；04272；06013；02815；《近出》0036；《近出》

			0038；《近出》0364；《近出》0487；《近出》0490；
2	西	方位	02581；02832；02839；04328；02835；04115；04311；10176*3；《近出》0038；《近出》0364；《近出》0481；
3	南	方位	06001；00949；02751；02832；10174；10175；02734；02833；03976；04459；05983；04225；10176*3；00260；02615；05979；04435；04464；02810；《近出》0035；《近出》0037；《近出》0357；《近出》0364；
4	東	方位	02595；02831；02832*2；04238*2；04271；00204；02833；04029；04047；04320；05415；04262；04311；04313；04341*2；05433；10176*4；02731；05425；《近出》0035；《近出》0036；《近出》0364；《近出》0487；《近出》0489*2；
5	卣	單位	04318；02841；02754；02816；09898；04302；04320；04343；09728；04342；04468；04469；《近出》0356；
6	柝	單位	05426；
7	乘	單位	02835*3；02833；02779；
8	陵	單位	10161；
9	匀	單位通鈞	09721；00048；02696；02835；04213；《近出》0943；
10	寽	單位通鋝	02809；02838*3；02841；04041；04215；04246；04255；04266；04294；04326；04343；05411；05997；10285；
11	爰	單位通鍰	02712；
12	匹	單位	00108；00754；02729；02807；02810；02839*2；02841；04044；04099；04225；04229；04302；04318；04343；04468；04469；09898；10168；10174；《近出》0044；《近出》0046；《近出》0364*2；《近出》0485；

許慎對這些字之說解爲：

北：《說文·北部》八篇上四十四：「乖也。从二人相背。」

西：《說文·西部》十二篇上四：「鳥在巢上也。象形；日在臼方而鳥臼，故因以爲東臼之臼。」

南：《說文·宋部》六篇下四：「艸木至南方有枝任也。从宋聲。」

東：《說文·東部》六篇上六十六：「動也。從木。官溥說。從日在木中。」

柝：《說文·木部》六篇上二十八：「判也。從木，㡿聲。易日：重門擊柝。」

乘：《說文·桀部》五篇下四十五：「覆也。從入桀。桀，黠也。軍法入桀曰乘。」

勹:《說文·勹部》九篇上三十六:「少也。从勹二。」

寽:《說文·受部》四篇下六:「五指寽也。从受,一聲。讀若律。」

爰:《說文·受部》四篇下五:「引也。从受从亏。籀文以爲車轅字。」

匹:《說文·匚部》十二篇下四十八:「四丈也。从匚八。八揲一匹。八亦聲。」

　　東、南、西、北四方位皆爲本無其字之假借字,由於方位詞沒有具體可表的事物,故爲本無其字的假借,成爲專名以用之,本義遂模糊不清。今以甲骨金文證之,可知東表囊橐之形;西爲鳥栖之義;北爲人相背之形;南之義則未明。而單位之稱亦然。單位名稱爲虛詞,無具體可表之象,各物皆可有不同之度量單位,如邑以卣、丹以枡、車以乘、金以鈞、鹵以陵、䝿以鋝、絲以鍰、馬以匹等,皆爲不同之物品可有不同之單位,卣、枡、乘、鈞、陵、鋝、鍰、匹等單位皆非用作本義,僅借其聲音以表單位使用,故皆爲本無其字之假借字。

九、數詞之假借

　　「數詞」即爲數字用詞,用以計量之符號,金文中之數詞多爲指事字,而爲假借字者僅見「萬」字,其用例如下:

表九:數詞假借字表

序號	字例	通用釋例	使用器號
1	萬		02532;09723;00147;02807;02836*3;02839;03977;04201;04251;04318;06001;09726;02696;02832;04109;04184;04274;04293;09713;10174;00109;02777;04229;04327;05416;10175*2;10322;00746;02734;02743;03979;02821;04287;06007;02660;00188;00205;02768;02791;02804;04073;04091;04115;04156;04160;04244;04250;04276;04446;04448;10170;02781;02833;02838;04108;04240;04580;04626;04343;05418;05426;09827*2;10161;09728;00181;03805;02824;04136;04199;04202;04253;04257;04321;04322;00141;02780;02812;02813;02817;04196;04219;04243;04283;04288;04311;04312;04324;05431;04468;02786;06511;09897;02749;02814;04051;04124;04203;04225;04294;04465;06515;02790;02827;09456;00103;00260;04067;04192;04286;04317;06013*2;09896;00238;04169;04182;04464;10173;04153;04198;04269;

		04273；04285；04340；02815；04107；04157；04159；02742；04170；04462；06004；04168*2；00246；00247；00251；00254；06005；《近出》0033；《近出》0086；《近出》0106；《近出》0478；《近出》0485；《近出》0487；《近出》0490；《近出》0491；《近出》0969；
	通邁	04279；04267；02655；04188；03920；04137；04242；04302；10164；04262；05433；04459；09721；02819；04045；04246；02767；06011*3；09433；09718；04209；04469；02810；04266；04296；04331；《近出》0048；《近出》0097*2；《近出》0350；《近出》0483；《近出》0503；《近出》0971；
	通䙡	02831；02796；04125；02762；04271；02816；05993；02776；04208；02830；04313；04342；04323；02820；02818；04272；05430；《近出》0502；

許慎對「萬」字之說解爲：

萬：《說文・內部》十四篇下十八：「蟲也。从厹。象形。」

「萬」字之本義爲象爲蠍子之形，金文用以借爲數詞。「萬」字於金文中之用法多用爲「萬年子子孫孫永寶用」之語，「萬」或作「邁」、「䙡」，銘文中「辵」與「彳」可通用。高明曰：「從甲骨和銅器銘文分析，『彳』乃是『辵』字形旁之簡省。由於它們是繁簡關係，故在古文字體中彼此通用。」〔註19〕銘文中之「通」、「邊」、「征」、「遙」、「復」……等字皆是其例。西周銘文中數詞爲本無其字之假借字例僅見「萬」字。至於其他數詞，如：五、六、七、八、九、十、千、百等字由於目前仍有其屬指事字或假借字之爭議，而本文將其視爲指事字處理，故於此處不予以討論。

第二節　虛詞的假借

一般而言，詞可分爲「實詞」和「虛詞」兩大類。清代劉淇《助字辨略》自序云：

構文之道，不過實字虛字兩端。實字其體骨，而虛字其性情也。

〔註20〕

〔註19〕高明：〈古文字的形傍及其形體演變〉，《古文字研究》（第四輯），（北京：中華書局，1980年），頁30。

〔註20〕劉淇：《助字辨略》序，（台北：世界書局，1991年），葉1。

《馬氏文通》則云：

> 凡字：有事理可解者，曰「實字」。無解而惟以助實字之情態者，曰
> 「虛字」。〔註21〕

故凡表示實體事物及其動作、變化、性狀、數量等概念的詞，能單獨的充當句子的成分，如名詞、代詞、動詞、形容詞等，稱之爲實詞；反之，不表示具體的詞彙意義，不能單獨充當句子成分的詞，如介詞、連詞、助詞等，稱之爲虛詞。〔註22〕本節所討論西周金文虛詞的部分包含連詞、介詞、助詞、歎詞等四種。此部分之說解以楊樹達之《詞詮》〔註23〕作爲說解之基礎，書中共收字例四百七十二個，彙集歷來虛詞研究之大成，詞性明確，論證嚴密，舉例詳盡，對前人之虛詞著作往往加以引用，以資印證，結合了訓詁學與語法學之相關知識，故本文藉以爲論述之基礎。各字例之選取以西周金文銘文中所見之用法爲主，於此四種用法以外之字例或是以下字例有其他用法者，皆不採錄。其內容分述如下：

一、連詞

「連詞」又稱「連接詞」。指用來連接詞、詞組或分句的詞。〔註24〕西周金文所出現之連詞共有「又」、「之」、「秊」、「及」、「雩」、「眔」、「則」七個，茲以其使用狀況列表如下：

表十：西周金文連詞使用字表

序號	字例	通用釋例	使用器號
1	又	連詞	00204；00260；00753；00949；02676；02682；02706；02718；02719；02721；02728；02748；02763；02774；02780；02784；02785；02790；02796；02807；02815；02818；02819；02820；02821*2；02824；02825；02835*7；02837*5；02838*2；

〔註21〕楊家駱主編：《文通校注》卷一，（台北：世界書局，1989 年），頁 1。

〔註22〕陳新雄、竺師家寧、姚榮松、羅肇錦、孔仲溫、吳聖雄編著：《語言學辭典》（台北： 三民書局，2005 年），頁 220、279。

〔註23〕楊樹達：《詞詮》，收於《民國叢書》第五編，據商務印書館 1931 年版影印。

〔註24〕陳新雄、竺師家寧、姚榮松、羅肇錦、孔仲溫、吳聖雄編著：《語言學辭典》（台北： 三民書局，2005 年），頁 163。

			02839*2；04112；04125；04192；04208；04225；04237；04238；04240；04244；04251；04256；04269；04271；04272；04287；04293；04298；04317；04320*6；04321；04322*4；04323；04324；04327；04330；04343；04435；04438；04464；04465*2；04466*2；05398；05407；05430；05431；05992；06011；06002；06008；09453；09705；09723；09725；09896；10164；10166；10173；10176；10285；10322；10360*2；《近出》0027；《近出》0035；《近出》0037*2；《近出》0039；《近出》0043*2；《近出》0364*2；《近出》0483；《近出》0484；《近出》0485；《近出》0489；
2	之	連詞	02751；02796；02833；02835*2；02841；04030；04047；04178；04343；04628；06008；10152；00181；04627；06014；02812；04323；06015*2；04011；02820；10176*2；09694；06011；10173；02810；04269；04107；《近出》0043；
3	叀	連詞 通厥	00109；00187；00238；00247*2；00252；00260；00273；00949*5；02457；02532；02655；02660*2；02674；02705*2；02712；02729；02730；02765*3；02774；02789；02791；02807*2；02809*5；02812*2；02824*3；02830；02831*2；02832*5；02833；02836*6；02837*3；02838*5；02839；02841*3；03747；03827；03954；03979*2；04020；04023；04042；04059；04073*2；04100*2；04108；04121；04136；04140；04162*2；04167；04192*2；04194*3；04198；04205；04219；04238；04241；04244；04257；04262*2；04271*2；04293；04313*4；04320*5；04322*4；04323；04326*2；04340*2；04341*3；04342*2；04343*2；04464*4；04466*3；04469*3；05405；05424*3；05426；05427*3；05431；05433；05993*2；05995*2；05998；06005；06011；06516；09451；09456；09689；09705；09827；09893；10174；10175*2；10176*2；10322*7；《近出》0027；《近出》0030*2；《近出》0038；《近出》0097*3；《近出》0106*4；《近出》0343；《近出》0364*5；《近出》0484；《近出》0491*3；《近出》0502；
4	及	連詞	05415；
		連詞 通彶	02838；04262*2；04328；04342；《近出》0503；
		連詞 通笅	02734；
5	雩	連詞 通與	02820；02837；02841；04331；
6	眔	連詞	00089；00092；00103；00147；02724；02733；02740*2；02767；02803*3；02817；02831*3；02832*6；02838；02839；04047；04059；04137*2；04162；04194；04195；04215；04238；04241；04244；04267；04269；04273*3；04292*4；04324；04340；

			04459；04466*2；04626*2；06013；09453；09454*2；09456；09672；09898；09901*6；10322*2；《近出》0357；《近出》0364*4；《近出》0491；《近出》0942；
7	則	連詞通則	00252；02818*2；02824；02831；02838*6；04208；04262；04292*3；04293；04321；04342；04468；04469；05995；06011；06014；06515；10174*2；10175；10176*3；10285*2；《近出》0486*2；《近出》0971；

連詞為本無其字的假借，其用以連接前後之文句，亦使其語氣通順。「又」字，楊樹達《詞詮》「有」字下曰：「連詞：讀去聲，又與『又』同。專用於整數與餘數之間。」〔註25〕「又」字此種用法僅見於甲骨金文之中，文獻中未見其例。郭沫若曰：

> 殷周人記數法之大凡，就中可剔發出兩大原則：一、十之倍數合書，
> 千百亦如是；雖間有一二例析書者，乃是例外，蓋古人亦不能保無
> 筆誤也；二、不足十之數析書，且或加『又』以繫之，此則絕無例
> 外。〔註26〕

又字當連詞使用時，主要以連接前後之數字為主，此例於西周金文習見，其用例如：02706《麥方鼎》：「隹（唯）十又一月。」02718《寓鼎》：「隹（唯）十又二月丁丑。」是為其例。

「之」字用法，楊樹達《詞詮》「之」字下曰：「連詞：與口語『的』字相當。」〔註27〕西周銘文之用例如：02751《中方鼎》：「隹（唯）王令南宮伐反虎方之年。」02796《小克鼎》：「遹正八自（師）之年。」文獻用例如：《詩經‧周南‧關雎》：「關關雎鳩，在河之洲。」又如《史記‧陳平世家》：「子之居處何官？曰：為都尉。」是為其例。

「氒」字於文獻中多作「厥」字，漢人寫經以厥代氒，其後遂以厥為之，

〔註25〕楊樹達：《詞詮》卷七，收於《民國叢書》第五編，據商務印書館1931年版影印，頁56。

〔註26〕引自方麗娜：《西周金文虛詞研究》（國立台灣師範大學碩士論文，1984年），頁142。

〔註27〕楊樹達：《詞詮》卷五，收於《民國叢書》第五編，據商務印書館1931年版影印，頁5。

叀字遂少見矣。楊樹達《詞詮》「厥」字下曰：「連詞：與『之』同。」〔註28〕
西周銘文用例如：02655《先獸鼎》：「用朝夕鄉（饗）叀（厥）多倗（朋）友。」
02712《乃子克鼎》：「辛白（伯）其並受叀（厥）永福鼎。」文獻用例如：《尚
書‧無逸》：「自時厥後，立王生則逸，生則逸。」又「自時厥後，亦罔或克壽。」
可爲證。

　　「及」字楊樹達《詞詮》「及」字下曰：「等立連詞：與也。」〔註29〕又《馬
氏文通》曰：「凡記事之文，概以『及』爲連，故《左傳》、《史》、《漢》輒用之；
而論事之文，概用『與』字。」〔註30〕周法高案：「《左傳》、《國語》用『及』，
不用『與』；《論語》、《孟子》、《莊子》用『與』，不用『及』，所以馬氏有此言。」
〔註31〕銘文之用例如：02734《仲佣父鼎》：「周白（伯）邊盞（及）中（仲）佣
父伐南淮尸（夷）。」05415《保卣》：「乙卯，王令保及殷東國五厌（侯），延兄
六品。」文獻用例如：《尚書‧湯誓》：「時日何喪？予及汝偕亡。」《史記‧項
羽本紀》：「每吳中有大繇役及喪，項梁爲主辦，陰以兵法部勒賓客及子弟。」
皆爲其例。

　　「雩」字，郭沫若釋爲「與」。〔註32〕《善鼎》：「余其用各（格）我宗子雩
（與）百生（姓）」中，宗子與百姓爲對列之文句，故「雩」可作爲對等連接詞，
同「與」字。西周金文之用例如：02820《善鼎》：「余其用各（格）我宗子雩（與）
百生（姓）。」02841《毛公鼎》：「命女（汝）兼嗣（司）公族雩（與）參（三）
有嗣（司）。」文獻未見其例。

　　「眔」者「及」、「暨」也，文獻中多以「暨」字爲之。楊樹達《詞詮》「暨」

〔註28〕 楊樹達：《詞詮》卷四，收於《民國叢書》第五編，據商務印書館 1931 年版影印，
　　　　頁 37。

〔註29〕 楊樹達：《詞詮》卷四，收於《民國叢書》第五編，據商務印書館 1931 年版影印，
　　　　頁 9。

〔註30〕 楊家駱主編：《文通校注》卷三，（台北：世界書局，1989 年），頁 137～138。

〔註31〕 周法高：《中國古代語法（造句編上）》（台北：中央研究院歷史語言研究所，1993
　　　　年），頁 115。

〔註32〕 郭沫若：〈善鼎〉，《兩周金文辭大系圖錄考釋》收於《郭沫若全集》（第七、八冊）
　　　　（北京：科學出版社，2002 年），頁 148；又〈大盂鼎〉，頁 85；又〈毛公鼎〉，頁
　　　　287；又〈乖伯簋〉，頁 312。

字下曰：「等立連詞：與也，及也。《公羊・隱元年傳》云：『會、及、暨，皆與也。』」〔註33〕「眔」字於文獻中少見，而於西周金文中多用於名詞並列結構之連詞，於經典則多用爲「暨」字。西周金文用例如：02733《衛鼎》：「乃用鄉（饗）王，出入事人眔多倗（朋）友。」02803《令鼎》：「令眔奮先馬走。」文獻用例如：《尚書・堯典》：「帝曰：咨！汝羲暨和！」又《尚書・君奭》：「予往暨汝奭其濟。」皆以「暨」字爲之。

　　「則」者，楊樹達曰：「承接連詞：表因果之關係。則字以上之文爲原因，以下之文爲結果。」〔註34〕又曰：「於始爲一事時用之。與『乃』、『於是』義同。惟『乃』、『於是』語氣緩，而『則』語氣急耳。」〔註35〕或可譯爲「就」、「那麼」以承上啓下。如《左傳・莊公二十八年》：「宗邑無主，則民不威；疆場無主，則啓戎心。」則字表因果關係；《史記・封禪書》：「即今上即位，則厚禮置祠之內中。」則字爲「乃」之意，可爲其例。西周金文用例如：04292《五年召伯虎簋》：「公宕其參（三），女勳（則）宕其貳（二），公宕其貳（二），女勳（則）宕其一。」04468《師克盨蓋》：「勳（則）隹（唯）乃先且（祖）考，又（有）爵于周邦。」

　　西周金文可用爲連接詞之用者，可見以上六字。連詞的用法多用爲並列連詞（如又、及、雩、眔）和承接連詞（如之、丕、則）。並列連詞之使用範圍在前後相等之字詞發揮連接作用，可譯爲「和」、「與」等。承接連詞之用法則爲連接其前後之主、謂語，可省略不用，或可譯作「的」。

二、介詞

　　「介詞」亦稱爲「前置詞」。用在名詞、代詞、及名詞性詞組的前面，表示動作、行爲的方向、對象、處所、時間等的詞。如「從、自、對於、關於、把、被」等。介詞不能單獨使用，也不能重疊，有人認爲他是動詞的一個小

〔註33〕楊樹達：《詞詮》卷四，收於《民國叢書》第五編，據商務印書館 1931 年版影印，頁 5。

〔註34〕楊樹達：《詞詮》卷六，收於《民國叢書》第五編，據商務印書館 1931 年版影印，頁 13。

〔註35〕楊樹達：《詞詮》卷六，收於《民國叢書》第五編，據商務印書館 1931 年版影印，頁 18～19。

類，所以叫做「副動詞」。〔註36〕西周銘文可見用爲介詞之字例共有七例，其分述如下：

表十一：西周金文介詞使用字表

序號	字例	通用釋例	使用器號
1	才	介詞通在	00060：02728*2：02783：02784：02831：09723：00147：02775：02792*4：02796：02807：02836：02837：02839：04165：04201*2：04238：04251：04298：04318：09454：06001：06512：09726*2：02720：02735：02785：02841*2：04060：04256：04261：04274：04279：04293：09901：09893：00109：04229：04267：05416：09714：10175：02595：02821：02835：04271：04287：05423：06007：10168：02754：00188：00204：02791：02816：04023：04091：04131：04178：04244：04250：04276：04300：04438：05407：05432：05989：06002：09898：10170：02674：04029：02838*4：04112：04240：04242：04454：04626：04302：04320*2：04343*2：05418：05426：09455：10161：02776*2：02789：02805：04202：04253：04321：04322：05415：06014*2：02780*2：02809：02817：02830：04214：04243：04258：04262：04277*2：04283：04288：04312*2：04316：04324*2：05431*2：04341：09897：02756：02786：03950：04323：05997：06015*2：00948：02749：02820*2：02825：04046：04294：04326：04465：10176：02790：02818：02819：02827：04466：05424：09453：09456*2：00260：02615：04272：04286：04317*3：05992：06011：10321：00238*2：02661：04435：02702：02810：04207：04269：04273：04285：04340：05408：05974：00143：02815：04266：10166：02725*2：05403：05985：06516：02729：04205：05425：02742：04462：04215：06004：00246：10285：04296：《近出》0047*2：《近出》0106：《近出》0357*3：《近出》0364：《近出》0481：《近出》0483：《近出》0484*2：《近出》0485：《近出》0486*2：《近出》0487：《近出》0490：《近出》0491：《近出》0506：《近出》0605*2：
2	于	介詞	02784；02831；00147*2；02556；02581；02678*2；02775*2；02796；02836*14；02837*3；02839*2；04125；04165；09454*2；06001；00065；00754*2；02720；02751；02785；02832*3；02841*10；04109；04216；04268；04279；04292；04293；04328*5；06514；09713；09893；10174*2；00109；02777；

〔註36〕陳新雄、竺師家寧、姚榮松、羅肇錦、孔仲溫、吳聖雄編著：《語言學辭典》（台北：三民書局，2005年），頁143。

			02778；04229；02803*2；04100；04327*4；05416；05998*2；10175*2；10322；00746；02743；03954；05333；02821；02835*10；04237*3；04271*3；06007*2；02754*2；00188；00204；02768；02791；02804；02816；04073；04123；04156；04276*2；04300*5；04330*3；04448*2；05427；05432*3；05993；06002；09716；09936；02612；02833*5；02838*6；04071；04089；04132*2；04137；04240；04242；04302；04320*2；05419；05426；09104；06008；09827；09728*2；02774；02776；02789*2；02824*2；04042；04136*2；04194；04197；04208；04253；04257；04322*3；00061；00062；02695；02730*2；02779；02809*4；02812；02813*2；02830；04196；04219；04243；04262；04283；04311；04316；04324*2；04341*2；04342*3；04468；05433*2；02703；02718；04213*2；04323*7；05410；09451；06015*3；00948；02814*3；02820；02825；04203；05411；04326*2；04465*2；06515；10176*6；00089；00107*2；02531；02682；02705；02790；02818；04246；04255；05409*2；09453；09456*3；02767；04067；04317；04436；06011；06013；09718*2；10321；00238*2；02721；04104；04169；04182；04209；04464*2；10173*3；02704；02810；04153；04191*2；04198；04207；04269*2；04273；02765；02815；04266；10166；05986；04205；00246*2；00251；00253；10285；06005；04296；04331*2；《近出》0028*2；《近出》0031；《近出》0036；《近出》0037；《近出》0045；《近出》0086；《近出》0106；《近出》0343；《近出》0347；《近出》0352；《近出》0356；《近出》0357；《近出》0481；《近出》0484；《近出》0491*3；《近出》0503；《近出》0506；《近出》0943*2；《近出》0969；《近出》0971；
		介詞通抒	04140；00949；02751；04261*3；09901*7；04030*2；02628；05415*3；06014*5；04241；02706；04059；06015*5；05391；05425；02731；02739*2；00935；《近出》0942*3；
3	㠯	介詞通以	00252；00949；02553；02671；02740；02807*2；02809*2；02818*2；02825；02827；02832；02833；02835*2；02836；02838*5；02839*10；02841*2；04047；04112；04192；04237；04238；04273；04298；04292*2；04293；04317；04328*2；04330；04341*4；04342；04435；05392；05401；05419；05425；06015；09455；09672；09901；10101；10152；10173；10176*9；10285*3；《近出》0044；
4	在	介詞	02837*2；00949*2；02751；05432；05431；05983；《近出》0043；
		介詞通鼐	04208；

5	自	介詞	00107；00949；02595；02661；02682；02774*2；02803；02810；02830；02837*2；02841；04044；04051；04071；04122；04156；04162；04191；04192；04203；04238*2；04244；04269；04271；04302；04330；04331；06014*2；06514；09901；10164；10176*2；10285；10360；《近出》0035；《近出》0037；《近出》0038；《近出》0097；《近出》0484；
6	從	介詞	00948；02615；02706；02720；02721；02731；02779；02809*2；02835；02839；03732；03907；03950；03976；04099；04104；04123；04237；04262；04328*2；04341；04459；04579；04580；05387；05410；05411；05424；05979；05983；05986；05995；06005；06008；06015；09451；10174；10285*2；《近出》0042；《近出》1003；
7	鄉	介詞通嚮	02783；02805；02815；02819；02825；02836；02839*2；04243；04255；04256；04268；04271；04272；04287；04312；04316；04342；06013；09898；10170；《近出》0037；《近出》0487；《近出》0490；

　　西周金文「才」字均通「在」，兩字皆作爲介詞使用。「才」爲「在」之本字，然西周金文中多以「才」字表「在」，「在」字雖造，然用例有限，故仍屬假借。楊樹達《詞詮》「在」字下曰：「介詞：於也。」才、在二字於西周金文多作爲處所介詞用來表示動作行爲發生或持續的處所，譯時仍作「在」。西周銘文用例如：02792《大矢始鼎》：「隹王三月初吉庚寅，王才（在）龢宮。」02796《小克鼎》：「隹（唯）王廿又三年九月，王才（在）宗周。」05431《高卣》：「唯還在周。」02837《大盂鼎》：「在珷王嗣玟乍（作）邦，闢氒（厥）匿（慝），匍（敷）有三（四）方，畯（畯）正氒（厥）民。」文獻用例如：《詩經・小雅・魚藻》：「魚在在藻，依于其蒲。」又《論語・述而》：「子在齊聞《韶》，三月不知肉味。」可爲證。

　　「于」字，楊樹達「于」下曰：「介詞：表方所，在也。」又「於」下曰：「表動作之所在。可譯爲『在』。」〔註37〕「于」作爲介詞，在甲骨文中就已大量出現。自介詞「於」在春秋末戰國初出現後，「于」出現的頻率逐漸變小，到戰國晚期，「於」以占壓倒優勢；魏晉以後，除了引用古籍或少量固定格式，

────────────

〔註37〕楊樹達：《詞詮》卷九，收於《民國叢書》第五編，據商務印書館 1931 年版影印，頁 2、7。

如「于時」以外，就很少見到「于」了。〔註38〕西周金文用例如：02784《十五年趞曹鼎》：「王才（在）周新宮。王射于射盧（廬）。」02804《利鼎》：「王客（格）于般宮。」文獻用例如：《詩經·召南·采蘩》：「于以采蘩？于沼于沚。于以采藻？于彼行潦。」又如《史記·楚世家》：「及餓死于申亥之家，爲天下笑。」是其例。

「吕」通作「以」，介詞「以」與其賓語可用於動詞前後作狀語或補語。其用法較多，可以引進與動作行爲有關的多種賓語，表示與動作行爲的多種關係。可用作工具、條件、對象、原因、時間、處所等多種介詞。楊樹達於《詞詮》中就列出十一種「以」字當介詞之用法，〔註39〕西周金文用法多爲「用」、「與」之意，其例如：02807《大鼎》：「大吕（以）埰（厥）友守。」02827《頌鼎》：「受令（命）冊佩吕（以）出。」文獻用例如：《史記·項羽本紀》：「軍中無以爲樂，請以劍舞。」《呂氏春秋·察今》：「有道之士，貴以近知遠，以今知古，以所見知所不見。」可爲其例。

「自」者，楊樹達曰：「介詞：從也。」〔註40〕「自」於西周金文多表示爲動作、行爲起始或發生的地方，或可用於連繫動作起始之時間介詞。西周金文用例如：02595《臣卿鼎》：「公違眚（省）自東。」02803《令鼎》：「王歸自諆田。」文獻中用例如：《論語·子罕》：「吾自衛返魯，然後樂正，雅、頌各得其所。」《呂氏春秋·察今》：「處人有涉江者，其劍自舟中墜于水。」是其例。

「從」者，楊樹達曰：「介詞：由也。」又曰：「介詞：隨也。」〔註41〕「從」字可作爲引進動作行爲的施事者，亦可當作引進動作行爲的後隨者，可譯爲「跟隨」或「跟隨著」。西周之用例如：02615《鴻叔鼎》：「鴻弔（叔）從王南征。」02706《麥方鼎》：「用從井（邢）庆（侯）爭事。」文獻之例如：《韓非子·五

〔註38〕何樂士：《古代漢語虛詞詞典》（北京：語文出版社，2006年），頁541。

〔註39〕楊樹達：《詞詮》卷七，收於《民國叢書》第五編，據商務印書館1931年版影印，頁11～15。

〔註40〕楊樹達：《詞詮》卷六，收於《民國叢書》第五編，據商務印書館1931年版影印，頁6。

〔註41〕楊樹達：《詞詮》卷六，收於《民國叢書》第五編，據商務印書館1931年版影印，頁72～73。

蠱》：「魯人從君戰，三戰三北。」又《史記・晉世家》：「狐突之子毛及偃從重耳在秦。」是其例。

「鄉」通「嚮」，爲處所介詞，即用爲相向之向。楊樹達曰：「方所介詞：對也。」〔註42〕西周金文皆用爲表示動作行爲之朝向，且皆用作「北嚮」，即爲面向北方，此因君王南向，臣子向北受命也。西周金文之用例如：02783《七年趞曹鼎》：「趞曹立中廷，北鄉（嚮）。」02805《南宮柳鼎》：「南宮柳即立中廷，北鄉（嚮）。」文獻用例爲《史記・項羽本紀》：「項王、項伯東向坐，亞父南向坐，……沛公北向坐，張良西向侍。」又《左傳・僖公三十二年》：「秦伯素服郊次，鄉師而哭曰：孤違蹇叔以辱二三字，孤之罪也。」可爲證。

以上爲西周金文所見之七個介詞，於銘文中出現之處非常頻繁，蓋因其用於名詞、代詞、及名詞性詞組的前面，表示動作、行爲的方向、對象、處所、時間等，而西周銘文之內容多以賞賜、冊命、紀功爲主，故相關句式眾多，亦爲介詞出現頻繁的原因之一。

三、助詞

「助詞」舊稱「語助詞」。它的功能在加強闡明，將基本結構中的某一特定部分作特定的顯示，而非本身充當基本結構中的某一特定部分。依其功能可分發起（夫、維）、提引（可、豈）、頓挈（者、呀）、收束（矣、的）、帶搭（之、得）五種。又依據位置可歸爲前置、中置、後置三類。另外專指附著在詞、詞組或句子上，表示一定的語法意義的詞也叫助詞。可分爲語氣助詞（的、了、嗎、呢、吧、啊）、結構助詞（的、地、得）、時態助詞（了、著、過）三類。〔註43〕助詞於語言中乃用來表示語言情態，字詞通常不具任何意義，與文句結構亦無重大關係，然文氣神情之傳達，莫過於助詞之使用。許世瑛《中國文法講話》中對語氣詞之說解甚爲貼切，其言：「凡是用來表示一種語氣——驚訝、讚賞、慨歎、希冀、疑問、肯定等——的詞，都是語氣

〔註42〕楊樹達：《詞詮》卷六，收於《民國叢書》第五編，據商務印書館 1931 年版影印，頁 62。

〔註43〕陳新雄、竺師家寧、姚榮松、羅肇錦、孔仲溫、吳聖雄編著：《語言學辭典》（台北：三民書局，2005 年），頁 356～357。

詞。」〔註44〕西周金文之助詞經整理後共有雩（粵）、不（丕）、有、囟（斯）、
延（誕）、其、叀（惟）、是、吮（畯）、唯（隹）、爽、率、肇、肆（鬟）、遹
等十五字，茲討論如下：

表十二：西周金文助詞使用字表

序號	字例	通用釋例	使用器號
1	雩	助詞通粵	00251；02833；02837*2；02839；02841*2；04238；04273；04342；04343；04469；05432；06015*3；10175；
2	不	助詞通丕	00082；00092；00103；00181；00187*2；00238；00247；00260；02778；02786；02804；02807；02810；02812*2；02813；02814；02815；02817；02819；02820；02821；02827；02833*2；02836*2；02837；02839；02841*2；03827；04184；04209；04214；　04246；04250；04251；04256；04261*4；04268；04272；04273；04274；04276；04277；04279；04283；04285；04287；04288；04294；04298；04302；04312；04316；04318；04321；04326*2；04331*2；04340；04341；04342；04343；04465；04468*2；04469；05416*2；05423；06004；06011；06013*2；09455；09728；10169；10170；10173；10175*2；《近出》0046；《近出》0106*2；《近出》0364；《近出》0485；《近出》0490；《近出》0491*2；《近出》0502；
3	有	助詞	04311；04317；06014*2；
4	囟	助詞通斯	04342；
5	延	助詞通誕	04059；04237；
6	其	助詞	02532；02712；02831*2；09723；00147*2；02796*2；02807；02836*2；02837；02839；04125；04201；04251；04298；04318；04692；06001；09726；00065；02696；02724；02832*2；02841；04109；04184；04256；04268；04274；04279；04292*4；04293*2；04328；09713；09893；10174*6；00109*2；00356；02762；04229；02803；　；04030；04267*2；04327；04579；10175*3；10322*2；00746*2；02655；02734；02743*2；03979；02821；02835；04188；04271；04287；05423；09672；10168；02660；02754；02755*2；00188*2；00205；02768*3；02804；02816；04115；04123；04156；04160；04178；04244；04250

〔註44〕許世瑛：《中國文法講話》（台北：台灣開明書店，1992年），頁32。

			04330*2；04448*2；04628*2；05993*2；06002；09716；09725； 09898；10169；10170；02781；02833；02838*3；04071*3； 04089*2；04112；04122；04162；04240；04242*2；04454； 04580；04626；04302*2；04343；05418；05419；05426；06008； 10161；09728；00133；00181；02789*2；02805；02824；04136； 04197；04199；04202*2；04253；04257；04322；04627*3； 05401；06014；00141；02730；02779*2；02780；02812；02813； 02817*2；04196*2；04219；04243；04258；04262；04277*3； 04283*2；04288；04311；04312；04313；04316；04324； 05431*2；04341；04342；04468；05433；02786；03827； 04213*2；04323；04459*2；09721；10164；06015；02820*2； 04051；04124；04203*3；04225；05411；04294；04465*4；
7	叀	助詞 通惟	02831；06014；
8	是	助詞	02724；02838；02841；04107；04330；09713；10173*2；《近 出》0971；
9	㽙	助詞 通畯	00181；02836；02837；10175；02821；02768；04091；04446； 04219；04277；04465；02827；00260；04317；《近出》0033； 《近出》0106；
10	唯	助詞	04165；04238；02724；09901；05416；02754；04178；04073； 04330*2；09689*2；02833；02838；04343；05428；09827； 02776；02824*2；02695；04283；05431；02786；03950；04195； 06015*2；02820*3；04051；04203；10176；05409；02615； 04192；06013；04104；04464；04469*2；02704；02810；10166； 04215；06004；《近出》0097；《近出》0490；
		助詞 通隹	02783；02784；02831*2；09723；00147；02678；02792；02796； 02807；02836；02837*6；02839*2；04125；04201；04206； 04251；04298；04318*2；09454；06001；09726；00753；00754； 02719；02720；02724；02735；02751；02785*2；02832*2； 02841*8；04060；04216；04256；04261；04268；04274；04279； 04292；04293；04328；09901*2；10174*2；02777；04229； 04267；04327*2；05998；09714；10175*2；10322；02734； 05398；02821；02835*3；04237*2；04271；04287；05405； 06007；10168；02660；02775；00204；02758；02763；02768； 02791；02804；02816；04033；04115*2；04131；04156；04244； 04250；04276；04300*3；04330；04438；04446；04628*2； 02814；02825；04046；04225；04294；04465*2；09705；00089； 00107；02790；02818；02819；02827；04045；04246；04255； 04466；05424；09453；09456；00260*3；02615；02767；04272； 04286；04317；06011；09896*2；10321；02661；02721；02739； 04099；04169；04209；10173；04191；04207；04269*2；04273； 04285*2；04340*2；05408；00143；02614；02765；02815；

			04266；05430；10166；02725；04157；05403；06516*2；05986；02729；04159；04205；05425；02742；04168；10285；10360；06005；04296*2；04331；《近出》0027；《近出》0035；《近出》0043；《近出》0086；《近出》0350；《近出》0364；《近出》0481；《近出》0483；《近出》0484；《近出》0485；《近出》0486；《近出》0487；《近出》0489；《近出》0491；《近出》0503；《近出》0506；《近出》0605；《近出》0942；《近出》0943；《近出》0969；《近出》0971；
11	爽	助詞	09901；10176*2；
12	率	助詞	02671；02835；02837；04342；《近出》0489*2；《近出》0486*2；
		助詞通衒	02841；
13	肇	助詞	00141；04330；06007；10101；
		助詞通肇	00082；00187；00238；00252；00260；02614；02731；02733；02812；02820；02824；02830；02835；02841；04021；04091；04115；04242；04302；04312；04313；04328；05968；09455；09896；10175；《近出》0502；《近出》0605；
14	肆	助詞通隸	04159；
		助詞通肆	00110；00949*2；02725；02833*5；02836*2；02837；02841；04269；04237；04317；04342；06014；《近出》0097；
		助詞通鯀	04261；
		助詞通綌	02724；《近出》0491；
15	遹	助詞	00204；00260；02796；02837；10175；《近出》0035；

各字之說解如下：

「雩」於西周金文多作為句首語助詞，表興發語氣，沒有意義。王維曰：「雩，古粵字，小篆作粵，猶霸之譌為靁（《說文》古文如此作）矣。」[註45] 楊樹達《詞詮》未收「雩」字，然於「粵」字下曰：「語首助詞，無義。」[註46]「雩」字自小篆以後譌作「粵」，故文獻未見「雩」字作助詞之用者，皆以「粵」為之。

〔註45〕王國維：〈毛公鼎銘考釋〉，《海寧王靜安先生遺書》冊5，（台北：台灣商務印書館，1979年），頁1980。

〔註46〕楊樹達：《詞詮》卷九，收於《民國叢書》第五編，據商務印書館1931年版影印，頁22。

西周金文之用例如：02833《禹鼎》：「雩禹以武公徒駿（御）至于噩（鄂）。」04273《靜簋》：「雩八月初吉庚寅。」文獻用例如：《史記·周本紀》：「粵詹雒伊，毋遠天室。」又《漢書·律曆志》引《尚書·武成》：「粵若來二月。」或可爲證。

「不」者，《經傳釋詞》曰：「《玉篇》曰：『不，詞也。』經傳所用，或作丕，或作否，其實一也。有發聲者，有承上文者。」〔註47〕楊樹達曰：「語首助詞：無義。」又言：「語中助詞：無義。按古『不』、『丕』通用。『丕』爲無義之助詞者甚多，故『不』亦有爲助詞而無義者。」今或釋「丕」爲大之義，則「丕顯」即大顯、顯赫之意。然西周金文「不」字作語助詞者，多與『顯』字合用，是爲加強語氣之用法，如：02810《噩侯鼎》：「不（丕）顯休釐，用乍（作）尊鼎。」02812《師望鼎》：「望敢對揚天子不（丕）顯魯休。」。文獻之用例如：《詩經·大雅·崧高》：「戎有良翰，不顯申伯。」又《詩經·周頌·執競》：「不顯成康，上帝是皇」是爲其例。

「有」者，楊樹達曰：「語首助詞：用在名詞之前，無義。」〔註48〕「有」用在形容詞或名詞之前皆可加強語氣、協調音節等作用。西周金文之用例如：04311《師獣簋》：「女（汝）有隹（雖）小子。」04317《默簋》：「王曰：有余隹（雖）小子。」文獻用例如：《詩經·周南·桃夭》：「桃之夭夭，有蕡其實。」又《詩經·邶風·擊鼓》：「不我以歸，憂心有忡。」可爲證。

「囟」讀爲「斯」，陳夢家《西周銅器斷代》：「『其萬思年』之思，……《大雅·下武》：『於萬斯年，受天之祜』，思年即斯年。」〔註49〕《詞詮》「斯」字下曰：「語末助詞：爲形容詞或副詞之語尾。」又「思」字下曰：「語中助詞，無義。」〔註50〕西周金文用例僅見於04342《師訇簋》：「詢其禹（萬）囟（斯）

〔註47〕〔清〕王引之：《經傳釋詞》卷十，收於《叢書集成初編》，據守山閣叢書本排印，頁151。

〔註48〕楊樹達：《詞詮》卷七，收於《民國叢書》第五編，據商務印書館1931年版影印，頁57。

〔註49〕陳夢家：《西周銅器斷代》（北京：中華書局，2004年），頁309。

〔註50〕楊樹達：《詞詮》卷六，收於《民國叢書》第五編，據商務印書館1931年版影印，頁78、79。

年子子孫孫永寶用。」文獻之用例如:《詩經‧大雅‧皇矣》:「王赫斯怒,爰整其旅。」又《詩經‧小雅‧采芑》:「朱芾斯皇,有瑲葱珩。」或可證之。

「延」釋爲「誕」,楊樹達曰:「語首助詞:無義。」〔註51〕誕作爲興發語氣之用。王引之《經傳釋詞》曰:「誕,發語詞也。」〔註52〕西周金文用例如:04059《渣嗣土遼簋》:「王束伐商邑,延(誕)令康侯(侯)啚(鄙)于衛。」04237《臣諫簋》:「井(邢)厌(侯)厚(搏)戎,延(誕)令臣諫吕(以)□□。」又文獻中之用例如:《尚書‧大誥》:「殷小腆,誕敢紀其敘。」《詩經‧大雅‧皇矣》:「誕先登于岸。」可爲其例。

「其」字,楊樹達曰:「句中助詞:無義。」〔註53〕王引之《經傳釋詞》曰:「其,擬議之詞也。」又云:「其,語助也。」〔註54〕於西周金文中,「其」字亦可用爲勸勉之詞,西周銘文用例如:02712《乃子克鼎》:「辛白(伯)其並受乓(厥)永福鼎。」02831《九年衛鼎》:「其萬年永寶用。」又如:02834《禹鼎》:「其萬年子子孫孫寶用」、02835《多友鼎》:「其子子孫永寶用」、02836《大克鼎》:「其萬年無彊(疆),子子孫孫永寶用」……等,此爲西周金文習見之用語,皆用以表示期望、勸勉、希冀之語氣,其意猶「期」也。文獻可見之例如:《尚書‧酒誥》:「其爾典聽朕教。」又《尚書‧康誥》:「未其有若女封之心。」《尚書‧君奭》:「其汝克敬以予監于殷喪大否。」等皆可爲證。

「叀」釋作「惟」。唐蘭曰:「宙或叀之得爲語詞者,叀古當讀如惠,故金文多以惠叀爲惠,而惠從叀聲,惠字古用爲語辭,《左傳‧襄二十六年》:『寺人惠牆伊戾。』服注:『叀伊,皆發聲。』其義當與『惟』字同,《書‧洛誥》云:『予不惟若茲多誥。』《君奭》云:『予不惠若茲多誥。』句例全同,不惠

〔註51〕楊樹達:《詞詮》卷二,收於《民國叢書》第五編,據商務印書館1931年版影印,頁11~12。

〔註52〕〔清〕王引之:《經傳釋詞》卷六,收於《叢書集成初編》,據守山閣叢書本排印,頁89。

〔註53〕楊樹達:《詞詮》卷四,收於《民國叢書》第五編,據商務印書館1931年版影印,頁44。

〔註54〕〔清〕王引之:《經傳釋詞》卷五,收於《叢書集成初編》,據守山閣叢書本排印,頁71~75。

即不惟也。」〔註55〕楊樹達〈枲伯戓簋再跋〉:「叀疑與惟同。知者,甲文叀與隹二字皆用爲語首助詞,用法全同,隹惟古今字。」〔註56〕又《詞詮》「惟」字下曰:「語首助詞。」〔註57〕西周金文之用例如:02831《九年衛鼎》:「顏小子具(俱)叀(惟)夆,壽商闔(糾)。」06014《痾尊》:「叀(惟)王龏(恭)德谷(裕)天,順我不每(敏)。」又文獻用例如:《尚書‧召誥》:「惟二月既望,越六日乙未,王朝步自周,則至於豐。」又《尚書‧洪範》:「惟十又三祀,王訪於箕子。」《尚書‧伊訓》:「惟元祀十有二月乙丑,伊尹祠於先王。」皆爲其例。

「是」者,楊樹達曰:「語中助詞:外動詞之賓語倒置於外動詞之前時,以是字居二者之中助之。」〔註58〕此處所謂的「外動詞」也就是「及物動詞」,意指這種動詞不須前置詞的中介就能直接通達到目的詞上面。〔註59〕多用在前置賓語和動詞之間,有標示賓語前置的作用,或是用於單音節形容詞或動詞謂語前作語中助詞,表加強語氣或有強調之作用,此時之「是」字可不譯出。〔註60〕西周金文用例如:02724《毛公旅方鼎》:「是用壽老(考)。」04107《豐伯車父簋》:「子孫是尙。」文獻中之用例如:《尚書‧蔡仲之命》:「皇天無親,惟德是輔。」又《左傳‧僖公五年》:「鬼神非人實親,惟德是依。」《左傳‧僖公二十四年》:「除君之惡,惟力是視。」可爲其例。

「眖」者,文獻作「俊」或「畯」。《尚書釋義》曰:「俊,當與金文習用之

〔註55〕唐蘭:《天壤閣甲骨文存并考釋》(北京:北京圖書館出版社,2000年),第30片,葉33。

〔註56〕楊樹達:〈枲伯戓簋再跋〉,《積微居金文說》(增訂本)卷一,(北京:中華書局,2004年),頁4。

〔註57〕楊樹達:《詞詮》卷八,收於《民國叢書》第五編,據商務印書館1931年版影印,頁26。

〔註58〕楊樹達:《詞詮》卷五,收於《民國叢書》第五編,據商務印書館1931年版影印,頁58。

〔註59〕陳新雄、竺師家寧、姚榮松、羅肇錦、孔仲溫、吳聖雄編著:《語言學辭典》(台北:三民書局,2005年),頁131。

〔註60〕何樂士將此稱爲「結構助詞」或「語助詞」。見何樂士:《古代漢語虛詞詞典》(北京:語文出版社,2006年),頁363。

『畯』字同義，語詞也。」〔註61〕西周金文均作「畎」，釋爲「畯」，文獻作「俊」、「畯」。西周金文使用之例如：04091《伯梡盧簋》：「萬年釁（眉）壽，（畯）在立（位），子子孫孫永寶。」04219《追簋》：「釁（眉）壽永令（命），畎（畯）臣天子霝（靈）冬（終）。」文獻用例如《尚書・文侯之命》：「即我御事，罔或耆壽，俊在厥服。」是爲其例。

「隹」者，借作「唯」，文獻又作「惟」、「維」，多用於句首作助詞，其下引出年月、內容，有提起下文之作用，《尚書》多用「惟」字，如：《尚書・泰誓上》：「惟十又三年春，大會于孟津。」又《尚書・泰誓中》：「惟天惠民，惟辟奉天。」；而《詩經》多用「維」字，如：《詩經・召南・鵲巢》：「維鵲有巢，維鳩居之。」又《詩經・大雅・皇矣》：「維此王季，帝度其心。」西周金文均作「隹」或「唯」，如：04165《大簋》：「唯六月初吉丁巳。」04206《小臣傳簋》：「隹（唯）五月既望甲子。」是爲其例。

「爽」者，楊樹達曰：「語首助詞：無義。」〔註62〕又曰：「銘文爽字在句首，與《書》文同。吾友曾君星笠讀《尚書》，謂《康誥》之爽即《爾雅》尚庶幾也之尚，乃表命令或希望之詞，其說與古文語氣最協，郅爲精審。」〔註63〕西周金文用例如：09901《矢令方彝》：「今我隹（唯）令女（汝）二人亢眔矢爽左右於（于）乃寮吕（以）乃友事。」10176《散氏盤》：「我既付散氏田器，有爽，實余有散氏心賊。……余又（有）爽繇（變）。」僅見此二例。文獻之用例如：《尚書・康誥》：「爽惟民迪吉康。」又「爽惟天其罰殛我，我其不怨。」是其例。

「率」者，楊樹達曰：「語首助詞：無義。」〔註64〕王引之《經傳釋詞》曰：「家大人曰：『率，語助也。』《文選・江賦》注引《韓詩章句》曰：『聿，辭也。』

〔註61〕屈萬里：〈文侯之命〉，《尚書釋義》（台北：中國文化大學出版部，1980 年），頁 201。

〔註62〕楊樹達：《詞詮》卷五，收於《民國叢書》第五編，據商務印書館 1931 年版影印，頁 84。

〔註63〕楊樹達：〈矢令彝跋〉，《積微居金文說》（增訂本）卷一，（北京：中華書局，2004 年），頁 6。

〔註64〕楊樹達：《詞詮》卷五，收於《民國叢書》第五編，據商務印書館 1931 年版影印，頁 83。

聿與率聲近而義同。」〔註65〕西周金文「率」作助詞之例如：02841《毛公鼎》：「率褱（懷）不廷方亡（無）不閈于文武耿光。」04342《師訇簋》：「率㠯（以）乃友干（捍）吾（禦）王身。」文獻使用之例如：《尚書・湯誓》：「夏王率遏眾力，率割夏邑，有眾率怠弗協。」又《尚書・君奭》：「率惟茲有陳，保乂有殷。」是為其例。

「肇」者，西周金文或作「肈」，《尚書釋義》曰：「肇，語詞。」〔註66〕「肈」可用作語首或語中助詞，西周金文用例如：06007《耳尊》：「肇乍（作）京公寶尊彝。」04091《伯梫盧簋》：「白（伯）梫盧肇乍（作）皇考剌（烈）公尊簋。」04115《伯致簋》：「白（伯）致肇其乍（作）西宮寶。」文獻中僅見用於語首助詞之例，如：《尚書・酒誥》：「肇牽車牛遠服賈，用孝養厥父母。」是為其證。

「肄」者，西周金文字形作「䛊」、「肄」、「𣎆」、「𥷚」。劉心源謂：「肄，《說文》作肆，云習也。……知古文肄、肆實一字，後人分為二。」〔註67〕經典多作肆。《尚書釋義》曰：「肆，語詞。」〔註68〕西周金文用例如：00110《丼人妄鐘》：「肄（肆）妄乍（作）龢父大林鐘。」02833《禹鼎》：「肄（肆）禹有成敢對揚武公不（丕）顯耿光。」文獻用例如：《尚書・大誥》：「肆予沖人永思艱。」又《尚書・多士》：「肆爾多士，非我小國敢弋殷命。」可為其證。

「遹」者，楊樹達曰：「語首助詞：無義。」〔註69〕又王引之《經傳釋詞》曰：「欥，詮詞也。字或作聿，或作遹，或作曰，其實一字也。」〔註70〕西周金文用例如：02796《小克鼎》：「王命善（膳）夫克舍令（命）于成周，遹正八自（師）

〔註65〕〔清〕王引之：《經傳釋詞》卷九，收於《叢書集成初編》，據守山閣叢書本排印，頁146。

〔註66〕屈萬里：〈酒誥〉，《尚書釋義》（台北：中國文化大學出版部，1980年），頁85。

〔註67〕劉心源：〈盂鼎〉，《奇觚室吉金文述》，收於《金文文獻集成》冊13，卷二，葉39，頁175。

〔註68〕屈萬里：〈多士〉，《尚書釋義》（台北：中國文化大學出版部，1980年），頁148。

〔註69〕楊樹達：《詞詮》卷九，收於《民國叢書》第五編，據商務印書館1931年版影印，頁22。

〔註70〕〔清〕王引之：《經傳釋詞》卷二，收於《叢書集成初編》，據守山閣叢書本排印，頁21。

（師）之年。」02837《大盂鼎》：「雩（粵）我其遹眚（省）先王受民受彊（疆）
土。」文獻用例如：《詩經・大雅・文王有聲》：「文王有聲，遹駿有聲，遹求厥
寧，遹觀厥成。」文獻或作「聿」，如：《尚書・湯誥》：「聿求元聖。」《詩經・
大雅・文王》：「無念爾祖，聿修厥德。」或作「曰」，如：《詩經・秦風・渭陽》：
「我送舅氏，曰至渭陽。」又《詩經・大雅・緜》：「予曰有疏附，予曰有先後，
予曰有奔奏，予曰有禦侮。」皆爲其例。

　　此部分共探討之西周金文助詞雩（粵）、不（丕）、有、囟（斯）、延（誕）、
其、叀（惟）、是、昹（畯）、唯（隹）、爽、率、肇、肆（肄）、遹等十五字。
助詞之作用主要用來強調說話之語氣，用以表示上下文之承接或轉折，增加語
言之感情色彩，故大多皆爲無意義之助詞。而文字中要表達此種語氣詞或無意
義之詞皆須借他字之形或音以代替之，故皆爲本無其字之假借字。

四、歎詞

　　「歎詞」又稱作「感嘆詞」。用以表示感嘆、呼喚和強烈感情的詞。如「啊、
喂、嗨、哦」等。大都作句子的獨立成分，可放在句首，也可放在句中或句末。
〔註71〕歎詞爲表達情感之詞，故僅能表聲，而字無定形，概不同之情感表達會
有不同之聲音表現，因此借用音同或音近之字來表達情感之抒發，然情感之變
化無窮，表聲之字卻有限，故有數種情感同用一字之情形，如「哉」，可表讚歎，
如《論語・八佾》：「林放問禮之本。子曰：大哉問！」亦可表感歎，如《孟子・
萬章上》：「天下殆哉！岌岌乎！」又可表疑問之歎，如《詩經・邶風・北門》：
「天實爲之，謂之何哉？」一字之用，隨情之所變而可以有不同之用法，雖用
同字，然則調之不同，所用句子之差異，其情亦隨之轉移矣。西周金文用作歎
詞者可見五例，茲以表列並分述如下：

表十三：西周金文歎詞假借字表

序號	字例	通用釋例	使用器號
1	已	歎詞	02837；02841；《近出》0603；

〔註71〕陳新雄、竺師家寧、姚榮松、羅肇錦、孔仲溫、吳聖雄編著：《語言學辭典》（台
　　　北：三民書局，2005 年），頁 240。

2	呼	歎詞通虖	02824*2；02833；02841；04330*2；04341；05392；05428；05433；06014；
3	烏	歎詞通嗚	02824*2；02833；02841；04330*2；04341；05392；05428；05433；06014；
4	戲	歎詞	02809；02831；02837；04140；04238；04330；05419；10285；
5	哉	助詞通才	04341*2；04342；
		助詞通𢦏	02833；05427；
		助詞通𢦏	05428；06014；

「已」者，楊樹達《詞詮》曰：「歎詞：古音當讀如『唉』。」《尚書集釋》曰：「已，朱氏古注便讀云：『噫也。』按：已，莽誥作熙。師古曰：『熙，歎辭。』段氏古文尚書撰異，謂即今之嘻字。噫、嘻皆歎辭也。」〔註72〕「已」當歎詞用于句首，單獨成句，或可與上下文結合，表為感嘆之意。張振林曰：「已在西周金文中作句首語氣詞，在春秋戰國期間則作句末語氣詞，經傳中的已，殆是巳字蛻變的。」〔註73〕西周用例如：02837《大盂鼎》：「已！女（汝）妹（昧）辰又大服，余隹（唯）即朕小學。」02841《毛公鼎》：「已！曰彶（及）丝（茲）卿事寮，大史寮于父即尹。」文獻用例如：《尚書・康誥》：「已！女惟小子，乃服惟弘王應保殷民。」又《尚書・大誥》：「已！予惟小子，不敢替上帝命。」可為證。

「嗚呼」一詞西周金文皆用作「烏虖」。《古書虛字集釋》「於」字下曰：「『於』，歎詞也。按短語之曰『於』，長言之曰『於乎』。『於乎』或作『烏乎』，或作『嗚呼』，或作『於戲』，古皆通用。」〔註74〕西周金文亦有直言「嗚呼哀哉」者，以表悲傷至極，如 02833《禹鼎》。經傳習用之歎詞「烏呼」，乃疊韻雙音節衍聲複詞。春秋後期，戰國時代，百家爭鳴，文風趨口語化，同音異形之「烏乎」、「烏夫」、「於嘑」、「於虖」、「於乎」、「於戲」等始出現。〔註75〕西周之用例如：02824《𢼸方鼎》：「𢼸曰：烏（嗚）虖（呼）！王唯念𢼸辟剌（烈）考甲公。」

〔註72〕屈萬里：〈大誥〉，《尚書集釋》，（台北：聯經出版事業公司，2001 年），頁135。

〔註73〕張振林：〈先秦古文字材料中的語氣詞〉，《中國語文研究》1980 年 2 期，頁58。

〔註74〕裴學海：《古書虛字集釋》上冊，（北京：中華書局，2004 年），頁255。

〔註75〕方麗娜：《西周金文虛詞研究》，（國立台灣師範大學碩士論文，1984 年），頁380。

02833《禹鼎》：「烏（嗚）虖（呼）哀哉！」文獻之用例如：《尚書・泰誓中》：「嗚呼！西方有眾，咸聽朕言。」《墨子・非命篇》：「惡乎君子！天有顯德。」「惡乎」與「於乎」或「烏乎」同。

　　「叔」者，楊樹達〈縣妃簋跋〉云：「叔字自阮元釋爲徂，孫詒讓、劉心源、吳闓生、于省吾皆從其說，吳及郭沫若並以爲發語詞。按此字金文屢見，恆用於語首。……據文求義，叔蓋即經傳歎詞之嗟字也。」〔註76〕又〈全盂鼎跋〉曰：「或疑余此說於經傳無徵，今案《書・費誓》云：『徂茲！淮夷徐戎並興』，僞傳訓徂爲往，茲爲此，殊無義理。余謂徂茲當爲句，徂茲猶嗟茲也。叔與徂聲類同。（案：上古音同屬精母魚部。）《詩・唐風・綢繆》云：『子兮子兮！如此良人何！』《毛傳》云：『子兮者，嗟茲也。』《管子・小稱篇》云：『嗟茲乎！聖人之言長乎哉！』《秦策》云：『嗟茲乎！司空馬！』《尚書・大傳》云：『諸侯在廟中者，愀然若復見文武之身，然後曰：嗟子乎！此蓋吾先君文武之風也夫！』《說苑・貴德篇》云：『嗟嗞乎！我窮必矣！』揚雄《青州牧箴》曰：『嗟茲天王，附命下土。』嗟嗞、嗟子，並與嗟茲同，歎詞表聲，無定字也。」〔註77〕此即明言歎詞表聲，故無定字，是以文獻中以徂、嗟等字爲之，而西周金文中則皆用「叔」字爲之。楊氏此說，於彝銘與文獻俱可證之，過往疑說，莫不渙然冰釋。西周之用例如 02809《師旂鼎》：「叔！雪（厥）不從雪（厥）右征。」02831《九年衛鼎》：「叔！雪（厥）隹（唯）顏林，我舍顏陳大馬兩。」

　　「哉」者，楊樹達曰：「語末助詞：表感歎。」〔註78〕裴學海《古書虛字集釋》曰：「哉，感歎之詞也。」〔註79〕「哉」字西周金文俱作「𢦏」或「𢦏」，亦有「才」通「哉」者，如 04341《班簋》：「允才（哉）顯」又「隹（唯）民亡（無）㣈（出）才（哉）」。西周金文之用例如：05427《作冊益卣》：「多申（神）

〔註76〕楊樹達：〈縣妃簋跋〉，《積微居金文說》（增訂本）卷一，（北京：中華書局，2004年），頁2。

〔註77〕楊樹達：〈全盂鼎跋〉，《積微居金文說》（增訂本）卷二，（北京：中華書局，2004年），頁41。

〔註78〕楊樹達：《詞詮》卷六，收於《民國叢書》第五編，據商務印書館1931年版影印，頁21。

〔註79〕裴學海：《古書虛字集釋》下冊，（北京：中華書局，2004年），頁635。

母（毋）念哉。」04342《師訇簋》：「王曰：師詢，哀才（哉）。」文獻用例有：《論語・先進》：「孝哉！閔子騫！人不閒於其父母昆弟之言。」又《孟子・滕文公上》：「君哉！舜也！」可爲其例。

　　西周金文所見之歎詞有上述之已、呼、烏、虖、哉等五字，其皆爲表聲之語氣詞，故字無定形，於文獻中多有其他字可代之。其功用主要用爲依文句之前後文意以表達喜悅、讚美、悲憤、遺憾等各種語氣，能使文句之情感增強，語氣延伸，賦予語言更爲生動的表現力與生命力，也讓語言之抒情成分得以傳達，此爲歎詞在語言表現中最主要之目的。

第三章　有本字的假借（上）

　　有本字的假借一般通稱爲「通假」現象。本文所使用的分類方式依陳殿璽：《談古字通假的種類與通假的方式》[註1] 中之分類定義爲標準，每一筆資料均分爲「說解」、「金文用例」、「字音關係」、「案」等四部分說明，「說解」以《說文解字》爲主要內容，爲字作基本之說解與闡述。「金文用例」則以本文所選取的 443 件器爲範圍，依所選取之字例，擷取整件器之部分段落內容以供判斷其於句子中之用法；「字音關係」則討論兩字之上古音是否具有通假之條件，亦即是否具有音同或音近之基礎；而「案」則是對此選取字例之說解，又可分爲前人說解、金文或文獻例句、本文看法三部分，對字例力求完整與清楚之說解。本文專門探論西周金文 [註2] 本有其字的假借字，因此基本的選取標準如下：

（一）選取字例以《殷周金文集成釋文》中之釋文作爲標準，並參酌郭沫若《兩

〔註1〕　陳殿璽：《談古字通假的種類與通假的方式》，《大連教育學院學報》1997 年第 4 期，頁 16～19。本文所使用之「兩字單通」分類方式及字詞解釋皆依陳氏說法爲基礎。陳氏所區分之七類分別爲：（一）兩字單通；（二）兩字互通；（三）單通群字；（四）群通一字；（五）隔字相通；（六）群字遞通；（七）群字混通等七種通假方式。其中「群字遞通」之字例於西周金文中未見，故本文僅取其餘六種方式討論。而「兩字單通」之字例份量較大，故於第三章中單獨討論，其餘五種方式於第肆章「有本字的假借（下）」中依次討論。

〔註2〕　文中所指稱之西周金文用例皆爲本文所採用之西周時期 443 器而言，非爲一般泛指所有之西周金文，特此註明。

周金文辭大系圖錄考釋》、陳夢家《西周銅器斷代》、張亞初《殷周金文集成引得》之釋文作刪補修訂之輔助版本;(二)字例之選取概以西周斷代爲標準,故以當代所出現字例爲範圍,是故本字後起者亦不包含在內。如「屯」字,各家皆釋作「純」,一無異議,然「純」字乃晚至於東周《陳純釜》才出現,因此將之視作後起本字,本文暫不錄用;其他如分化字、區別字、異體字等皆不在討論之範圍內,如三與四、中與仲、厄與軛……等。本文處理西周金文中古今字與同源字之方式仍以西周時期爲斷代基準,於同時期中所使用之字例,則收錄其中並在案語中註明,以茲區別。本章節各部分論述內容以字例之筆畫順序依序討論,每筆字例呈現方式爲「借字>被借字(本字)」以便於討論與辨識。

　　本文「上古擬音」的部分依次列出郭錫良〔註3〕、董同龢〔註4〕、周法高〔註5〕三家擬音,以供參考對照,三家韻部對照與擬音可參見附錄一。本文實際分析運用之上古聲韻分類以郭錫良《漢字古音手冊》之上古聲母三十二類,上古韻部三十部以作爲分類標準。董氏與周氏之上古擬音於本文則用爲輔助與參考對照之用,一方面可與郭氏之上古擬音作對照,另一方面對於郭氏古音說解不足之處,可以用二家來作輔助之說解,以求字音關係之說解完整性。

第一節　兩字單通

　　「兩字單通」即是「一字一借」的情形,指甲字習慣上可以代替乙字使用,但乙字卻絕不可代替甲字使用。此例於西周金文通假字中共有七十一例,各例分論如下:

表十四:西周金文兩字單通字例一覽表

借字筆畫	2畫		3畫						4畫	
序號	1	2	3	4	5	6	7	8	9	10
金文借字	匕	又	土	尸	亡	工	子	弔	勻	壬
金文被借字	妣	有	徒	夷	無	功	巳	叔	鈞	任

〔註3〕郭錫良:《漢字古音手冊》(北京:北京大學出版社,1986年)。

〔註4〕董同龢:《上古音韻表稿》(台北:中央研究院歷史語言研究所,1997年)。

〔註5〕周法高:《周法高上古音韻表》(台北:三民書局。1973年)。

借字筆畫	4畫	5畫				6畫				
序號	11	12	13	14	15	16	17	18	19	20
金文借字	內	母	申	田	囘	刑	成	死	考	有
金文被借字	入	毋	神	甸	絅	荆	盛	尸	老	右

借字筆畫	6畫	7畫								8畫
序號	21	22	23	24	25	26	27	28	29	30
金文借字	衣	里	攸	吳	巠	吾	言	求	吹	征
金文被借字	殷	裏	鋆	虞	經	敔	歆	逑	墮	正

借字筆畫	8畫								9畫	
序號	31	32	33	34	35	36	37	38	39	40
金文借字	者	或	隹	事	奉	青	叔	妹	俗	故
金文被借字	書	國	唯	士	封	靜	朱	昧	欲	辜

借字筆畫	9畫				10畫					
序號	41	42	43	44	45	46	47	48	49	50
金文借字	苟	剌	宥	哀	逆	般	眚	辰	害	參
金文被借字	敬	烈	囿	愛	朔	盤	生	揚	曷	三

借字筆畫	11畫				12畫					
序號	51	52	53	54	55	56	57	58	59	60
金文借字	章	黃	商	童	登	喪	朝	博	奠	絲
金文被借字	璋	璜	賞	東	鄧	爽	廟	搏	鄭	茲

借字筆畫	12畫	13畫				14畫				15畫
序號	61	62	63	64	65	66	67	68	69	70
金文借字	巍	義	叔	虞	辟	厰	誓	朢	憲	替
金文被借字	矢	宜	且	永	璧	嚴	哲	忘	對	首

借字筆畫	26畫
序號	71
金文借字	虋
金文被借字	眉

（1）匕>妣

說解：

匕：《說文・匕部》八篇上四十：「相與比敘也。從反人，匕亦所以用比取
飯，一名柶。」

妣：《說文·女部》十二篇下七：「殁母也。从女，比聲。妣，籀文妣省。」

金文用例：

02763《我方鼎》：「我乍（作）禦祭且（祖）乙、匕（妣）乙、且（祖）己、
匕（妣）癸，……」

字音關係：

匕：ㄅㄧˇ；卑履切，幫旨開三上；幫脂；*pǐei；*pǐed；*pǐər

妣：ㄅㄧˇ；卑履切，幫旨開三上；幫脂；*pǐei；*pǐed；*pǐər

案：

段玉裁謂匕為飯匙，然匕應形似勺而稍淺，首銳而薄，可以取飯，亦可叉肉，於《我方鼎》則皆借用為人名，共二例，西周金文用例僅見於此。高田忠周於《古籀篇》即明言「匕，銘即借為妣字。」〔註6〕容庚《金文編》：「（匕）孳乳為妣。」〔註7〕「妣」字僅出現於02789《或方鼎》：「其用夙夜享孝于厥文祖乙公，于文妣日戊，其子子孫孫永寶。」用法相近，可為證。匕、妣二字上古同屬幫母脂部，古音全同故得通假。

（2）又>有

說解：

又：《說文·又部》三篇下十六：「手也。象形。三指者，手之列，多略不過三也。」

有：《說文·有部》七篇上二十五：「不宜有也。《春秋》傳曰：日月有食之。从月，又聲。」

金文用例：

02724《毛公旅方鼎》：「絲（肆）母（毋）又（有）弗甕（競），是用壽老（考）。」

02837《大盂鼎》：「至于庶人六百又（有）五十又（有）九夫。」

04131《利簋》：「夙又（有）商。」

04292《五年召伯虎簋》：「己丑，琱生又（有）事。」

〔註6〕高田忠周：《古籀篇》（第二冊）（台北：大通書局，1982年），卷33葉29，頁1001。

〔註7〕容庚：《金文編》（北京：中華書局，1985年），頁576。

04323《敔簋》：「隹（唯）王十又（有）一月。」

字音關係：

又：一ㄡˋ；于救切，云宥開三去；匣之；*ɣĭwə；*ɣĭwĕg；*ɣjwər

有：一ㄡˇ；云久切，云有開三上；匣之；*ɣĭwə；*ɣĭwĕg；*ɣjwər

案：

「又」於西周金文中通「有」之例甚多，當「又」用於「連詞」以及有無之「有」時，均可通「有」字，如：04208《段簋》：「唯王十又（有）三（四）祀十又（有）一月丁卯。」之「又」為連詞通「有」；00260《㝬鐘》：「朕猷又（有）成亡（無）競。」之「又」通有無之「有」，又通有之例依本文整理共四十例。又通有之例於文獻中習見，如：《禮記·月令》：「又隨以喪。」《淮南子·時則》又作有；《易·繫辭上》：「又以尚賢也。」《經典釋文》：「又，鄭作有。」《集解》又作有；《國語·周語上》：「而又不至。」《史記·周本紀》又作有，凡此皆為又通有之例。又、有二字上古音同屬匣母之部，二字音同，故可通假。

（3）土>徒

說解：

土：《說文·土部》十三篇下十六：「地之吐生萬物也。二象地之上地之中，｜物出形也。」

徒：《說文·彳部》二篇下三：「步行也。从辵，土聲。」

金文用例：

02821《此鼎》：「嗣（司）土（徒）毛弔（叔）右此入門，立中廷。」

02832《五祀衛鼎》：「廼令參（三）有嗣（司），嗣（司）土（徒）邑人趞。」

04197《郘𥎤簋》：「用𤔲（嗣）乃且考釁。乍（作）嗣（司）土（徒）。」

04255《㪤簋》：「㪤，令女（汝）作嗣（司）土（徒），官嗣（司）耤田。」

09728《曶壺蓋》：「更乃且（祖）考，作冢嗣（司）土（徒）於成周八𠂤（師）。」

字音關係：

土：ㄊㄨˇ；他魯切，透姥合一上；透魚；*tʰɑ；*tʰâg；*tʰar

徒：ㄊㄨˊ；同都切，定模合一平；定魚；*dɑ；*dʰâg；*dar

案：

金文「司徒」多作「嗣土」，亦有作「嗣徒」者，如02814《無叀鼎》：「嗣

徒南中（仲）」、04294《揚簋》：「嗣徒單白（伯）」、10322《永盂》：「嗣徒函父」。「司徒」爲官名，周代六卿之一，《尚書・周官》將冢宰、司徒、宗伯、司馬、司寇、司空稱爲六卿。如《尚書・堯典》：「帝曰：『契！百姓不親，五品不遜。汝作司徒，敬敷五教，在寬。』」西周金文土通徒者共十七例。土、徒上古同爲魚部，透、定同爲舌頭音，故得通假。

（4）尸＞夷

說解：

尸：《說文・尸部》八篇上七十：「陳也。象臥之形。」

夷：《說文・大部》十篇下七：「東方之人也。从大，从弓。」

金文用例：

02731《憲鼎》：「王令（命）趞戣（捷）東反（返）尸（夷）。」

05425《競卣》：「命伐南尸（夷）。」

04238《小臣謎簋》：「東尸（夷）大反，白（伯）懋父以殷八𠂤（師）征東尸（夷）。」

04464《駒父盨蓋》：「率高父見南淮尸（夷）。」

04323《敔簋》：「南淮尸（夷）遷殳入伐。」

字音關係：

尸：ㄕ　；式脂切，書脂開三平；書脂；*ɕiei；*x̠ied；*st‘jier

夷：一ˊ；以脂切，余脂開三平；余脂；*ʎiəy；*djed；*rier

案：

郭沫若《兩周金文辭大系圖錄考釋・競卣》釋曰：「古金文凡夷狄字均作尸，卜辭屢見尸方亦即夷方，揆其初意，蓋斥異族爲死人，猶今人之稱鬼也，後乃通改爲夷字。《周禮・凌人》：『大喪共夷槃冰。』注云：『夷之言尸也。實冰於夷槃中置之尸牀之下所以寒尸，尸之槃約夷槃，牀曰夷牀衾曰夷衾，移尸曰夷于堂，皆依尸而爲言者也。』其《士喪禮》、《既夕禮》、《喪大記》注均同此說。又《左傳成十七年》：『吾一朝而尸三卿。』《韓非子・內儲說・六徵》尸作夷，此尸夷通用之明證。」〔註8〕陳初生《金文常用字典》：「甲骨文、金文尸象人彎

〔註8〕郭沫若：《競卣》，《兩周金文辭大系圖錄考釋》，收於《郭沫若全集》（第八冊）（北京：科學出版社，2002年），頁46～47。

身屈膝之形，爲夷之初文，中原地區統治者對邊遠地區少數民族蔑稱爲尸，蓋以其須曲身稱臣也。」〔註9〕金文作「夷」者僅見於 02805《南宮柳鼎》之「王乎（呼）乍（作）冊尹冊令柳觸（司）六自（師）牧，陽大□觸（司）義夷，陽（場）佃吏。」文中「義夷」爲地名。〔註10〕尸、夷二字上古同屬脂部，書、余二母同屬舌音，故得通假。

（5）亡＞無

說解：

　　亡：《說文・亡部》十二篇下四十五：「逃也。从入乚。」

　　無：《說文・林部》六篇上六十七：「豐也。從林奭。奭，或說規模字。從大冊。冊，數之積也。林者，木之多也。棶與庶同意。《商書》曰：庶艸緐棶。」

金文用例：

　　00103《遲父鐘》：「子子孫孫亡（無）彊（疆）寶。」

　　00147《士父鐘》：「降余魯多福無彊（疆）。」

　　02836《大克鼎》：「暈（得）屯（純）亡（無）敃（愍）。」

　　04207《遹簋》：「王鄉（饗）酉（酒），遹御亡（無）遣（譴）。」

　　10174《兮甲盤》：「兮甲從王，折首執訊，亡（無）敃（愍）。」

字音關係：

　　亡：ㄨㄤˊ；武方切，明陽合三平；明陽；*mǐwaŋ；*mǐwang；*mjwang

　　無：ㄨˊ　；武夫切，明虞合三平；明魚；*mǐwa　；*mǐwag　；*mjwaɣ

案：

　　「亡」字於西周金文多借作「無」字使用，如「亡（無）彊（疆）」、「亡（無）敃（愍）」等詞，殷墟甲骨文字已有亡字讀爲有無之無，如《甲骨文合集》28771：「王其田狩亡（無）弐（災）？」，西周金文亦是如此。文獻中亡通無之字例，如：《尙書・皋陶謨》：「無教逸欲。」《漢書・王嘉傳》引無作亡；《詩經・陳風・宛丘》：「無多無夏。」《漢書・地理志》引無作亡；《詩經・大雅・抑》：「無言

〔註 9〕陳初生編纂：《金文常用字典》（高雄：復文圖書出版社，1992 年），頁 821。

〔註10〕沈寶春：《南宮柳鼎》，《商周金文錄遺考釋》收於《古典文獻研究輯刊》（台北：花木蘭文化工作坊，2005 年），頁 251～252。

不讎，無德不報。」《漢書·王莽傳》引無作亡，諸如此類皆亡可通無之例。亡、無二字上古音同屬明母字，又韻部方面主要元音相同，故二字音近，故可通假。

（6）工＞功

說解：

　　工：《說文·工部》五篇上二十五：「巧飾也。象人有規榘，與巫同意。」

　　功：《說文·力部》十三篇下五十：「以勞定國也。从力，工聲。」

金文用例：

　　04029《明公簋》：「魯医（侯）又（有）頴（稽）工（功）。」

　　04313《師衰簋》：「休既又（有）工（功）折首執嘼（訊）。」

　　04330《沈子它簋蓋》：「念自先王先公，乃妹克衣（殷），告剌（烈）成工（功）。」

　　04341《班簋》：「廣成氒（厥）工（功）。」

　　10173《虢季子白盤》：「將武于戎工（功），經維亖（四）方。」

字音關係：

　　工：ㄍㄨㄥ；古紅切，見東合一平；見東；*koŋ；*kûng；*kewng

　　功：ㄍㄨㄥ；古紅切，見東合一平；見東；*koŋ；*kûng；*kewng

案：

　　工者，諸家均釋爲功，無異辭。「功」字西周金文字形僅見於05995《師艅尊》：「王女（如）上医（侯），師艅（俞）從王□功。」其餘皆以「工」通釋爲「功」。文獻中工通功之例如：《尚書·皋陶謨》：「天工人其代之。」《尚書·大傳》、《漢書·律曆志》引工作功；《尚書·益稷》：「苗頑弗即工。」《史記·夏本紀》工作功。由此可知工可通功。而工亦可通空，西周金文中「司空」皆作爲「嗣工」，用爲專有名詞，然空字西周金文未見其字形。工、功二字上古音同屬見母東部，古音相同，故可通假。

（7）子＞巳

說解：

子：《說文·子部》十四篇下二十四：「十一月昜氣動，萬物滋，人以爲偁。象形。」

巳：《說文·巳部》十四篇下三十：「巳也。四月昜气巳出，陰气巳臧，萬

物見，成彣彰，故巳爲它，象形。」

金文用例：

02748《庚嬴鼎》：「丁子（巳），王蔑庚嬴麻（曆）。」

02755《宂鼎》：「隹（唯）王九月既朢（望）乙子（巳）。」

02777《史伯碩父鼎》；「隹（唯）六年八月初吉己子（巳）。」

04195《繭簋》：「隹（唯）六月既生霸辛子（巳）。」

04229《史頌簋》：「隹（唯）三年五月丁子（巳）。」

字音關係：

子：ㄗˇ；即里切，精止開三上；精之；*tsǐə；*tsjəg；*tsjiěɤ

巳：ㄙˋ；詳里切，邪止開三上；邪之；*zǐə；*dǐəg；*rǐeɤ

案：

「子」金文多用爲子孫以及十二支名，而用爲十二支名者金文至少十一見。郭沫若：「殷周古文凡十二辰辰巳之巳均作子，而子丑之子均作𤔲。」〔註11〕金文如毛公鼎與大盂鼎中已見「巳」字，非用於十二支名，然亦借子字爲之。子、巳上古同爲之部，精、邪同爲齒頭音，故得通假。

（8）弔＞叔

說解：

弔：《說文·弓部》八篇上三十七：「問終也。从人弓。古之葬者厚衣之以薪，故人持弓會毆禽也弓蓋往復弔問之義。」

叔：《說文·又部》三篇下十九：「拾也。从又，尗聲。汝南名收芊爲叔。」

金文用例：

00060《逆鐘》：「弔（叔）氏才（在）大（太）廟。」

00147《士父鐘》：「乍（作）朕皇考弔（叔）氏寶替（林）鐘。」

02780《師湯父鼎》：「乍（作）朕文毛弔（叔）𪔲彝。」

04454《叔專父盨》：「弔（叔）專父作乍（作）奠（鄭）季寶鐘。」

06516《趞觶》：「丼（邢）弔（叔）入右（佑）趞王。」

〔註11〕郭沫若：《史頌簋》，《兩周金文辭大系圖錄考釋》收於《郭沫若全集》（第八冊）（北京：科學出版社，2002 年），頁 159～160。

字音關係：

    弔：ㄉㄧㄠˋ；多嘯切，端嘯開四去；端宵；*tiau ；*tjɔg；*teawk

    叔：ㄕㄨˊ   ；式竹切，書屋合三入；書覺；*ɕĭəuk；*sʻjok；*stʻjəwk

案：

    容庚《金文編》：「後假拾也之叔為伯弔之弔。又孳乳淑、俶以為弔善之弔。」〔註12〕金文叔字不作叔伯之叔，而多用作人名。《儀禮・士冠禮》：「仲、叔、季，唯其所當。」鄭玄注：「伯仲叔季，長幼之稱。」弔與叔二字通界關係主要在於主要元音和韻尾相同或相近，郭氏與周氏之擬音除原本韻部上的差異外，基本上大致相同，董氏因認為上古有濁音韻尾〔*-g〕的存在，但是其主要元音仍是相近的。二字韻部相近，故弔、叔二字可通假。

    （9）勻>鈞

說解：

    勻：《說文・勹部》九篇上三十六：「少也。从勹二。」

    鈞：《說文・金部》十四篇上十四：「三十斤也。从金，勻聲。」

金文用例：

    00048《夨鐘》：「易（賜）夨白金十勻（鈞）。」

    02696《內史䢅鼎》：「易（賜）金一勻（鈞）。」

    02835《多友鼎》：「易（賜）女（汝）圭䯧（瓚）一、湯鐘一肆、鐈鋚百勻（鈞）。」

    04213《屖敖簋蓋》：「易（賜）盠屖敖金十勻（鈞）。」

    《近出》0943《匍盉》：「赤金一勻（鈞）。」

字音關係：

    勻：ㄩㄣˊ；羊倫切，余諄合三平；余眞；*kǐwen；*kjwen；*kjiwen

    鈞：ㄐㄩㄣ；居勻切，見諄合三平；見眞；*ʎǐwen；*gjwen；*ɣriwen

案：

    「勻」，李學勤釋作「鈞」。〔註13〕「鈞」字本形見於09721《幾父壺》：「金

〔註12〕容庚：《金文編》（北京：中華書局，1985 年），頁 569～570。

〔註13〕李學勤：〈論多友鼎的時代及意義〉，《新出青銅器研究》（北京：文物出版社，1990 年），頁 127。

十圖（鈞）。」「鈞」為重量單位，三十斤為一鈞。《尚書・五子之歌》：「關石和鈞，王府則有。」疏：「（漢書）《律歷志》云：『三十斤為鈞，四鈞為石。』」西周金文勻通鈞者共見此五例。勻、鈞二字上古音韻部同屬眞部，二字疊韻，故可通假。

（10）壬＞任

說解：

壬：《說文・壬部》十四篇下二十三：「位北方也。侌極易生，故易曰：龍戰於野。戰者接也。象人裹妊之形。承亥壬以子生之敘也。壬與巫同意。壬承辛，象人脛。脛，任體也。」

任：《說文・人部》八篇上二十二：「保也。从人，壬聲。」

金文用例：

《近出》0097《楚公逆鎛鐘》：「夫（敷）壬（任）三（四）方首。」

字音關係：

壬：ㄖㄣˊ；如林切，日侵開三平；日侵；*ŋĭəm；*ńĭəm；*njiəm

任：ㄖㄣˋ；如林切，日侵開三平；日侵；*ŋĭəm；*ńĭəm；*njiəm

案：

西周金文僅此一例，「任」字西周銘文見於04269《縣妃簋》：「乃任縣伯室，賜女（汝）婦。」任在此用為任命義。典籍壬通作任者如：《國語・吳語》：「今齊侯壬不鑒于楚。」《舊音》壬作任，宋庠本同；《史記・齊太公世家》：「齊人共立悼公子壬，是為簡公。」《十二諸侯年表》壬作任，皆可為證。壬、任二字古音全同，〔ŋ〕、〔ń〕為舌面前鼻音。任，从人壬聲。壬為其聲符，故音同可通假。

（11）內＞入

說解：

內：《說文・入部》五篇下十八：「入也。从冂入。自外而入也。」

入：《說文・入部》五篇下十八：「內也。象從上俱下也。」

金文用例：

02456《伯矩鼎》：「用言王出內（入）事（使）人。」

02804《利鼎》：「丼（刑）白（伯）內（入）右（佑）利，立中廷。」

02814《無叀鼎》：「南中（仲）右（佑）無叀內（入）門，立中廷。」

04294《揚簋》：「嗣（司）徒單白（伯）內（入）右（佑）揚。」

04287《伊簋》：「虒（申）季內（入）右（佑）伊。」

字音關係：

內：ㄋㄟˋ；奴對切，泥隊合一去；泥物；*nuət；*nwəp；*nwər

入：ㄖㄨˋ；人執切，日緝開三入；日緝；*ńǐəp；*ńǐəp；*njiəp

案：

內通入者，即進入之意，與出相對。西周金文「某人入右某人」、「某人入門」之例如：04327《卯簋蓋》：「榮季入右卯立中廷」、04244《走簋》：「丼（邢）白（伯）入右走」、04250《即簋》：「定白（伯）入右即」、04251《大師虘簋》：「王乎（呼）師晨召大師虘入門，立中廷」……等例，此皆入作本字之例。文獻中納通入之例如：《禮記・月令》：「無不務內。」《呂氏春秋・季秋紀》、《淮南子・時則》皆引內作入；《左傳・襄公九年》：「以出內火。」《漢書・五行志》引內作入；《戰國策・趙策三》：「必入五使。」《史記・平原君列傳》入作內，凡此皆為內可通入之例。西周金文共見二十五例。內、入二字上古音雖聲韻皆異，然其聲母內屬泥母、入屬日母，章太炎提出「娘日歸泥說」之例證即有古文以入為內之例，[註14] 是知內、入二字上古聲母應相同。又韻部部分，物部與緝部上古音同屬入聲韻，主要元音亦相同，故二字韻部亦相近，由此可知，內、入二字上古聲母相同，韻部相近，故可通假。

（12）母>毋

說解：

母：《說文・母部》十二篇下六：「牧也。从女，象裹子形。一曰：象乳子也。」

毋：《說文・毋部》十二篇下三十：「止之詞也。从女一。女有姦之者，一禁止之令勿姦也。」

金文用例：

02841《毛公鼎》：「女（汝）母（毋）弗帥用先王乍（作）明井（刑），俗（欲）女（汝）弗以乃辟圅（陷）于艱。」

〔註14〕 竺師家寧：《聲韻學》（台北：五南圖書，2002年），頁562。

04216《五年師旋簋》：「敬母（毋）敗速（績）。」

04271《同簋》：「世孫孫子子左右吳大父，母（毋）女（汝）又（有）閑（閒）。」

04327《卯簋蓋》：「女（汝）母（毋）敢不蠹（善）。」

05428《叔趯父卣》：「母（毋）尙爲小子。」

字音關係：

　　母：ㄇㄨˇ；莫厚切，明厚開一上；明之；*mə ；*mwŝg ；*məɣ

　　毋：ㄨˊ ；武夫切，明虞合三平；明魚；*mǐwɑ；*mǐwag；*mjwaɣ

案：

　　西周金文母假爲毋者至少二十七例，多用以表示禁止之語。甲骨文、金文、石鼓文中常借母爲毋。趙誠：「母，从女突出乳房，表示哺育過子女的女人。此即母字之本義。卜辭用作副詞，表示禁止或否定，近似於後代的毋，則爲借音字。」〔註15〕羅振玉：「古金文毋皆作母。」母、毋古本同一字，然此二字於西周時期仍通借使用，應爲其用字之過渡時期，後字形分化而爲二字，遂不通借。母、毋上古同屬明母字，之部與魚部相近，故得通假。

　　（13）申＞神

說解：

　　申：《說文・申部》十四篇下三十二：「神也。七月会气成體自申束。从臼，自持也。吏以餔時聽事，申旦政也。」

　　神：《說文・示部》一篇上五：「天神引出萬物者也。从示，申聲。」

金文用例：

02821《此鼎》：「用喜（享）孝于文申（神）。」

02836《大克鼎》：「天子明哲，親孝于申（神）。」

04448《杜伯盨》：「其用喜（享）孝于皇申（神）且（祖）考。」

05427《作冊益卣》：「多申（神）母（毋）念哉。」

09718《輅史頯壺》：「用追福泉（祿）于丝（茲）先申（神）皇且（祖）喜（享）。」

〔註15〕趙誠：《甲骨文虛詞探索》，《古文字研究》（第十五輯）（北京：中華書局，1986 年），頁 282。

字音關係：

申：ㄕㄣ　；失人切，書眞開三平；書眞；*eǐen；*śi̯en　；*st'jien

神：ㄕㄣˊ；食鄰切，船眞開三平；船眞；*dǐen；*d'i̯en；*zdjien

案：

西周金文申字多於地支使用，共二十五見，而神字於西周金文見於 00246《癲鐘戊組》；00247《癲鐘甲組》；00255《癲鐘丙丁組》；00260《宗周鐘》；00356《丼叔釆鐘》；04021《寧簋蓋》；04115《伯戜簋》；04170《癲簋》等器，爲天神、神靈之義。申通神者西周金文僅見此五例，均爲西周中晚期器。申、神二字上古音同屬眞部字，又聲母書母與船母同屬舌上音，故申、神二字上古音近，故可通假。

（14）田＞甸

說解：

田：《說文・田部》十三篇下四十一：「陳也。樹穀曰田。象形。口十，千百之制也。」

甸：《說文・田部》十三篇下四十四：「天子五百里內田。从勹田。」

金文用例：

02837《大盂鼎》：「隹（唯）殷𤔲（邊）医（侯）田（甸）」

09901《夨令方彝》：「眔者（諸）医（侯）：医（侯）、田（甸）、男、舍三（四）方令。」

字音關係：

田：ㄊㄧㄢˊ；徒年切，定先開四平；定眞；*dien；*d'ien；*den

甸：ㄉㄧㄢˋ；堂練切，定霰開四去；定眞；*dien；*d'ien；* den

案：

林義光《文源》：「《說文》從勹之字，古作从人。甸當與佃同字。从人、田，田亦聲。」郭沫若：「『侯、甸、男、衛、邦伯』即本銘之『諸侯：侯、田、男』，邦伯猶諸侯，侯甸男衛等即諸侯之古俪。」〔註16〕《周禮・春官・序官》：「甸

〔註16〕郭沫若：《令彝》，《兩周金文辭大系圖錄考釋》收於《郭沫若全集》（第八冊）（北京：科學出版社，2002 年），頁 7。

祝。」鄭注：「甸之言田也。」又《周禮・春官・小宗伯》：「若大甸，則帥有司而艦獸于郊。」鄭注：「甸讀曰田。」可證之。西周金文僅見此二例，皆為西周早期器。田、甸二字各家擬音皆相同，又甸从勹田，田為其聲符，故可音同通假。然田、甸二字於意義上有其關聯，二字音近，古音相同，故其二字為同源字，西周時期二字可通借使用，疑為其過渡使用之階段，後世遂分為二字。

（15）冏>絅

說解：

冏：《說文・冂部》五篇下二十六：「邑外謂之郊，郊外謂之野，野外謂之林，林外謂之冂。象遠介也。凡冂之屬皆从冂。冋，古文冂从口，象國邑。」

絅：《說文・糸部》十三篇上九：「急引也。从糸，冋聲。」

金文用例：

02783《七年趙曹鼎》：「易（賜）趙曹緇市、冋（絅）黃、䜌（鑾）。」

02813《師㝵父鼎》：「易（賜）緇市、冋（絅）黃、玄衣、黹屯（純）、戈、琱戟、旂。」

02836《大克鼎》：「易（賜）女（汝）叔（朱）市、參（三）冋（絅）、苪（中）悤。」

04279《元年師旋簋》：「易（賜）女（汝）赤市、冋（絅）黃、麗般。」

04321《訇簋》：「易（賜）女（汝）玄衣、黹屯（純）、載市、冋（絅）黃、戈、琱戟、厚必（柲）、彤沙、䜌（鑾）旂。」

字音關係：

冋：ㄐㄩㄥ　；口迴切，溪迥合四上；溪耕；*kʻiweŋ；*kiweng；*kweng

絅：ㄐㄩㄥˇ；口迴切，溪迥合四上；溪耕；*kʻiweŋ；*kiweng；*kweng

案：

郭沫若曰：「冋乃叚為絅若䋹，䋹一作蘱，今之貝母也，其纖維古以製衣，今猶用以造繩，色近褐。……絅從冋聲，自可通假。」〔註17〕《詩經・衛風・碩

***

〔註17〕郭沫若：《毛公鼎》，《兩周金文辭大系圖錄考釋》收於《郭沫若全集》（第八冊）（北京：科學出版社，2002年），頁154～155。

人》：「衣錦褧衣」，《列女傳》引作「衣錦絅衣」、《說文》林部襘字下引作「衣錦襘衣」；〔註18〕《禮記・中庸》：「衣錦尙絅」，《尙書大傳》作「衣錦尙顈」皆可為證。「冋」字讀如字之例如04343《牧簋》：「有冋事。」「絅」字字形見於04288《師西簋》：「易（賜）女（汝）赤市、朱黃、中絅、鋚（攸）勒。」，故知冋可通絅。西周金文冋通絅共見十例。冋、絅二字上古音同屬溪母耕部，二字音同，故可通假。

（16）刑>荊

說解：

　　刑：《說文・刀部》四篇下五十：「剄也。從刀，开聲」

　　荊：《說文・艸部》一篇下三十二：「楚木也。从艸，刑聲。」

金文用例：

　　10175《史牆盤》：「昭王廣能（能）楚刑（荊），隹（惟）寏南行。」

字音關係：

　　刑：ㄒㄧㄥˊ；戶經切，匣青開四平；匣耕；*ɣieŋ；*ɣieng；*geng

　　荊：ㄐㄧㄥ　；舉卿切，見庚開三平；見耕；*kǐeŋ；*kǐeng；*tsjieng

案：

　　「荊」為楚的別稱。《穀梁傳》莊公十年：「荊者，楚也。」03976《䜌駿簋》：「䜌駿從王南征，伐楚荊。」《古本竹書紀年》：「昭王十六年伐楚荊。」是知《䜌駿簋》與《史牆盤》皆為昭王時伐楚之器。郭沫若：「《䜌簋》：『䜌駿，從王南征，伐楚荊。』南征之語與《左傳》合，伐楚荊之語與紀年合。」〔註19〕可證《史牆盤》之「楚刑」即為「楚荊」，刑與荊可通，是例西周金文亦僅見於此器。刑、荊二字上古同為耕部匣、見同屬喉音，故得通假。

（17）成>盛

說解：

　　成：《說文・戊部》十四篇下二十一：「就也。從戊，丁聲。」

　　盛：《說文・皿部》五篇上四十六：「黍稷在器中，以祀者也。从皿，成聲。」

〔註18〕〔清〕段玉裁：《說文解字注》（台北：藝文印書館，1999年），七篇下二，頁339。

〔註19〕郭沫若：《䜌簋》，《兩周金文辭大系圖錄考釋》收於《郭沫若全集》（第八冊）（北京：科學出版社，2002年），頁125。

金文用例：

04627《㣏仲簠》：「其竊其玄其黃，用成（盛）秫稻糕汈（粱）。」

04628《伯公父簠》：「亦玄亦黃，用成（盛）糕稻。」

字音關係：

成：ㄔㄥˊ；是征切，禪清開三平；禪耕；*ẑi̯eŋ；*ẑi̯eng；*djieng

盛：ㄕㄥˋ；是征切，禪清開三平；禪耕；*ẑi̯eŋ；*ẑi̯eng；*djieng

案：

容庚《金文編》：「（成）孳乳爲盛。」[註20] 04579《史免簠》：「用盛稻汈（粱）。」09713《㝬季良父壺》：「用盛旨酉（酒）。」皆爲相同文例，用法相同。文獻中成與盛亦常通用，如：《易・繫辭上》：「成象之謂乾。」《經典釋文》：「成象，蜀才作盛象。」《公羊傳・莊公八年經》：「師及齊師圍城，成降于齊師。」《穆天子傳》成作盛；《史記・封禪書》：「祠成山。」《漢書・郊祀志》成作盛。由此可知，成與盛於文獻典籍中每相通用，西周金文僅見此二例。成、盛二字古音全同，故得通假。

（18）死＞尸

說解：

死：《說文・死部》四篇下十三：「澌也。人所離也。从歺人。」

尸：《說文・尸部》八篇上七十：「陳也。象臥之形。」

金文用例：

02786《康鼎》：「王令（命）死（尸）嗣（司）王家。」

02837《大盂鼎》：「盂，廼召（紹）夾死（尸）嗣（司）戎，敏諫罰訟。」

04219《追簋》：「追虔夙（夙）夕卹氒（厥）死（尸）事，天子多易（賜）

　　　　　　追休。」

04311《師獸簋》：「余令女（汝）死（尸）我家。」

04272《望簋》：「王乎（呼）史年冊令（命）望，死（尸）嗣（司）畢王家。」

字音關係：

死：ㄙˇ；息姊切，心旨開三上；心脂；*si̯ei；*si̯ed；*sjier

〔註20〕容庚：《金文編》（北京：中華書局，1985 年），頁 967。

尸：ㄕ　；式脂切，書脂開三平；書脂；*ɕĭei；*x̭ied；*stˤjier

案：

金文未見屍字，而假死爲之。典籍則多假尸爲之。段玉裁《說文》屍字下注曰：「今經傳字多作尸，同音假借也，亦尙有作屍者。」〔註21〕《詩經・召南・采蘋》：「誰其尸之，有齊季女。」毛傳：「尸，主。」《爾雅》：「尸，主也。」皆爲假借義。陳初生《金文常用字典》：「吳大澂曰：『死即屍。《說文》：尸，陳也；屍，終主也。引伸之凡爲主者皆爲屍，經傳通作尸。』」金文之「尸」亦常借作「夷」。死、尸二字上古同屬脂部，故得通假。

（19）考>老

說解：

　　考：《說文・老部》八篇上六十七：「老也。从老省，丂聲。」

　　老：《說文・老部》八篇上六十七：「考也。七十曰老。从人毛七。言須髮
　　　　　變白也。」

金文用例：

　　05428《叔趞父卣》：「余考，不克御事。」

字音關係：

　　考：ㄎㄠˇ；苦浩切，溪皓開一上；溪幽；*kˤəu；*kˤôg；*kˤəw

　　老：ㄌㄠˇ；盧皓切，來皓開一上；來幽；*lˤeu　；*lˤôg　；*lˤəw

案：

　　侯志義：「考，《廣雅・釋詁一》云：「老也。」御事即治事，此言吾已年老，不能治理政事也。」〔註22〕考與老本爲同字，象老人曲背扶杖之形，而後分化爲二，其所扶之杖便七者爲老字，變丂者遂變成從老省，丂聲之形聲字，其爲金文以後逐漸分化，意義與用法亦不完全相同。西周金文所見老字用法除上述之外，僅見於西周晚期09713《妥季良父壺》：「用言（享）孝于兄弟婚顜（媾）者（諸）老。……其萬年霝（靈）冬（終）難老。」老爲年老之人、衰老之義，如《孟子・梁惠王上》：「老吾老，以及人之老。」以及《論語・季氏》：「及其

〔註21〕〔清〕段玉裁：《說文解字注》（台北：藝文印書館，1999年），八篇上七十二，頁404。

〔註22〕侯志義：《西周金文選編》（西安：西北大學出版社，1990年），頁31。

老也，血氣既衰，戒之在得。」是爲其例。考通老者，西周金文僅見此例。考、老二字同老通考之例上古韻部同屬幽部，聲母部分疑爲複聲母〔*kl-〕之形式，故二字音近，可通假。然考、老二字，歷來學者多認爲其爲轉注字或同源字，今依《說文解字》則此爲轉注字，若就其音義之關係而言，二字音義皆相近，則歸於同源字，西周時期疑爲其用字之過渡階段，二字於通一時期中可借用，因而此通假現象仍歸於通假字。

（20）有＞右

說解：

　　有：《說文・有部》七篇上二十五：「不宜有也。《春秋》傳曰：日月有食之。從月又聲。」

　　右：《說文・又部》三篇下十六：「助也。從又口。」

金文用例：

　　02805《南宮柳鼎》：「王才（在）康廟，武公有（右）南宮柳即立（位）中廷，北鄉（嚮）。」

　　04240《免簋》：「王各（格）於大廟，井（邢）弔（叔）有（右）免即令（命）。」

字音關係：

　　有：一ㄡˇ；云久切，云有開三上；匣之；*ɣǐwə；*ɣǐwəg；*ɣjwər

　　右：一ㄡˋ；于救切，云宥開三去；匣之；*ɣǐwə；*ɣǐwəg；*ɣjwər

案：

　　「有」可通「右」，有助、導之義。西周金文多以「右」爲之，如 04271《同簋》：「熒（榮）白（伯）右同立中廷」、04253《弭叔師察簋》：「井（邢）弔（叔）內（入）右師察」、04257《弭叔師耤簋》：「井（邢）弔（叔）內（入）右師耤」……等器皆作右，可通佑字。《詩經・周頌・雝》：「既右烈考，亦右文母。」《後漢書・皇后紀》李注、《何敞傳》李注、《張醻傳》李注皆引右作有；《史記・扁鵲倉公列傳》：「右口氣急。」《集解》引徐廣曰：「右一作有。」以上均爲有可通右之例。有、右二字上古音同屬匣母之部，音相同故可通假。

（21）衣＞殷

說解：

　　衣：《說文・衣部》八篇上四十八：「依也。上曰衣，下曰常。像覆二人之

形。」

殷：《說文・𣪊部》八篇上四十八：「作樂之盛偁殷。从𣎆殳。易曰：殷薦之上帝。」

金文用例：

04261《天亡簋》：「衣（殷）祀护（于）王不（丕）顯考文王。」

04330《沈子它簋蓋》：「念自先王先公廼妹克衣（殷），告剌（烈）成工（功）。」

字音關係：

衣：一　；於希切，影微開三平；影微；*ǐəi；*ǐəd；*ʔjər

殷：一ㄣ；於斤切，影欣開三平；影文；*ǐən；*ǐěn；*ʔrən

案：

「衣祀」郭沫若曰：「衣即是殷。《書・康誥》：『殪戎殷。』《禮・中庸》作『壹戎衣。』鄭注：『衣讀如殷，……齊人言殷聲如衣。』《呂氏・慎大》：『親郼如夏』高注：『郼讀如衣，今袞州人謂殷氏皆曰衣。』」〔註23〕陳夢家：「西周初期金文，殷國之殷皆作衣。」〔註24〕《禮記・中庸》：「壹戎衣而有天下。」鄭注：「衣讀如殷，聲之誤也，齊人言殷聲如衣。」王國維：「卜辭與大豐敦之衣殆皆借爲殷字。惟卜辭爲合祭之名，大豐敦爲專祭之名，此其異也。」〔註25〕西周金文衣通殷者僅見此二例，02748《庚嬴鼎》：「王客（格）凋宮衣（卒）事」、04322《𢹂簋》：「衣（卒）博（搏），無眈于𢹂身」、05430《繁卣》：「衣（卒）事無眈」此三「衣」字同「卒」字，非通「殷」，爲完畢、完成之義，商承祚〈長沙楊家灣六號楚墓竹簡遺冊考釋〉曰：「卒是衣的借用字和引申字，到了小篆才區分開來。」衣、殷兩字上古音同屬影母字，微、文二部雖異，然其主要元音相同，是故衣、殷二字上古音近可通假。

（22）里＞裏

說解：

〔註23〕郭沫若：《沈子簋》，《兩周金文辭大系圖錄考釋》收於《郭沫若全集》（第八冊）（北京：科學出版社，2002年），頁114。

〔註24〕陳夢家：《它簋》，《西周銅器斷代》（北京：中華書局，2004年），頁115。

〔註25〕王國維：〈殷禮徵文〉，《王國維遺書》第五冊，（上海：上海書店，1996年），葉6，頁470。

里：《說文·里部》十三篇下四十一：「凥也。从田从土。一曰：士聲也。」

裏：《說文·衣部》八篇上五十一：「衣內也。从衣，里聲。」

金文用例：

02816《伯晨鼎》：「虎幃冟（幀）依里（裏）幽」

字音關係：

里：ㄌㄧˇ；良士切，來止開三上；來之；*ljə；*ljəɡ；*ljər

裏：ㄌㄧˇ；良士切，來止開三上；來之；* ljə；*ljəɡ；*ljər

案：

容庚《金文編》：「（里）孳乳爲裏。」〔註26〕郭沫若曰：「『虎幃冟依里幽』與《彔伯戎簋》之『虎冟柔裏』、《吳彝》、《牧簋》、《番生簋》、《毛公鼎》、《塱盨》、《師兌簋》等之『虎冟熏裏』同例。」〔註27〕故可得知里可通裏，文獻中未見里通裏之例，而西周金文僅見此例。里、裏上古音相同，故得通假。

（23）攸>鋚

說解：

攸：《說文·攴部》三篇下三十六：「行水也。从攴从人，水省。」

鋚：《說文·金部》十四篇上二：「鐵也。一曰轡首銅也。从金，攸聲。」

金文用例：

02814《無叀鼎》：「易（賜）女（汝）玄衣、黹屯（純）、戈、琱、戟、厚必（柲）、彤沙、攸（鋚）勒、䜌（鑾）旂。」

02819《袁鼎》：「易（賜）袁玄衣、黹屯（純）、赤市、朱黃（衡）、䜌（鑾）旂、攸（鋚）勒、戈、琱、戟、厚必（柲）、彤沙。」

02827《頌鼎》：「易（賜）女（汝）玄衣、黹屯（純）、赤市、朱黃（衡）、䜌（鑾）旂、攸（鋚）勒。」

字音關係：

攸：ㄧㄡ；以周切，余尤開三平；余幽；*ʎǐəu；*djǒɡ；*riəw

鋚：ㄊㄧㄠˊ；徒聊切，定蕭開四平；定幽；*dieu；bʻɔɡ；*deəw

〔註26〕容庚：《金文編》（北京：中華書局，1985 年），頁 890。

〔註27〕郭沫若：《伯晨鼎》，《兩周金文辭大系圖錄考釋》收於《郭沫若全集》（第八冊）（北京：科學出版社，2002 年），頁 249。

案：

《段注》鑒字下曰：「許釋鑒為彎首銅，鑒即鏤字，詩本作攸，轉寫誤作鏤，攸勒皆古文假借字也。古今石文字作攸勒或作鑒勒。」〔註28〕鑒勒為革質飾銅的馬籠頭。文獻中有作「鏤革」，如《詩經・小雅・采芑》：「簟茀魚服，鉤膺鏤革。」郭沫若曰：「『鑒革』即《詩》之『鏤革』，亦即彝銘所習見之『攸勒』。鑒乃彎首銅，故字從金。勒乃馬首絡銜，以革為之，故字從革，亦竟稱之為革。」〔註29〕西周銘文所見「攸（鑒）勒」均用於賞賜之物品，又攸、鑒上古音同屬幽部，余母屬喉音、定母屬舌頭音，古音聲母雖遠，然韻部仍可相通，故攸可通鑒。

（24）吳＞虞

說解：

吳：《說文・矢部》十篇下八：「大言也。从矢口。」

虞：《說文・虍部》五篇上四十一：「騶虞也。白虎黑文，尾長於身，仁獸也。食自死之肉。从虍，吳聲。詩曰：于嗟乎，騶虞。」

金文用例：

04271《同簋》：「同爯（佐）右（佑）吳大父，嗣（司）昜（場）林吳（虞）牧，自淲東至于河，氒（厥）逆（朔）至于玄水。」

04626《免簋》：「王才（在）周，令免乍嗣（司）土（徒），嗣（司）奠還散眔吳（虞）眔牧易戠（織）衣、䜌（巒）。」

《近出》0106《逨編鐘》：「兼嗣（司）三（四）方吳（虞）替（林）。」

字音關係：

吳：ㄨˊ；五乎切，疑模合一平；疑魚；*ŋɑ ；*ngwâg；*ngaɤ

虞：ㄩˊ；遇俱切，疑虞合三平；疑魚；*ŋǐwa；*ngǐwag；*ngjwaɤ

案：

郭沫若《兩周金文辭大系圖錄考釋・同簋》：「吳、虞，山虞澤虞之類。」

〔註28〕〔清〕段玉裁：《說文解字注》（台北：藝文印書館，1999 年），十四篇上二，頁709。

〔註29〕郭沫若：《康鼎》，《兩周金文辭大系圖錄考釋》收於《郭沫若全集》（第八冊）（北京：科學出版社，2002 年），頁 187～188。

〔註30〕又《矢人盤》：「『虞亏彔貞』王國維云：『虞、彔皆官名。』」〔註31〕《左傳・昭公二十年》：「招虞人以弓，不進。」杜注：「虞人，掌山澤之官。」吳通虞者亦常見於典籍之中，如：《詩經・周頌・絲衣》：「不吳不敖。」《經典釋文》吳作虞，云：「《說文》作吳。」又《史記・周本紀》：「虞仲」《漢書・地理志》作「吳仲」；《史記・孝武本紀》：「不虞不驚。」《索隱》：「此虞當為吳。此作虞者，與吳聲相近，故假借也。」是例西周金文共三見，皆為西周中晚期器。吳、虞二字上古音同屬疑母魚部，但是「虞」字各家擬音皆有介音〔-i-〕，故二者字音非全同，但依然可通假。

（25）巠＞經

說解：

巠：《說文・川部》十一篇下三：「水脈也。从川在一下。一，地也。壬省聲。一曰水冥巠也。」

經：《說文・糸部》十三篇上二：「織從絲也。从糸，巠聲。」

金文用例：

02836《大克鼎》：「巠（經）念乎（厥）聖保（寶）且（祖）師華父。」

02837《大盂鼎》：「今余隹（唯）令（命）女（汝）盂召（紹）熒（榮）芍（敬）雍德巠（經），敏朝夕入諫，亯（享）奔走。」

02841《毛公鼎》：「今余唯肇巠（經）先王命。」

04317《䚄簋》：「余無康晝夜，巠（經）雝（雍）先王。」

《近出》0027《戎生編鐘》：「啓乎（厥）明心，廣巠（經）其猷。」

字音關係：

巠：ㄐㄧㄥ；古靈切，見青開四平；見耕；*kieŋ；*kieng；*keng

經：ㄐㄧㄥ；古靈切，見青開四平；見耕；*kieŋ；*kieng；*keng

案：

張政烺《周厲王胡簋經典釋文》云：「《毛公鼎》：『今余唯肇巠先王命』，巠

〔註30〕郭沫若：《同簋》，《兩周金文辭大系圖錄考釋》收於《郭沫若全集》（第八冊）（北京：科學出版社，2002年），頁191。

〔註31〕郭沫若：《矢人盤》，《兩周金文辭大系圖錄考釋》收於《郭沫若全集》（第八冊）（北京：科學出版社，2002年），頁278。

蓋讀為經。《毛詩・小雅・小旻》:『匪大猶是經』,箋:『不循大道之常』,則經是循常。」〔註32〕《尚書・周官》:「論道經邦,燮理陰陽。」林義光《文源》:「巠即經古文。」西周金文巠通經者共此五例。巠、經二字古音全同,故得通假。

（26）吾>敔

說解:

　　吾:《說文・口部》二篇上十七:「我自偁也。从口,五聲。」

　　敔:《說文・攴部》三篇下三十九:「禁也。一曰樂器椌楬也。形如木虎。从攴,吾聲。」

金文用例:

　　02841《毛公鼎》:「以乃族干(扞)吾(敔)王身。」

　　04342《師訇簋》:「以乃友干(捍)吾(敔)王身。」

字音關係:

　　吾:ㄨˊ;五乎切,疑模合一平:疑魚;*ŋa ;*ngăg;*ngraɤ

　　敔:ㄩˇ;魚巨切,疑語開三上:疑魚;*ŋĭa ;*ngiag;*ngjaɤ

案:

　　「吾」字西周銘文見於04330《沈子它簋蓋》:「吾考克淵克尸(夷)。」高鴻縉曰:「干吾,吳清卿讀為戰敔,以其族入衛王身也。」〔註33〕銘文每干吾連文,文獻中亦作為捍禦。敔與禦上古音同屬魚母魚部,二字古音相同,故可通用。吾通敔之例,西周金文凡此二見,皆為西周晚期器。吾、敔二字上古同屬疑母魚部,僅有介音上的差異,故可通假。

（27）言>歆

說解:

　　言:《說文・言部》三篇上七:「直言曰言,論難曰語。从口,䇂聲。」

　　歆:《說文・欠部》八篇下二十六:「神食气也。从欠,音聲。」

〔註32〕 張政烺:《周厲王胡簋釋文》,《古文字研究》(第3輯)(北京:中華書局,1980年),頁106。

〔註33〕 高鴻縉:〈毛公鼎集釋〉,《師大學報》第一期(台北:國立台灣師範大學,1956年),頁94。

金文用例：

　　02456《伯矩鼎》：「用言（歆）王出內（入）使人。」

字音關係：

　　言：一ㄢˊ；語軒切，疑元開三平；疑元；*ŋian；*ngiǎn；*ngjən

　　歆：ㄒㄧㄣ；許金切，曉侵開三平；曉侵；*xiəm；*xiəm；*xiəm

案：

　　歆爲歆饗之義，本器指用以歆饗君王的出入使臣。《左傳・僖公三十一年》：「不歆其祀。」杜注：「歆猶饗也。」文獻的「歆」指對神靈的歆饗，銘中則對生人亦可稱歆。〔註34〕西周金文僅見此例。言、歆二字上古音雖相異，疑、曉二母同屬喉音；元、侵二部相近可通，故二字仍可通假。

　　（28）求＞逑

說解：

　　求：《說文・裘部》八篇上六十七：「裘，皮衣也。从衣，象形。與衰同意。凡裘之屬皆从裘。求，古文裘。」

　　逑：《說文・辵部》二篇下九：「斂聚也。从辵，求聲。虞書曰：旁逑孱工。又曰：怨匹曰逑。」

金文用例：

　　04178《君夫簋蓋》：「價求（逑）乃友。」

字音關係：

　　求：ㄑㄧㄡˊ；巨鳩切，羣尤開三平；羣幽；*giɐu；*g'iŏg；*gjəw

　　逑：ㄑㄧㄡˊ；巨鳩切，羣尤開三平；羣幽；*giɐu；*g'iŏg；*gjəw

案：

　　「求」，《段注》曰：「此本古文裘字，後加衣爲裘，而求專爲干請之用。」〔註35〕郭沫若《兩周金文辭大系圖錄考釋・君夫簋》：「此『價求』連文當讀爲續逑。『續逑乃友』猶《師奎父鼎》言『用嗣乃父官友』。逑者，《說文》云：『斂聚也。从辵求聲。虞書曰：旁逑孱功。』今《書》作『方鳩僝功。』又《爾雅・

〔註34〕陳初生編：《金文常用字典》（高雄：復文圖書出版社，1992年），頁240。

〔註35〕〔清〕段玉裁：《說文解字注》（台北：藝文印書館，1999年），八篇上六十七，頁402。

釋訓》：『惟述鞠也』；《經典釋文》云：『述本亦作求』。」〔註36〕求、述二字上古同音，故得通假。

（29）吹＞墮

說解：

吹：《說文・口部》二篇上十六：「噓也。从口欠。」

墮：《說文・𨸏部》十四篇下六；「陸，敗城𨸏曰陸。从𨸏，差聲。墮，篆文。」

金文用例：

05428《叔趯父卣》：「𢆶（茲）小彝妹（末）吹（墮）。」

字音關係：

吹：ㄔㄨㄟ　；昌垂切，昌支合三平；昌歌；*t'ǐwa；*t'i̯wa；*t'jiwa

墮：ㄉㄨㄛˋ；徒果切，定果合一上；定歌；*dua；*d'wâ；*dwa

案：

「妹吹」即「末墮」，意爲無使墮失。西周金文「吹」字僅二見，另一見於09694《虞嗣寇壺》：「虞嗣（司）寇白（伯）吹乍（作）寶壺。」吹用作人名。西周銘文吹通墮者僅此一見。吹、墮二字上古同屬歌部，又昌屬舌上音；定屬舌頭音，古音舌頭、舌上不分，故二字可通假。

（30）征＞正

說解：

征：《說文・辵部》二篇下三：「𧗟，正行也。从辵，正聲。征或从彳。」

正：《說文・正部》二篇下一：「是也。从一。一以止。」

金文用例：

02695《員方鼎》：「唯征（正）月既朢（望）癸酉。」

《近出》0481《夷伯簋》：「隹（唯）王征（正）月初吉，辰才（在）壬寅。」

字音關係：

征：ㄓㄥ　；諸盈切，章清開三平；章耕；*tǐeŋ；*t̑i̯eng；*tjieng

〔註36〕郭沫若：《君夫簋》，《兩周金文辭大系圖錄考釋》收於《郭沫若全集》（第八冊）（北京：科學出版社，2002年），頁134～135。

正：ㄓㄥˋ；之盛切，章勁開三去；章耕；*tǐeŋ；*t̂ǐeng；*tjieng

案：

西周金文「正月」作「征月」者可見此二例。「正月」為一年第一個月，西周金文稱一月皆稱為「正月」或「征月」，無稱「一月」者。黃然偉《殷周青銅器賞賜銘文研究》：「今所見殷代銅器銘文，皆稱『正月』而無『一月』之稱者；西周金文亦然，悉以殷代新派稱『正月』或『征月』，無一例外。」〔註37〕文獻中征通正之例如：《史記‧朝鮮列傳》：「使濟南太守公孫遂往征之。」《正義》：「征。《漢書》作正。」又《漢書‧司馬相如傳》：「廝征伯僑而役羨門兮。」《索隱》：「《漢書‧郊祀志》作正伯僑。」再如《左傳‧襄公十三年》：「奄征南海。」《後漢書‧劉梁傳》：引征作正。西周金文僅見此二例，皆為西周中期器。征、正二字上古音同屬章母耕部，故可通假。

（31）者>書

說解：

者：《說文‧白部》四篇上十六：「別事詞也。从白，米聲。米，古文旅。」

書：《說文‧聿部》三篇下二十二：「箸也。从聿，者聲。」

金文用例：

04240《免簋》：「王受（授）乍（作）冊尹者（書），卑（俾）冊令（命）免。」

字音關係：

者：ㄓㄜˇ；章也切，章馬開三上；章魚；*tǐɑ；*t̂ǐăg；*tjiaɤ

書：ㄕㄨ；傷魚切，書魚開三平；書魚；*ɕǐɑ；*śǐag；*st'jaɤ

案：

「者」字于西周金文常用作「者厌」，即為「諸侯」，然「諸」字字形西周金文未見，皆作「者」字。「書」字字形西周金文可見於02809《師旂鼎》：「引以告中史書」、02815《趞鼎》：「史留受王令書」、02827《頌鼎》：「尹氏受（授）王令（命）書」等器，郭沫若、陳夢家均讀者為書。〔註38〕文獻中未見者通書

〔註37〕黃然偉：《殷周青銅器賞賜銘文研究》（香港：龍門書店，1978年），頁28。

〔註38〕郭沫若：《免簋》，《兩周金文辭大系圖錄考釋》收於《郭沫若全集》（第八冊）（北京：科學出版社，2002年），頁196；陳夢家：《免簋》，《西周銅器斷代》（北京：

之例，西周金文亦僅見此例，爲西周中期懿王器。者、書二字上古音同屬魚部，又聲母部分，章母與魚母同爲舌上音，是以二字古音相近，故可通假。

（32）或＞國

說解：

或：《說文・戈部》十二篇下三十九：「邦也。从口戈，以守其一。一，地也。」

國：《說文・囗部》六篇下十一：「邦也。从囗从或。」

金文用例：

00260《宗周鐘》：「畯保四或（國）。」

00949《中甗》：「王令中先省南或（國）。」

02841《毛公鼎》：「引其唯王智（知）廼唯是喪我或（國）。」

02833《禹鼎》：「廣伐東或（國）、南或（國），至于歷內。」

04029《明公簋》：「唯王令明公遣三族伐東或（國）。」

字音關係：

或：ㄏㄨㄛˋ；胡國切，匣德合一入；匣職；*ɣuək；*ɣwâk；*gwək

國：ㄍㄨㄛˊ；古或切，見德合一入；見職；*kuək；*kwâk；*kwək

案：

徐灝《段注箋》：「邦謂之國。封疆之界謂之域。古但以或字爲之。其後加口爲國，加土爲域，而別爲二字二義。」孫海波：《卜辭文字小記》：「口象城形，从戈以守之，國之義也。古國訓城。」西周金文中期 05419《彔致卣》：「淮尸（夷）敢伐內國。」即見「國」字，亦僅此一例。或、國就文字演變而言應屬古今字，然此二字於西周時期並時通用，疑爲其過渡使用之階段，故仍收於通假字中。或、國二字上古音同屬職部，又匣、見二母同屬喉音，故得通假。

（33）隹＞唯

說解：

隹：《說文・隹部》四篇上二十四：「鳥之短尾總名也。象形。」

唯：《說文・口部》二篇上十八：「諾也。从口，隹聲。」

中華書局，2004 年），頁 178。

金文用例：

　　02661《德方鼎》：「隹（唯）三月王在成周」

　　02783《七年趞曹鼎》：「隹（唯）七年十月既生霸。」

　　02785《中方鼎》：「隹（唯）十又三年庚寅。」

　　02792《大矢始鼎》：「隹（唯）三月初吉庚寅。」

　　04125《大簋蓋》：「隹（唯）十又（有）五年六月。」

字音關係：

　　隹：ㄓㄨㄟ；職追切，章脂合三平；章微；*tiwəi；*t̑ĭwəd；*tjiwər

　　唯：ㄨㄟˊ；以追切，余脂合三平；余微；*ʎĭwəi；*dĭwəd；*riwər

案：

　　「隹」於西周金文多通作「唯」，用法主要有二：一為置於謂語前，有強調謂語之作用，如04316《師虎簋》：「今余隹（唯）帥井（型）先王令（命）。」02841《毛公鼎》：「今余唯䌛（申）先王令（命）。」另一為置於謂語前，以順適語氣，如02837《大盂鼎》：「余隹（唯）即朕小學。」[註39]本文所收443件器中，隹通唯者共出現247次，絕大部分均為上述所說的第二種用法，即為表句首或句中的語氣詞，本文所舉用例即為此類。「隹」字或釋作「惟」，亦可通，然金文僅見「唯」而不見「惟」，「唯」字用法與「隹」相同，如：02776《剌鼎》：「唯五月王在衣。」02786《康鼎》：「唯三月初吉甲戌。」02820《善鼎》：「唯十又二月初吉。」等等，凡此皆為「隹」與「惟」用法相通之例。文獻中隹通唯之例如：《老子·八章》：「夫唯不爭，故無尤。」夏竦《古文四聲韻》載《道德經》惟或唯作隹；文獻中僅見此例。段玉裁《說文解字注》惟字下曰：「按經傳多用為發語之詞，毛詩皆作維；論語皆作唯；古文尚書皆作惟；金文尚書皆作維。」[註40]隹、唯二字上古韻部同屬微部字，章母屬舌上音，余母屬舌頭音，古無舌上音，又章、余二母發音部位同屬舌部，故隹、唯二字上古音相近，故可通假。

〔註39〕方麗娜：《西周金文虛詞研究》（國立台灣師範大學碩士論文，1984年），頁336～338。

〔註40〕〔清〕段玉裁：《說文解字注》（台北：藝文印書館，1999年），十篇下三十，頁509。

（34）事＞士

說解：

　　事：《說文‧史部》三篇下二十：「職也。从史屮省聲。」

　　士：《說文‧士部》一篇上三十九：「事也。數始於一，終於十。从一十。

　　　　　　　孔子曰：『推十合一爲士。』」

金文用例：

　　04628《伯公父簠》：「我用召卿事（士）辟王。」

字音關係：

　　事：ㄕˋ；鉏吏切，牀志開三去；牀之；*dʒǐə；*dzʻəg；*dziər

　　士：ㄕˋ；鉏里切，牀止開三去；牀之；*dʒǐə；*dzʻəg；*dziər

案：

　　「士」作爲官名者金文數見，王力以爲士、事二字爲音同義近之同源字。
〔註41〕《廣雅‧釋詁三》亦訓士爲事，其他典籍注疏中亦常見，如：《尙書‧牧
誓》：「是以爲大夫卿士。」；《詩經‧小雅‧祈父》：「予王之爪士。」；《詩經‧
周頌‧桓》：「保有厥士。」以上三者毛傳皆訓：「士，事也。」金文事借爲士者
僅見此例。事、士上古同爲牀母之部，古音全同故得通假。

（35）奉＞封

說解：

　　奉：《說文‧廾部》三篇上三十五：「承也。从手廾。丰聲。」

　　封：《說文‧土部》十三篇下二十七：「爵諸侯之土也。从之土从寸。寸，

　　　　　　　守其制度也。公侯百里；伯七十里；男五十里。」

金文用例：

　　10176《散氏盤》：「自瀗涉，以南，至於大沽，一奉（封）。以陟，二奉
（封），……，以西奉（封）于播城枉木。奉（封）於芻逨，奉（封）於芻道內。……
奉（封）剆栃陕陵。剛栃奉（封）于骉道，奉（封）于原道，奉（封）于周道。
以東奉（封）于棽東疆右。還奉（封）於履道。以南奉（封）于碏逨道。……
自根木道左至於邢邑奉（封）道以東一奉（封），還以西一奉（封），陟剛三奉

_____

〔註41〕王力：《同源字典》（北京：商務印書館，2002 年），頁 97～98。

（封），降以南奉（封）於同道，陟州剛登桥降棫二奉（封）。」

字音關係：

　　奉：ㄈㄥˋ；扶隴切，並腫合三上；並東；*bǐwoŋ；*bʻịung；*bjewng

　　封：ㄈㄥ　；府容切，幫鍾合三平；幫東；*pǐwoŋ；*pịung；*pjewng

案：

　　「奉」字，郭沫若《兩周金文辭大系圖錄考釋・矢人盤》：「銘中十七弄字均是奉字，讀爲封彊之封。」〔註42〕前人之說甚爲分歧，張日昇謂：「阮元、吳大澂並釋表，非是，劉心源釋爲封字古文，王國維謂古奉字，亦即封字，二氏之說亦未諦，楊樹達釋奉，叚作封，是也。」〔註43〕李學勤亦釋作「封」，即爲設立邊界。〔註44〕今析之此器應爲十八「弄」字，依前說釋作「封」。典籍之用例如：《周禮・地官・封人》：「掌設王之社壝，爲畿封而樹之。」又《周禮・地官・司徒》：「辨其邦國都鄙之數，制其畿疆而溝封之，設其社稷之壝而樹之田主，各以其野之所宜木，遂以名其社與其野。」西周金文奉通封者僅此十八見，皆爲《散氏盤》之銘文。奉、封二字上古音同屬東部，又並、幫二母同屬脣音，故得相通。

　　（36）青>靜

說解：

　　青：《說文・青部》五篇下一：「東方色也。木生火。从生丹。丹青之信，
　　　　言必然。」

　　靜：《說文・青部》五篇下一：「審也。从青，爭聲。」

金文用例：

　　10175《史牆盤》：「青（靜）幽高祖，才（在）𢼸（微）霝（靈）處。」

字音關係：

　　青：ㄑㄧㄥ　；倉經切，清青開四平；清耕；*tsʻieŋ；*tsʻieng；*tseng

〔註42〕郭沫若：《矢人盤》，《兩周金文辭大系圖錄考釋》收於《郭沫若全集》（第八冊）（北京：科學出版社，2002年），頁277。

〔註43〕周法高：《金文詁林》3.255～0314。

〔註44〕李學勤：〈試論董家村青銅器群〉，《新出青銅器研究》（北京：文物出版社，1990年），頁103。

靜：ㄐㄧㄥˋ；疾郢切，從靜開三上；從耕；*dzǐeŋ；*dz'ieng；*dzjieng

案：

「青」，唐蘭、裘錫圭、李學勤均釋作「靜」。〔註45〕「靜幽」是讚美高祖之詞。以「幽」為貶詞乃後起之說，《說文解字》：「幽，隱也。」〔註46〕故靜幽乃同義之辭也。文獻中未見青通靜之例，西周金文亦僅見此例。青、靜二字上古音同屬耕部，又清、從二母同屬齒頭音，故得通假。

（37）叔>朱

說解：

叔：《說文·又部》三篇下十九：「拾也。从又尗聲。汝南名收芋為叔。」

朱：《說文·木部》六篇上二十一：「赤心木，松柏屬。從木，一在其中。」

金文用例：

02836《大克鼎》：「易（賜）女（汝）叔（朱）市、參（三）同（絅）、苹（中）悤。」

04324《師嫠簋》：「易（賜）女（汝）叔（朱）市金黃、赤舄、攸（鋚）勒，用事。」

09898《吳方彝蓋》：「王乎（呼）史戊冊令（命）吳嗣（司）旃罘叔（朱）金。」

字音關係：

叔：ㄕㄨˊ；式竹切，書屋合三入；書覺；*ɕǐəuk；*śįok；*st'jəwk

朱：ㄓㄨ；章俱切，章虞合三平；章侯；*tǐwo；*tįug；*tjew

案：

陳初生、周法高等亦釋為「朱」〔註47〕。郭沫若則釋作素：「《大克鼎》及《師嫠簋》有『叔市』，均叚贖為素。」〔註48〕叔通素者典籍未見，而叔（朱）

〔註45〕裘錫圭：《史墻盤銘解釋》，《文物》1978 年 3 期，頁 25；唐蘭：《略論西周微史家族窖藏銅器群的重要意義》，《文物》1978 年 3 期，頁 21；李學勤：〈論史墻盤及其意義〉，《考古學報》1978 年 2 期，頁 153。

〔註46〕〔清〕段玉裁：《說文解字注》（台北：藝文印書館，1999 年），四篇下二，頁 160。

〔註47〕陳初生編：《金文常用字典》（高雄：復文圖書出版社，1992 年），頁 328。

〔註48〕郭沫若：《吳彝》，《兩周金文辭大系圖錄考釋》收於《郭沫若全集》（第八冊）（北

市」用例典籍用法如《詩經・小雅・采》：「服其命服，朱芾斯皇。」又《詩經・小雅・斯干》：「朱芾斯皇，室家君王。」是其例。叔市、叔金即言朱市、朱金，朱爲赤色。陳夢家：「《師酉簋》：『赤市、朱黃、中絅』也是以市、黃、絅爲衣服而以赤、朱、中爲色。」〔註49〕西周金文叔通朱者僅見此三例。叔、朱二字上古音雖不同，然書、章二母同爲舌上音，音近可通假。

（38）妹＞昧

說解：

　　妹：《說文・女部》十二篇下八：「女弟也。从女，未聲。」

　　昧：《說文・日部》七篇上二：「昧爽，且明也。从日，未聲。一曰闇也。」

金文用例：

　　02837《大盂鼎》：「女（汝）妹（昧）辰（晨）又大服，余隹（唯）即朕小
　　　　　　　　　　　學，女勿勉余乃辟一人。」

字音關係：

　　妹：ㄇㄟˋ；莫佩切，明隊合一去；明物；*muət；*mwâd；*mwər

　　昧：ㄇㄟˋ；莫佩切，明隊合一去；明物；*muət；*mwâd；*mwər

案：

　　「昧」字字形已見於04240《免簋》與02839《小盂鼎》之「昧爽」。《大盂鼎》之「妹」字各家均釋作「昧」。吳大澂云：「妹古文以爲昧字。《釋名》：『妹，昧也。』猶日始出歷時少尙昧也。《盂鼎》：『妹辰』即昧晨假借字。」陳夢家謂：「『女妹辰又大服，余隹即朕小學，女勿勉余乃辟一人』，似說盂早年（昧晨）有服位，就事于王之小學，勿勉于王，故有下『今余隹令女盂』云云。」〔註50〕是例西周金文僅見此器，爲西周初期康王器。妹、昧二字上古音同屬明母物部，雖然董氏與周氏將二字同列微部，然妹、昧二字之上古音仍屬同音，故可通假。

（39）俗＞欲

說解：

　　京：科學出版社，2002年），頁167。

〔註49〕陳夢家：《大克鼎》，《西周銅器斷代》（北京：中華書局，2004年），頁263。

〔註50〕陳夢家：《師遽方彞》，《西周銅器斷代》（北京：中華書局，2004年），頁103。

俗：《說文・人部》八篇上二十四：「習也。从人谷聲。」

欲：《說文・欠部》八篇下二十：「貪欲也。从欠谷聲。」

金文用例：

04464《駒父盨蓋》：「俗（欲）盭（墜）不敢不敬。」

字音關係：

俗：ㄙㄨˊ；似足切，邪燭合三入；邪屋；*zǐwǒk；*zjuk；*rjewk

欲：ㄩˋ　 ；余蜀切，余燭合三入；余屋；*ʎǐwǒk；*gjuk；*ɣriewk

案：

「俗」孫詒讓讀作「欲」，郭沫若釋《毛公鼎》時贊同孫說，[註51] 然《毛公鼎》中之「俗」應通「裕」，而非通「欲」，俗通欲者西周金文中僅見於此器。俗、欲上古同爲屋部，韻部相同可相通，故得通假。

（40）故＞辜

說解：

故：《說文・攴部》三篇下三十三：「使爲之也。从攴，古聲。」

辜：《說文・辛部》十四篇下二十二：「辠也。从辛，古聲。」

金文用例：

04469《塑盨》：「雩邦人、正人、師氏人又（有）辠又（有）故（辜）。」

字音關係：

故：ㄍㄨˋ；古暮切，見暮合一去；見魚；*ka；*kâg；*kaɣ

辜：ㄍㄨ　 ；古胡切，見模合一平；見魚；* ka；*kâg；*kaɣ

案：

故通作辜者，西周金文僅見於此器。郭沫若故讀爲辜，又曰：「『有進退』與『有辠有故』爲平列語，雩猶與也。原文當爲上級之有司平時怠慢，不善檢束，待到欲於寮屬有所進退，以及下層民眾有罪有辜時，乃遣屬員奉聞于塑，已仍淫怠，復使寮屬民眾終至猖獗，致有逐君逐師之事。」[註52]《段注》辜

〔註51〕郭沫若：《毛公鼎》，《兩周金文辭大系圖錄考釋》收於《郭沫若全集》（第八冊）（北京：科學出版社，2002年），頁291。

〔註52〕郭沫若：《塑盨》，《兩周金文辭大系圖錄考釋》收於《郭沫若全集》（第八冊）（北京：科學出版社，2002年），頁298～299。

字下云：「按辜本非常重罪，引伸凡有罪皆曰辜。」〔註53〕辜字金文未見，僅見故通辜例。故、辜二字上古音三家擬音皆相同，僅聲調上有差異，故可通假。

（41）苟>敬

說解：

苟：《說文·艸部》一篇下四十九：「艸也。从艸，句聲。」

敬：《說文·苟部》九篇上三十九：「肅也。从攴苟。」

金文用例：

04341《班簋》：「隹（唯）苟（敬）德亡（無）攸違。」

04343《牧簋》：「苟（敬）夙夕勿灋（廢）朕令。」

06014《𤼵尊》：「徹令苟（敬）亯（享）𢦏（哉）」

字音關係：

苟：ㄍㄡˇ　　；古厚切，見厚開一上；見侯；*ko　；*kûg　；*kew

敬：ㄐㄧㄥˋ；居慶切，見映開三去；見耕；*kǐeŋ；*kǐěng；*kieng

案：

郭沫若《兩周金文辭大系圖錄考釋·班簋》：「余謂芍乃狗之象形文，卜辭多見，用以爲牲，又以爲沃甲之沃，狗沃音相近也。芍又作苟，乃从口聲，後誤爲从艸之苟，形雖失而音尙存。其用爲敬者，敬即警之初文，自來用狗以警衛，故字從苟從攴。」〔註54〕苟通敬者西周金文僅見此三例。苟、敬上古音聲母同屬見母，聲近故可通假。

（42）刺>烈

說解：

刺：《說文·刀部》六篇下九：「戾也。从束从刀。刀束者，刺之也。」

烈：《說文·火部》十篇上四十一：「火猛也。从火，列聲。」

金文用例：

02805《南宮柳鼎》：「用作朕刺（烈）考尊鼎。」

〔註53〕〔清〕段玉裁：《說文解字注》（台北：藝文印書館，1999年），十四篇下二十三，頁749。

〔註54〕郭沫若：《班簋》，《兩周金文辭大系圖錄考釋》收於《郭沫若全集》（第八冊）（北京：科學出版社，2002年），頁61。

02807《大鼎》:「用作朕剌(烈)考己伯盂鼎。」

02824《羖方鼎》:「其子子孫孫永寶丝(茲)剌(烈)。」

04322《羖簋》:「羖拜稽首對揚文母福剌(烈)。」

06013《盠方尊》:「盠敢拜稽首曰:剌(烈)剌(烈)朕身,更朕先寶事。」

字音關係:

剌:ㄌㄚˋ ;盧達切,來曷開一入;來月;*lăt;*lât;*lat

烈:ㄌㄧㄝˋ ;良薛切,來薛開三入;來月;*lĭăt;*lįat;*liat

案:

剌,諸家均讀爲烈。高本漢曰:「見劉心源釋《無叀鼎》銘文:『剌考。』意思就是:『光顯的先父。』實際上,這項假借早經薛尚功指出,而學術界則一般地對此說都沒有異議。」〔註55〕西周金文「剌」假爲「烈」者共二十九見,然02776《剌鼎》之剌用作人名,而「烈」字並不見於西周金文,皆假剌爲之。剌、烈上古音同屬來母月部,除介音差別之外,其餘條件相同,故可通假。

　(43)宥>囿

說解:

宥:《說文・宀部》七篇下十一:「寬也。从宀,有聲。」

囿:《說文・口部》六篇下十二:「苑有垣也。从口,有聲。一曰:所以養禽獸曰囿。」

金文用例:

04285《諫簋》:「先王既命女(汝)兼嗣(司)王宥(囿)。」

字音關係:

宥:ㄧㄡˋ;于救切,云宥開三去;匣之;*ɣĭwə;*ɣįwăg;*ɣjwəɣ

囿:ㄧㄡˋ;于救切,云宥開三去;匣之;*ɣĭwə;*ɣįwăg;*ɣjwəɣ

案:

西周金文僅見此例。《金文詁林》卷七引林潔明曰:「(宥)假作囿。」方麗娜《西周金文虛詞研究》則釋作官職名。〔註56〕陳夢家《西周銅器斷代》曰:「司

〔註55〕高本漢:《先秦文獻假借字例》上冊,(台北:中華叢書編審委員會,1974年),頁488。

〔註56〕方麗娜:《西周金文虛詞研究》(國立台灣師範大學碩士論文,1984年),頁182。

宥即司囿，《周禮》：『囿人掌囿游之獸禁』，《正義》云：『古謂之囿，漢謂之苑』。《說文》曰：『囿，苑有垣也』，王宥即天子之苑；《說文》曰：『苑，所以養禽獸囿也』，《詩・靈臺》：『王有靈囿』傳云：『囿所以域養鳥獸也』，《呂氏春秋・重己篇》注云：『畜禽獸所，大曰苑，小曰囿』，《一切經音義》卷十二引《三蒼》云：『養牛馬林木曰苑』。」〔註57〕依《諫簋》文意，宥在此所指應為囿林，諫雖是管理此處之人，然此宥字應非指官名。《詩經・大雅・靈臺》：「王在靈囿，麀鹿攸伏。」《毛傳》：「囿，所以域養禽獸也。天子百里，諸侯四十里。」宥、囿二字上古音聲韻皆同，故得通假。

（44）哀＞愛

說解：

哀：《說文・口部》二篇上二十六：「閔也。从口，衣聲。」

愛：《說文・夊部》五篇下三十六：「行皃也。從夊，㤅聲。」

金文用例：

04330《沈子它簋蓋》：「其孔（劇）哀（愛）乃沈子它唯福。」

字音關係：

哀：ㄞ　；烏開切，影咍開一平；影微；*əi；*âd；*ʔer

愛：ㄞ丶；烏代切，影代開一去；影物；*əi；*âd；*ʔer

案：

郭沫若曰：「『孔哀』當讀為劇愛。孔劇音相近，哀愛古可通用。《樂記》：『愛者宜歌商』鄭注：『愛或為哀』。《呂覽・報更》：『人主胡可不務哀士』高注：『哀，愛也。』」〔註58〕哀通作愛之例又如《管子・形勢》：「見哀之役幾於不結。」《形勢解》：「哀作愛」；《說苑・復恩》：「哀作愛。」西周金文哀通作愛者僅見此例。哀、愛二字聲母部分各家擬音二字聲母皆相同；韻部部分，郭氏將其分為微、物二部，然董氏與周氏皆擬為同音。由此可見，哀、愛二字上古音讀非常接近，故可通假。

〔註57〕陳夢家：《諫簋》，《西周銅器斷代》（北京：中華書局，2004年），頁190。

〔註58〕郭沫若：《沈子簋》，《兩周金文辭大系圖錄考釋》收於《郭沫若全集》（第八冊）（北京：科學出版社，2002年），頁115。

（45）逆>朔

說解：

逆：《說文・辵部》二篇下五：「迎也。从辵，屰聲。關東曰逆，關西曰迎。」

朔：《說文・月部》七篇上二十四：「月一日始蘇也。从月，屰聲。」

金文用例：

02832《五祀衛鼎》：「于邵（昭）大室東逆（朔）焚（營）二川。……氒（厥）逆（朔）彊（疆）眔厲田。」

04271《同簋》：「自淲東至于河，氒（厥）逆（朔）至于玄水。」

字音關係：

逆：ㄋㄧˋ　 ；宜戟切，疑陌開三入；疑鐸；*ŋiɑ̆k；*ngiɑ̆k；*ngiak

朔：ㄕㄨㄛˋ；所角切，山覺開二入；山鐸；*ʃeɑ̆k； *sak ；*siak

案：

楊樹達曰：「余謂逆字當讀爲濟（今字作泲）。……濟字从脐聲，脐字从屰聲，濟逆古音同，故銘文假逆爲濟也。」〔註59〕而郭沫若曰：「逆當讀爲朔。」〔註60〕唐蘭持相同看法，認爲古代常用朔代表北方。〔註61〕《爾雅・釋訓》：「朔，北方也。」又《尚書・堯典》：「申命和叔，宅朔方。」孔傳：「北稱朔。」故「東逆」、「逆彊」、「逆至于玄水」等「逆」字釋爲北，於文意較允，故依郭氏、唐氏之說，逆通作朔。逆、朔二字上古同屬鐸部，韻部相同，故可通假。

（46）般>槃

說解：

般：《說文・舟部》八篇下六：「辟也。象舟之旋。从舟从殳。殳，令舟旋者也。」

槃：《說文・木部》六篇上四十五：「槃，承槃也。从木，般聲。鎜，古文从從金。盤，籀文從皿。」

〔註59〕楊樹達：《同簋跋》，《積微居金文說》（北京：中華書局，2004 年），頁 211。

〔註60〕郭沫若：《同簋》，《兩周金文辭大系圖錄考釋》收於《郭沫若全集》（第八冊）（北京：科學出版社，2002 年），頁 191。

〔註61〕唐蘭：〈陝西省岐山董家村新出重要銅器銘辭的譯文和注釋〉，《文物》1976 年 5 期，頁 56。

金文用例：

10161《免盤》：「靜女王休，用乍（作）般（盤）盂。」

10164《函皇父盤》：「函皇父乍（作）琱娟般（盤）。」

10169《呂服余盤》：「令用乍（作）寶般（盤）盂。」

10170《走馬休盤》：「用乍（作）朕文考日丁尊般（盤）。」

10174《兮甲盤》：「兮白（伯）吉父乍（作）般（盤）。」

字音關係：

般：ㄅㄢ　；北潘切，幫桓合一平；幫元；*puan；*pwân　；*pwan

盤：ㄆㄢˊ；薄官切，並桓合一平；並元；*buan；*b'wân；*bwan

案：

「盤」字字形西周金文僅見於 10173《虢季子白盤》：「虢季子白乍（作）寶盤。」西周銘文般作盤者共七見。「般」字亦當作地名使用，如 02783《七年趩曹鼎》：「王才（在）周般宮。」02804《利鼎》：「王客（格）于般宮。」銘文中之「般宮」用爲宮室之名。『文獻中「般」作「盤」之例眾多，如：《尚書・盤庚》，《經典釋文》：「盤本作般。」《漢石經》作《般庚》。《左傳》、《尚書大傳》、《周禮・春官・大祝》、《周禮・夏官・司勳》鄭注引同；又《尚書・君奭》：「在武丁時，則有若甘盤。」《史記・燕世家》盤作般；《左傳・襄公九年》：「祀盤庚於西門之外。」《經典釋文》盤作般，云：「字亦作盤。」；《爾雅・釋水》：「鉤盤。」《經典釋文》盤作般，云：「本又作盤。」由上可知，般可通盤。般、盤二字上古音同屬元部，又幫母與並母同屬唇音，發音部位相同，韻部也相同，二字音近，故可通假。

（46）眚>生

說解：

眚：《說文・目部》四篇上十：「目病生翳也。从目，生聲。」

生：《說文・生部》六篇下四：「進也。象艸木生出土上。」

金文用例：

02838《曶鼎》：「隹（唯）王三（四）月既眚（生）霸。」

04276《豆閉簋》：「唯王二月既眚（生）霸。」

04294《揚簋》：「隹（唯）王九月既眚（生）霸。」

字音關係：

　　眚：ㄕㄥˇ；所景切，山梗開二上；山耕；*ʃɛŋ；*seng；*sreng

　　生：ㄕㄥ　；所庚切，山庚開二平；山耕；*ʃɛŋ；*seng；*sreng

案：

　　「眚」字，吳大澂認爲其爲古「相」字，容庚《金文編》省字下曰：「與眚爲一字。……假借爲生。」〔註62〕，孫詒讓曰：「竊謂此非相字，乃眚字也。《說文》目部眚，从目生聲，是眚本从生得聲，故得相通借。」「既生霸」爲金文常見月相記時語詞，如：02783《七年趞曹鼎》、02784《十五年趞曹鼎》、04216《五年師旋簋》、04298《大簋蓋》、04256《廿七年衛簋》、……等皆爲其例，故知眚可通生。眚、生二字上古音同屬山母耕部，各家擬音皆同，故可通假。

　　（47）㫋>揚

說解：

　　㫋：《說文・石部》九篇下二十四：「碭，文石也。从石，昜聲。」

　　揚：《說文・手部》十二篇上三十九：「飛舉也。从手，昜聲。」

金文用例：

　　02702《嬰方鼎》：「嬰㫋（揚）規商（賞）用作母己尊彝（餗）。」

　　04300《作冊夨令簋》：「隹（唯）丁公報令用夆（敬）㫋（揚）于皇王，令敢㫋（揚）皇王宖用乍（作）丁公寶簋。」

字音關係：

　　㫋：ㄉㄤˋ；徒浪切，定宕開一去；定陽；*dɑŋ　；*dʻâng；*dang

　　揚：一ㄤˊ；與章切，余陽開三平；余陽；*ʎǐɑŋ；*djang；*riang

案：

　　郭沫若：「兩㫋字从厂昜聲，殆是碭之古文，讀爲揚，知者，以上言『令敢揚皇王宖』與下言『令敢㫋皇王宖』文例全同，則㫋亦揚矣。」〔註63〕又容庚《金文編》：「說文所無，義如揚。」〔註64〕是例西周金文僅此二見。㫋、揚上

〔註62〕容庚：《金文編》（北京：中華書局，1985年），頁242。

〔註63〕郭沫若：《令簋》，《兩周金文辭大系圖錄考釋》收於《郭沫若全集》（第八冊）（北京：科學出版社，2002年），頁27。

〔註64〕容庚：《金文編》（北京：中華書局，1985年），頁663。

古音韻部同屬陽部，故可通假。

（49）害＞曷

說解：

　　害：《說文・宀部》七篇下十三：「傷也。从宀口，言从家起也，丰聲。」

　　曷：《說文・曰部》五篇上二十八：「何也。从曰匃聲。」

金文用例：

　　02841《毛公鼎》：「邦酋（將）害（曷）吉。」

字音關係：

　　害：ㄏㄞˋ；胡蓋切，匣泰開一去；匣月；*ɣāt；*ɣâr；*gar

　　曷：ㄏㄜˊ；胡葛切，匣曷開一入；匣月；*ɣăt；*ɣât；*gat

案：

　　容庚《金文編》：「（害）又通曷。《書・泰誓》：『予曷敢有越厥志』敦煌本曷作害。」〔註65〕《尚書・湯誓》：「時日曷喪。」《孟子・梁惠王上》引曷作害；《尚書・大誥》：「予曷敢不終朕畝。」《漢書・翟方進傳》引王莽《大誥》作「予害敢不終予畮。」又《詩經・周南・葛覃》：「害浣害否，歸寧父母。」《毛傳》：「害，何也。」《詩經・商頌・長發》：「如火烈烈，則莫我敢曷。」《毛傳》：「曷，害也。」皆爲其明例。害通曷者西周金文僅見此例。害、曷二字上古音同屬匣母月部，故得相通。

（50）參＞三

說解：

　　參：《說文・晶部》七篇上二十三：「曑，商星也。从晶，㐱聲。」

　　三：《說文・三部》一篇上十七：「數名。天地人之道也。於文一耦二爲三，成數也。」

金文用例：

　　00260《鐘鐘》：「參（三）壽隹（唯）利。」

　　02832《五祀衛鼎》：「廼令參（三）有嗣（司）。」

　　02841《毛公鼎》：「命女（汝）兼嗣（司）公族霄（與）參（三）有嗣（司）。」

〔註65〕容庚：《金文編》（北京：中華書局，1985年），頁531。

04292《五年召伯虎簋》:「公宕其參（三），女（汝）則宕其貳（二）。」

06013《盠方尊》:「參（三）有嗣（司）：嗣（司）土（徒）、嗣（司）馬、嗣（司）工（空）。」

字音關係：

參：ㄕㄣ；所今切，山侵開三平；山侵；*ʃĭəm；*sə̆m；*səm

三：ㄙㄢ；蘇甘切，心談開一平；心侵；*səm　；*sə̆m；*səm

案：

郭沫若：「『參壽隹利』：參壽即《魯頌‧閟宮》：『三壽作朋』之三壽。……當以參爲本字，意謂壽如參星之高也。」〔註66〕三原指天上參星之名，西周金文借爲數名三，「參有嗣」即後代所慣稱之「三有司」：司徒、司空、司馬，由此可證。參、三疑爲兩字互通之現象，然於西周金文未見明證，故仍列於兩字單通之現象。參、三上古音同屬侵部字，又聲母部分：山爲正齒音、心爲齒頭音，二者可通，故得通假。

（51）章>璋

說解：

章：《說文‧音部》三篇上二十三：「樂竟爲一章。从音十。十，數之終也。」

璋：《說文‧玉部》一篇上二十四：「剡上爲圭，半圭爲璋。从王，章聲。禮六幣：圭以馬、璋以皮、璧以帛、琮以錦、琥以繡、璜以黼。」

金文用例：

02792《大矢始鼎》:「易（賜）□易（賜）章（璋）。」

02825《善夫山鼎》:「受冊佩以出反（返）入（納）堇（覲）章（璋）。」

02827《頌鼎》:「受令冊佩以出反（返）入（納）堇（覲）章（璋）。」

04229《史頌簋》:「鮇（蘇）賓（儐）章（璋），馬四匹。」

05425《競卣》:「競蔑曆，賞競章（璋）。」

字音關係：

〔註66〕郭沫若：《宗周鐘》，《兩周金文辭大系圖錄考釋》收於《郭沫若全集》（第八冊）（北京：科學出版社，2002年），頁123～124。

章：ㄓㄤ；諸良切，章陽開三平；章陽；*tǐaŋ；*tî̯aŋ；*tjang

璋：ㄓㄤ；諸良切，章陽開三平；章陽；*tǐaŋ；*tî̯aŋ；*tjang

案：

「章」，各家皆釋作「璋」，為玉制禮器。《詩經・大雅・棫樸》：「追琢其章。」《史記・秦始皇本記》：「顯陳舊章。」《正義》：「舊章碑文作畫璋也。」璋為長方形玉塊，去其一角而成尖形者；其上有一孔以資貫穿之用。〔註67〕郭沫若：「『反入堇章』當讀為『返納瑾璋』，蓋周世王臣受王冊命之後，于天子之有司有納瑾報璧之禮。」〔註68〕是例西周金文共十二見，另於04466《舎比盨》有一章字，乃用作人名，亦僅有此例。章、璋上古音同屬章母陽部，音同故可通假。

（52）黃>璜

說解：

黃：《說文・黃部》十三篇下四十八：「地之色也。从田，芡聲。芡，古文光。」

璜：《說文・玉部》一篇上二十三：「半璧也。从玉，黃聲。」

金文用例：

04269《縣妃簋》：「易（賜）女（汝）婦爵、戉之戈，周（琱）玉、黃（璜）□。」

字音關係：

黃：ㄏㄨㄤˊ；胡光切，匣唐合一平；匣陽；*ɣuaŋ；*ɣwâng；*gwang

璜：ㄏㄨㄤˊ；胡光切，匣唐合一平；匣陽；*ɣuaŋ；*ɣwâng；*gwang

案：

「璜」為玉器，半璧為璜。此器之「黃」與幽黃、朱黃之黃非為一物，故釋為「璜」之借字。「璜」之字形可見於04292《五年召伯虎簋》：「報婦氏帛束璜。」文獻中黃通璜之例有：《史記・魏世家》：「今所置非成則璜。」《說苑・臣術》、《韓詩外傳》黃作璜；《韓非子・內儲說下》、《呂氏春秋・下賢・自知》：「翟黃。」《呂氏春秋・舉難》作「翟璜。」是其例。西周金文黃通璜之例僅見

〔註67〕黃然偉：《殷周青銅器賞賜銘文研究》（香港：龍門書店，1978年），頁186。

〔註68〕郭沫若：《頌鼎》，《兩周金文辭大系圖錄考釋》收於《郭沫若全集》（第八冊）（北京：科學出版社，2002年），頁163。

於此器。黃、璜二字上古音同屬匣母陽部，古音相同，故可通假。

（53）商＞賞

說解：

商：《說文·內部》三篇上四：「從外知內也。从冏，章省聲。」

賞：《說文·貝部》六篇下十七：「賜有功也。从貝，尚聲。」

金文用例：

02612《珷方鼎》：「己亥，珷見事于彭，車弔（叔）商（賞）珷馬。」

02774《師隹鼎》：「自乍（作）後王母㝅商（賞）乎（厥）文母魯公孫用鼎。」

04020《天君簋》：「我天君鄉（饗）飲酉（酒），商（賞）貝乎（厥）正（征）斤貝。」

04300《作冊矢令簋》：「姜商（賞）令貝十朋、臣十家、鬲百人。」

05352《小臣豐卣》：「商（賞）小臣豐貝。」

字音關係：

商：ㄕㄤ　；式羊切，書陽開三平；書陽；*ɕǐaŋ；*śjang；*stʰjang

賞：ㄕㄤˇ；書兩切，書養開三上；書陽；*ɕǐaŋ；*śjang；*stʰjang

案：

「商」於西周金文可用爲國號，指殷商而言，如04131《利簋》：「珷征商。」或指地名，如：04191《穆公簋蓋》：「迺自商師復還至于周。」又可作爲人名使用，如05997《商尊》：「商用乍（作）文辟日丁寶尊彝。」然而大多數之「商」仍以借作「賞」字爲主，西周金文共計十例。而「賞」字亦可作讀如字者，如：02682《新邑鼎》：「王賞貝十朋，用作寶彝」、04100《生史簋》：「白（伯）易（賜）賞用乍（作）寶簋」等是其例。文獻之例如：《易·未濟·九四》：「有賞于大國。」漢馬王堆帛書作「有商于大國。」《尚書·費誓》：「馬牛其風，臣妾逋逃，勿敢越逐，祗復之，我商賚爾。」商亦讀賞，皆爲其證。商、賞二字上古音同屬書母陽部，二字音同，故可通假。

（54）童＞東

說解：

童：《說文·辛部》三篇上三十三：「男有辠曰奴，奴曰童，女曰妾。从辛，重省聲。」

東：《說文·東部》六篇上六十六：「動也。從木。官溥說。從日在木中。」

金文用例：

10175《史牆盤》：「達殷畯（畯）民，永不（丕）巩狄，虘懲伐尸（夷）童
（東）。」

字音關係：

童：ㄊㄨㄥˊ；徒紅切，定東合一平；定東；*doŋ；*d‘ûng；*dewng

東：ㄉㄨㄥ　；德紅切，端東合一平；端東；*toŋ；*tûng　；*tewng

案：

唐蘭認爲「夷童」即是指「殷紂」〔註69〕；裘錫圭、李學勤皆讀爲「夷東」
〔註70〕；徐中舒則以爲當讀作僮僕之「僮」〔註71〕；周法高則認爲應以裘、李
之說較長。李學勤：「童字寫法與番生簋相同，字從東聲。《逸周書·作雒》載：
武王克殷，『建管叔于東』，周公東征後『俾中旄父宇于東』。本銘尸童當讀爲夷、
東，都是周朝東部的地區名。」文獻未見童與東相通之例，西周金文亦僅見此
例，爲西周中期恭王器。童、東二字上古音同屬東部，又定母與端母同屬舌頭
音，故童、東二字上古音極相近，故可通假。

（55）順>訓

說解：

順：《說文·頁部》九篇上七：「理也。從頁川。」

訓：《說文·言部》三篇上十：「說教也。從言，川聲。」

金文用例：

06014《𣄰尊》：「叀（惟）王龏（恭）德谷（裕）天，順（訓）我不每（敏）。」

字音關係：

順：ㄕㄨㄣˋ；食閏切，船稕合三去；船文；*ɕi̯wə；*d‘i̯wən；*zdjiwən

訓：ㄒㄩㄣˋ；許運切，曉問合三去；曉文；*xi̯wə；*xi̯wə̌n；*xjwən

案：

〔註69〕唐蘭：〈略論西周微史家族窖藏銅器群的重要意義〉，《文物》1978年3期，頁23。

〔註70〕裘錫圭：〈史牆盤銘解釋〉，《文物》1978年3期，頁26；李學勤：〈論史牆盤及其
　　　　意義〉，《考古學報》1978年2期，頁151。

〔註71〕徐中舒：〈西周牆盤銘文箋釋〉，《考古學報》1978年2期，頁139～141。

「順」，唐蘭讀爲「訓」，譯爲：「王是有恭德的，能夠順天的，教訓我們這些不聰敏的人。」〔註72〕「順」字借爲「訓」，有訓誨、教訓之意。文獻中多「順」通「訓」之例，如：《尚書・洪範》：「于帝其訓」、「是訓是行」，《史記・宋微子世家》作「于帝其順」、「是順是行」；《詩經・周頌・烈文》：「四方其訓之」，《左傳・哀公二十六年》：引訓作順；《國語・周語上》：「宣王欲得國子之能導訓諸侯者」，《史記・魯周公世家》訓作順；《國語・周語上》：「先王之訓也」，《史記・周本紀》：「訓作順」。凡此皆爲順可通訓之例。西周金文僅見此例，爲西周早期器。順、訓二字上古聲母部分，船母屬舌上音，曉母屬喉音，發音部位相異，然其韻部同屬文部，故仍可通假。

（56）喪>爽

說解：

　　喪：《說文・哭部》二篇上三十：「亡也。从哭亡，亡亦聲。」

　　爽：《說文・㸚部》三篇下四十四：「明也。从㸚大。」

金文用例：

　　00109《丼人妄鐘》：「妄盍盍（憲憲）聖趨（爽）。」

　　00246《癲鐘》：「聖趨（爽）追孝于高且（祖）。」

　　02839《小盂鼎》：「辰在甲申，昧喪（爽）。」

　　04240《免簋》：「王在周。昧喪（爽），王各（格）於大廟。」

　　10175《史牆盤》：「乙公遽（遽）趨（爽）。」

字音關係：

　　喪：ㄙㄤˋ　　；蘇浪切，心宕開一去；心陽；*saŋ；*sang；*sang

　　爽：ㄕㄨㄤˇ；疎兩切，山養開三上；山陽；*ʃiaŋ；*sang；*siang

案：

　　《小盂鼎》之「昧喪」即「昧爽」用以表示時間，文獻可見於《尚書・周書・牧誓》：「時甲子昧爽，王朝至于商郊牧野，乃誓。」孫星衍《尚書今古文注疏》：「日未出也。」趨讀同爽。容庚《金文編》喪字下曰：「趨，于省吾謂：

〔註72〕唐蘭：〈曶尊銘文解釋〉，《文物》1976 年 1 期，頁 60。

『及喪之繁文。猶古文越之省作戉也。』」〔註73〕文獻中亦有爽通喪之例，如：《尚書・仲虺之誥》：「用爽厥師。」《墨子・非命上》引《仲虺之誥》曰：「龔喪厥師。」又《國語・周語下》：「晉侯爽二。」韋注：「爽當為喪，字之誤也。」由此可見爽與喪可通假。喪、爽二字上古音同屬陽部，又聲母部分，心母屬齒頭音，山母屬正齒音，發音部位同在齒音，故喪、爽兩字音近可通假。

（57）朝>廟

說解：

　　朝：《說文・倝部》七篇上十四：「旦也。从倝，舟聲。」

　　廟：《說文・广部》九篇下十八：「尊先祖皃也。从广，朝聲。」

金文用例：

　　04266《趞簋》：「戊寅，王各（格）于大朝（廟）。」

　　04331《羗伯簋》：「用好宗朝（廟），言（享）婊（夙）夕」

字音關係：

　　朝：ㄓㄠ；陟遙切，知宵開三平；端宵；*tĭau ；*tjɔg ；*tiaw

　　廟：ㄇㄧㄠˋ；眉召切，明笑開三去；明宵；*mĭau；*mjɔ̆g；*miaw

案：

　　「朝」字西周金文多用作早晨義，如 04131《利簋》：「珷征商，隹（唯）甲子朝。」而「廟」字西周金文之用法如「太廟」：00060《逆鐘》、04240《免簋》、04271《同簋》、04318《三年師兌簋》、04323《敔簋》；「周廟」：02739《周公東征鼎》、02814《無叀鼎》、02839《小盂鼎》、06013《盠方尊》、10173《虢季子白盤》；「康廟」：02805《南宮柳鼎》、04274《元年師兌簋》；「穆廟」：02836《大克鼎》；「吳大廟」：04288《師酉簋》等，朝通廟為句型相等之文例，故知朝可通廟，西周金文僅見此二例。朝、廟二字上古音同屬宵部，韻部相同，故可通假。

（58）博>搏

說解：

　　博：《說文・十部》三篇上十八：「大通也。从十博。尃，布也，亦聲。」

〔註73〕容庚：《金文編》（北京：中華書局，1985 年），頁 79。

搏：《說文‧手部》十二篇上二十七：「索持也。从手，尃聲。一曰至也。」
金文用例：

04322《㝬簋》：「師氏奔追禦戎于臧林博（搏）戎歖。……衣博（搏）無眈
于㝬身乃子。」

04313《師寰簋》：「今敢博（搏）㪴（厥）眔叚（暇）。」

字音關係：

博：ㄅㄛˊ；補各切，幫鐸開一入；幫鐸；*păk；*pwâk；*pwak

搏：ㄅㄛˊ；補各切，幫鐸開一入；幫鐸；*păk；*pwâk；*pwak

案：

「搏」字字形于西周金文另有五見，02835《多友鼎》：「甲申之臣，尃（搏）
于郗。……或尃（搏）于龏，……追尃（搏）于世。」04237《臣諫簋》：「井（邢）
厌（侯）厚（搏）戎。」10173《虢季子白盤》：「尃（搏）伐厰（玁）狁（狁）
于洛之陽。」容庚《金文編》：「搏，从干，經典通作薄。《虢季子白盤》：尃伐厰狁
即《詩‧六月》：『薄伐玁狁。』又《詩‧車攻》：『搏獸于敖。』」〔註74〕文獻之
中薄可通搏，如《詩經‧小雅‧車攻》：「搏獸于敖。」《初學記》二十三引博作
薄，《文選‧東京賦》薛注、《水經注‧濟水》、《後漢書‧安帝紀》李注、《班固
傳》李注引搏作薄；搏亦可通博，如《周禮‧考工記‧車人》：「其博三寸。」
鄭注：「故書博或爲搏，杜子春云：『當爲博。』」由此可證博可通搏。博、搏二
字上古音聲韻皆相同，故可通假。

（59）奠＞鄭

說解：

奠：《說文‧丌部》五篇上二十四：「置祭也。从酋。酋，酒也。丌，其下
也。禮有奠祭。」

鄭：《說文‧邑部》六篇下二十九：「京兆縣。周厲王子友所封。从邑，奠
聲。宗周之滅，鄭徙澮洧之上，今新鄭是也。」

金文用例：

04165《大簋》：「王才（在）奠（鄭），蔑大曆。」

〔註74〕容庚：《金文編》（北京：中華書局，1985 年），頁 776～777。

05418《免卣》：「隹（唯）六月初吉，王才（在）奠（鄭）。」

09726《三年瘋壺》：「隹（唯）三年九月丁巳，王才（在）奠（鄭）鄉（饗）醴。」

04454《叔尃父盨》：「奠（鄭）季其子子孫孫永寶用。」

02786《康鼎》：「其萬年永寶用奠（鄭）丼（邢）。」

字音關係：

　　奠：ㄉㄧㄢˋ；堂練切，定霰開四去；定耕；*dieŋ；*d'ieng；*dieng

　　鄭：ㄓㄥˋ　；直正切，澄勁開三去；定耕；*dĭeŋ；*d'jeng；*deng

案：

　　奠通鄭者，有用作人名與地名者。「鄭」字字形已見於04454《叔尃父盨》：「叔尃父乍（作）鄭季寶鐘。」「奠」字亦已見於西周金文，多作「定」之義，如00082《單伯昊生鐘》：「朕皇祖考懿德用保奠。」02833《禹鼎》：「克夾召（紹）先王，奠三（四）方。」《尚書‧禹貢》：「奠高山大川。」傳：「奠，定也。」文獻典籍中已不見奠通鄭者，西周金文奠通鄭者凡此八見。奠、鄭二字上古音同屬定母耕部，故可通假。

　　（60）絲>茲

說解：

　　絲：《說文‧絲部》十三篇上四十：「蠶所吐也。从二糸。」

　　茲：《說文‧艸部》一篇下三十六：「艸木多益。从艸，絲省聲。」

金文用例：

　　02838《曶鼎》：「用絲（茲）金乍（作）朕文考宄白（伯）䵼。」

　　《近出》0352《睘鼎》：「受絲（茲）休，用乍（作）寶簋。」

字音關係：

　　絲：ㄙ；息茲切，心之開三平；心之；*sĭə；*sĭəg　；*sjiər

　　茲：ㄗ；子之切，精之開三平；精之；*tsĭə；*tsĭəg；*tsjiər

案：

　　「絲」，郭沫若讀爲「茲」〔註75〕《爾雅‧釋詁》：「茲，此也。」西周金文

〔註75〕郭沫若：《曶鼎》，《兩周金文辭大系圖錄考釋》收於《郭沫若全集》（第八冊）（北京：科學出版社，2002年），頁210。

多用作代詞，如02779《師同鼎》：「用鑄丝（茲）尊鼎」、04160《伯康簋》：「它受丝（茲）永命無彊（疆）屯（純）右（佑）」、04330《它簋》：「乍（作）丝（茲）簋」……等，《尚書·無逸》：「周公曰：『嗚呼！自殷王中宗及高宗及祖甲及我周文王，茲四人迪哲。』」又《詩經·大雅·生民》：「保茲天子，生仲山甫。」皆爲其例。西周金文丝通茲者僅見此二例。丝、茲二字上古音韻部同屬之部字，又心母與精母發音部位同屬齒頭音，故二字上古音韻部相同，聲母相近，故得通假。

（61）鼍>矢

說解：

鼍：《說文·互部》九篇下三十九：「豕也。後蹏廢謂之鼍。从互从二匕，矢聲。鼍足與鹿足同。」

矢：《說文·矢部》五篇下二十二：「弓弩矢也。从入，象鏑栝羽之形。古者夷牟初作矢。」

金文用例：

09456《裘衛盉》：「裘衛迺鼍（矢）告于白（伯）邑父。」

字音關係：

鼍：ㄓ丶；直例切，澄祭開三去；定質；*dǐĕt；*d'ǐed；*dier

矢：ㄕ丶；式視切，書旨開三上；書脂；*ɕǐei；*śǐed；*st'ǐier

案：

「鼍」字除此器之外另見於09726《三年癲壺》：「王才（在）句陵鄉（饗）逆酉（酒），乎（呼）師壽召癲，易（賜）鼍爼。」鼍讀如字。「鼍」於《裘衛盉》通「矢」，龐懷清〔註76〕、侯志義〔註77〕等皆釋爲「矢」；王輝《古文字通假釋例》脂部下誓通矢條：「唐蘭《西周青銅器銘文分代史徵》四六一頁說鼍通矢，《爾雅·釋詁》：『矢，陳也。』是敘述的意思。」〔註78〕《廣韻》：「矢，陳

〔註76〕龐懷清：〈陝西省岐山縣董家村西周銅器窖穴發掘簡報〉，《文物》1976年5期，頁26～44。

〔註77〕侯志義：《西周金文選編》（西安：西北大學出版社，1990年），頁91。

〔註78〕王輝：《古文字通假釋例》（下冊）（台北：藝文出版社，1993年），頁615～616

也、誓也、正也、直也。」〔註79〕《詩經·大雅·卷阿》：「矢詩不多，維以遂歌」鄭箋：「矢，陳也。我陳作此詩，不復多也。」可證之。西周金文龥通矢者僅見此例，爲西周中期器。龥、矢二字上古音郭氏擬音聲韻皆異，然質脂二部相近仍可相通；董氏與周氏則將二字之上古音同擬爲脂部字，故其韻部相同亦可相通。聲母部分，定母屬於舌頭音、書母屬舌上音，由於古無舌上音，故定、書二母發音部位同爲喉音，聲母亦可相通，由以上可知龥、矢二字音近可通假。

（62）義>宜

說解：

義：《說文·羊部》十二篇下四十三：「己之威義也。从我从羊。」

宜：《說文·宀部》七篇下十一：「所安也。从宀之下，一之上，多省聲。」

金文用例：

00246《瘭鐘》：「義（宜）文神無彊（疆）覼福。」

00255《瘭鐘》：「義（宜）文神無彊（疆）覼福。」

02809《師旅鼎》：「懋父令曰：義（宜）敄（播）叡辠（厥）不從辠（厥）
　　　　　　　右征，令母（毋）敄（播），其又內（納）于師旅。」

10175《史牆盤》：「義（宜）其禋祀。」

10285《儠匜》：「我義（宜）便（鞭）女（汝）千。」

字音關係：

義：ㄧˋ；宜寄切，疑寘開三去；疑歌；*ŋia；*ngia；*ngia

宜：ㄧˊ；魚羈切，疑支開三平；疑歌；*ŋia；*ngia；*ngia

案：

郭沫若：「義播辠不從辠右征」之「義」讀爲宜。〔註80〕「義」爲威儀之「儀」之本字，「威義」一詞數見於西周金文，於此爲「宜」之假借。《詩經·大雅·蕩》：「天不湎爾以酒，不義从式。」《毛傳》：「義，宜也。」又《詩經·邶風·谷風》：「不宜有怒。」皆其明例。義、宜二字上古音相同，故得通假

〔註79〕〔宋〕陳彭年著，〔民國〕李添富主編：《新校宋本廣韻》（台北：洪葉文化，2004年），頁248。

〔註80〕郭沫若：《師旅鼎》，《兩周金文辭大系圖錄考釋》收於《郭沫若全集》（第八冊）（北京：科學出版社，2002年），頁69～70。

（63）叝＞且

說解：

　　叝：《說文·又部》三篇下十八：「又卑也。从又，虘聲。」

　　且：《說文·且部》十四篇上二十九：「所以薦也。从几。足有二橫。一，

　　　　　　其下地也。」

金文用例：

　　《近出》0031《戎生編鐘》：「即龢叝（且）盅（淑）。」

字音關係：

　　叝：ㄓㄚ；側加切，莊麻開二平；莊魚；*tʃɐa　；*tsăg；*tsraɤ

　　且：ㄑㄧㄝˇ；七也切，清馬開三上；清魚；*ts‘iɑ；*tsịag；*tsjaɤ

案：

　　「叝」西周金文多用以歎辭或語氣詞〔註81〕，如 02809《師旂鼎》：「叝，
𢼸（厥）不從𢼸（厥）又征」、02831《九祀衛鼎》：「叝，𢼸（厥）隹（唯）顏
林，我舍顏陳大馬兩」、02837《大盂鼎》：「叝，酉（酒）無敢酖。」皆為其類。
「叝」於文獻作「嗟」代之，亦為虛詞用法。然「叝」字於《戎生編鐘》通「且」
字，為西周金文僅見之例，春秋晚期之《王孫遺者鐘》：「中（終）翰（翰）叝
（且）旟（颺）。」〔註82〕《詩經·邶風·終風》：「終風且暴。」可為其證。叝、
且二字上古韻部同屬魚部字，又莊母屬正齒音、清母屬齒頭音，發音部位同在
齒部，二字音近，故可通假。

（64）虞＞永

說解：

　　虞：《說文·虍部》五篇上四十一：「騶虞也。白虎黑文，尾長於身，仁獸
　　　　　　也，食自死之肉。从虍，吳聲。詩曰：于嗟乎，騶虞。」

　　永：《說文·永部》十一篇下五：「水長也。象水巠理之長永也。詩曰：江
　　　　　　之永矣。」

〔註81〕方麗娜：《西周金文虛詞研究》（國立台灣師範大學碩士論文，1984 年），頁 384～
　　　　389、401～403。

〔註82〕郭沫若：《王孫遺者鐘》，《兩周金文辭大系圖錄考釋》收於《郭沫若全集》（第八
　　　　冊）（北京：科學出版社，2002 年），頁 346。

金文用例：

04199《恒簋蓋》：「子子孫孫虞（永）寶用。」

字音關係：

虞：ㄩˊ　；遇俱切，疑虞合三平；疑魚；*ŋĭwɑ；*ngiwag；*ngjwar

永：ㄩㄥˇ；于憬切，云梗合三上；匣陽；*ɣǐwɑŋ；*ɣiwang；*ɣiwang

案：

「子子孫孫永寶用」爲西周銘文常用語，依句式排列，則虞與永相當。容庚《金文編》：「（虞）義如永。」〔註83〕可證之。虞、永二字上古音雖不同，然疑、匣二母發音部位同爲喉音，魚、陽二部主要元音相同，故可通假。

（65）辟>璧

說解：

辟：《說文·辟部》九篇上三十五：「法也。从卩辛，節制其辠也。从口，用法者也。」

璧：《說文·玉部》一篇上二十五：「瑞玉圜也。从玉，辟聲。」

金文用例：

06015《麥方尊》：「才（在）璧（辟）雝（雍），王乘于舟爲大豐。」

字音關係：

辟：ㄅㄧˋ；必益切，幫昔開三入；幫錫；*pǐěk；*pjiek；*pi̯ek

璧：ㄅㄧˋ；必益切，幫昔開三入；幫錫；*pǐěk；*pjiek；*pi̯ek

案：

辟有效法、法則之義，如 02812《師望鼎》：「用辟於先王。」亦可用於君主諸侯之稱，如 02796《小克鼎》：「朕辟魯休。」或爲治理之義，如 04343《牧簋》：「令女（汝）辟百寮。」璧爲平圓形、中心有孔的玉器，字形可見於 04213《屍敖簋蓋》、04293《六年召伯虎簋》。璧於《麥方尊》中借爲辟，「璧雝」即「辟雍」，陳初生《金文常用字典》璧字下釋曰：「璧雝，天子所設立的太學，還可以在此舉行饗禮和射禮。」〔註84〕《詩經·大雅·靈臺》：「於論鼓鐘，於

〔註83〕容庚：《金文編》（北京：中華書局，1985 年），頁 332。

〔註84〕陳初生編：《金文常用字典》（高雄：復文圖書出版社，1992 年），頁 42。

樂辟雍。」毛傳：「水旋丘如璧，曰辟雍。」《白虎通・辟雍》：「辟者璧也，象璧圓，又以法天於雍則像教化流行也。」文獻中辟亦可通璧，如《史記・宋微子世家》：「子辟公辟兵立。」《索隱》：「《紀年》作桓侯璧兵。」又《漢書・古今人表》：「辟司徒妻。」顏注：「辟讀曰璧。」惜皆非用爲「辟雍」之例。西周金文「辟雍」用例僅見於此器。辟、璧二字上古音聲韻皆同，故可通假。

（66）厰>嚴

說解：

　　厰：《說文・厂部》九篇下十九：「崟也。一曰地名。从厂，敢聲。」

　　嚴：《說文・吅部》二篇上二十九：「教命急也。从吅，厰聲。」

金文用例：

　　00147《士父鐘》：「其厰（嚴）才（在）上，🔲🔲🔲🔲降余魯多福亡（無）彊（疆）。」

字音關係：

　　厰：一ㄣˊ；魚金切，疑侵開三平；疑侵；*ŋĭəm；*kʻâm　；*kʻam

　　嚴：一ㄢˊ；語馦切，疑嚴開三平；疑談；*ŋĭam；*ngĭǎm；*ngram

案：

　　「嚴在上」之例可尚見於00110《丼人妄鐘》、00188《汈其鐘》、00260《宗周鐘》、00238《虢叔旅鐘》、00246《瘨鐘》、04242《叔向父禹簋》、04326《番生簋蓋》、《近出》0047《晉侯蘇編鐘》、《近出》0106《逨編鐘》等器，意指先王之威嚴、英靈，如《詩經・小雅・六月》：「有嚴有翼，共武之服。」《毛傳》：「嚴，威嚴也。」是其證。西周金文厰通嚴之例僅見於此，文獻中亦不見其例。厰、嚴上古聲母同屬疑母，韻部分屬侵、談二部，侵、談二部音近可通，故可通假。董氏與周氏將二字同歸於談部，聲母則分屬溪、疑母，若此則厰、嚴二字同屬談部，溪、疑二母同屬喉音，二字仍可通假，今暫依郭氏系統分類。

（67）誓>哲

說解：

　　誓：《說文・口部》二篇上十八：「知也。从口，折聲。」

　　哲：《說文・言部》三篇上十三：「約束也。從言，折聲。」

金文用例：

04326《番生簋蓋》：「不（丕）顯皇且（祖）考穆穆克誓（哲）氒（厥）德，嚴才（在）上，廣啓氒（厥）孫子于下。」

字音關係：

　　誓：ㄕˋ　　；時制切，禪祭開三去；禪月；*ẑǐɑ̆t；*ʑǐɑ̆d；*djiar

　　哲：ㄓㄜˊ；陟列切，知薛開三入；端月；*ţǐɑ̆t；*tǐɑt　；*tiat

案：

　　郭沫若誓讀爲哲，[註85] 其用例如 02812《師望鼎》：「不（丕）顯皇考宄公穆穆克盟氒（厥）心，悊（哲）氒（厥）德。」又 02836《大克鼎》：「克曰穆穆朕文且（祖）師華父悤襲氒（厥）心，盅（寧）靜于猶，盄（淑）哲氒（厥）德。」皆爲同類型之句式，語意如《尚書・皋陶謨》：「知人則哲。」故知《番生簋蓋》之誓可通哲。文獻中未見其通用之例，西周金文僅此一例，爲西周晚期器。誓、哲二字上古音同屬月部，又禪母屬舌上音，端母屬舌頭音，故二字上古音近，可通假。

　　（68）朢>忘

說解：

　　朢：《說文・壬部》八篇上四十六：「月滿也。與日相望。似朝君。从月从臣从壬。壬，朝廷也。」

　　忘：《說文・心部》十篇下四十：「不識也。从心，亡聲。」

金文用例：

　　00754《尹姞鬲》：「休天君弗朢（忘）穆公聖粦明弘事先王。」

　　02833《禹鼎》：「肄（肆）武公亦弗叚（遐）朢（忘）朕（朕）聖且（祖）。」

　　04167《虢簋》：「虢弗敢朢（忘）公白（伯）休。」

　　04269《縣妃簋》：「母（毋）敢朢（忘）白（伯）休。」

　　04331《羌伯簋》：「羌白（伯）拜手頴（稽）首天子休，弗朢（忘）小裔邦。」

字音關係：

　　朢：ㄨㄤˋ；巫放切，明漾合三去；明陽；*mǐwaŋ；*mǐwang；*mjwang

〔註85〕郭沫若：《番生簋》，《兩周金文辭大系圖錄考釋》收於《郭沫若全集》（第八冊）（北京：科學出版社，2002 年），頁 283。

忘：ㄨㄤˋ；巫放切，明漾合三去；明陽；* mǐwaŋ；*mi̯wang；*mjwang

案：

「朢」本義當爲瞭望，臣之偏旁或譌爲耳、或譌爲亡，除字音相近之外，當與亡、朢音近相關。郭沫若、沈寶春皆讀爲「忘」〔註86〕，意爲「不要忘記」。「既朢」字一般皆作爲月相記日之用，高木森依西周金文認爲其日約爲每月十六至二十三日，〔註87〕西周金文亦常見此記日之用法，如 02735《不椢方鼎》：「隹（唯）八月既朢」、02748《庚嬴鼎》：「隹（唯）廿又二年四月既朢」、02814《無叀鼎》：「隹（唯）九月既朢」……等例。西周金文朢通忘之例共可見十一例。朢、忘二字上古音同屬明母陽部，古音相同，故可通假。

（69）叀>對

說解：

叀：《說文・叀部》四篇下三：「礙不行也。從叀引而止之也。叀者，如叀馬之鼻。从冖，此與牽同意。詩曰：載叀其尾。」

對：《說文・丵部》三篇上三十四：「對，譍無方也。从丵口从寸。對或从士。漢文帝以爲責對而面言，多非誠對，故去其口以从士也。」

金文用例：

04246《楚簋》：「叀（對）揚天子不（丕）顯休。」

字音關係：

叀：ㄓˋ　　；陟利切，知至開三去；端質；*tǐēt；*ti̯ed；*tier

對：ㄉㄨㄟˋ；都對切，端對合一去；端物； *tuāt；*twậd；*twər

案：

「叀揚」即爲「對揚」。「對揚」一詞爲西周金文常見用語，如 02775《小臣逨鼎》：「對揚王休」、02783《七年趞曹鼎》：「敢對揚天子休」、02804《利鼎》：「對揚天子不（丕）顯皇休」、02836《大克鼎》：「對揚天子不（丕）顯魯休」、

〔註86〕郭沫若：《縣妃簋》，《兩周金文辭大系圖錄考釋》收於《郭沫若全集》（第八冊）（北京：科學出版社，2002 年），頁 151；沈寶春：《商周金文錄遺考釋》上冊，（台北：花木蘭文化工作坊，2005 年），頁 260。

〔註87〕高木森：《西周青銅彝器彙考》（台北：中國文化大學，1986 年），頁 7。

02841《毛公鼎》：「對揚天子皇休」……等，皆爲相同文例之例句，語意皆爲對賞賜者感激之意。侯志義《西周金文選編》：「『憲揚』即答揚，亦即對揚，因憲、答、對三字皆爲端母字，故可通用也。」〔註88〕王輝《古文字通假釋例》：「憲（質端）讀爲對（物端），雙聲，物質旁轉。」〔註89〕《詩經・大雅・江漢》：「對揚王休。」箋云：「對答休美作爲也。」《廣雅・釋詁》四：「對，揚也。」西周金文憲通揚者僅見於此例，爲西周晚期器。憲、對二字上古音聲母同屬端母，韻部部分，郭氏擬音分屬質、物二部，董氏與周氏擬音亦分屬脂、微二部，兩者皆可相通，故憲、對二字音近可通假。

（70）𥄂>首

說解：

　　𥄂：《說文・𥄂部》十四篇下十八：「獸牲也。象耳、頭、足厹地之形。古文𥄂下从厹。」

　　首：《說文・首部》九篇上十六：「古文𦣻也。巛象髮，髮謂之鬊。鬊即巛也。」

金文用例：

　　02839《小盂鼎》：「執𥄂（首）一人。……折𥄂（首）于□。」

　　04313《師寰簋》：「…左右虎臣正（征）淮尸（夷），即䝁𠭯（厥）邦𥄂（首）。」

字音關係：

　　𥄂：ㄒㄧㄡˋ；許救切，曉宥開三去；曉幽；*xǐəu；*xi̯ŏg；*xjəw

　　首：ㄕㄡˇ　；書九切，書有開三上；書幽；*ɕi̯əu；*xi̯ŏg；*st‘jəw

案：

　　𥄂字前人有二種說法：（一）假爲酋。主此說者如郭沫若、陳夢家、白川靜。郭沫若曰：「蓋𥄂讀爲酋，言生擒其酋首也。」〔註90〕陳夢家：「𥄂讀若酋。西周周人名鬼方之首爲酋爲𥄂，名淮夷之首酋亦曰『邦𥄂』。」〔註91〕（二）假爲

〔註88〕侯志義：《西周金文選編》（西安：西北大學出版社，1990 年），頁 169。

〔註89〕王輝：《古文字通假釋例》（下冊）（台北：藝文出版社，1993 年），頁 677。

〔註90〕郭沫若：《小盂鼎》，《兩周金文辭大系圖錄考釋》收於《郭沫若全集》（第八冊）（北京：科學出版社，2002 年），頁 89。

〔註91〕陳夢家：《小盂鼎》，《西周銅器斷代》（北京：中華書局，2004 年），頁 107。

首。主其說者有楊樹達、高本漢。如楊樹達曰：「余意嘼當讀爲首。《廣雅・釋詁》云：『首，君也』然則銘文之邦嘼猶《尚書》之邦君也。」〔註92〕高本漢曰：「『酋』字做官銜用，在漢以前的文獻裏只當『酒官』講；『酋』作『部族之長』講，不會早於漢代。」〔註93〕嘼、酋、首三字之字音關係如下：

嘼：ㄒㄧㄡˋ；許救切，曉宥開三去；曉幽；*xǐeu ；*xįǒg ；*xjəw

酋：ㄑㄧㄡˊ；自秋切，從尤開三平；從幽；*dzǐeu；*dz‘įǒg；*dzjəw

首：ㄕㄡˇ ；書九切，書有開三上；書幽；*ɕǐeu ；*x̌įǒg ；*st‘jəw

由以上三家擬音可知，嘼、酋、首三字上古音同屬幽部字，然於聲母部分則各家擬音則略有差異，故從上古音讀仍難辨其優劣。嘼、酋、首於字音分析無所得知，又嘼假爲酋或首於文意皆可通，然金文酋字無酋長用例，故依高氏之說，則嘼實假爲首較佳。「折首」一詞爲西周銘文常用語詞，然 02839《小盂鼎》亦有「折嘼（首）于□」於文例當與「折首」相當。嘼、首二字上古音同屬幽部，故可通假。

（71）湏>眉

說解：

湏：《說文・水部》十一篇上二・三十六：「沬，洒面也。从水，未聲。」

眉：《說文・目部》四篇上十四：「目上毛也。從目象眉之形，上象額理也。」

金文用例：

04109《內伯多父簋》：「用易（賜）湏（眉）壽。」

04156《伯家父簋蓋》：「用易（賜）余湏（眉）壽，黃者靈冬（終）。」

04160《伯康簋》：「康其萬年湏（眉）壽，永寶丝（茲）簋。」

04182《虢姜簋蓋》：「其萬年湏（眉）壽，受福無彊（疆）。」

04465《善夫克盨》：「降克多福，湏（眉）壽永令，畍（畯）臣天子」

字音關係

湏：ㄇㄟˋ；莫貝切，明泰開一去；明物；*mēt ；*m̥wêd；*xmwər

眉：ㄇㄟˊ；武悲切，明脂開三平；明脂；*mǐei；*mįed；*mier

〔註92〕楊樹達：《師𡘙簋跋》，《積微居金文說》（北京：中華書局，2004 年），頁 133。

〔註93〕引自全廣鎮：《兩周金文通假字研究》（台北：台灣學生書局，1989 年），頁 133。

案：

「𣶈」字象用水盆洗臉，《說文解字》作「沬」，或作「頮」爲之，《段注》：「頮，從兩手匊水而洒其面。」[註94] 西周金文之「𣶈」字或作𣶈、𣶈、𣶈、𣶈、𣶈、𣶈，皆其異體字。然西周金文之「𣶈壽」文獻則作「眉壽」，如《詩經・豳風・七月》：「爲此春酒，以介眉壽。」《毛傳》：「眉壽，豪眉也。」孔穎達疏：「人年老者，必有豪眉秀出者，故知眉謂豪眉也。」10175《史牆盤》文中「天子𣶈無匃」，唐蘭、徐中舒、李學勤、裘錫圭、李仲操皆讀爲「天子眉壽無害」，[註95]「𣶈」爲「眉壽」之省，故知金文𣶈可通眉。𣶈、眉二字上古音同屬明母字，而上古韻部爲陰聲韻配入聲韻，而物部屬入聲韻、脂部屬陰聲韻，上古音可相押，由此可知𣶈、眉二字上古音近，故可通假。

〔註94〕〔清〕段玉裁：《說文解字注》（台北：藝文印書館，1999 年），十一篇上二・三十七，頁 569。

〔註95〕唐蘭：〈略論西周微史家族窖藏銅器群的重要意義〉，《文物》1978 年 3 期，頁 23～24；徐中舒：〈西周墻盤銘文箋釋〉，《考古學報》1978 年 2 期，頁 142～143；李學勤：〈論史墻盤及其意義〉，《考古學報》1978 年 2 期，頁 152；裘錫圭：〈史墻盤銘解釋〉，《文物》1978 年 3 期，頁 27；李仲操：〈史墻盤銘文試釋〉，《文物》1978 年 3 期，頁 34。

第四章　有本字的假借（下）

　　前一章將西周金文兩字單通字例共 73 例獨立討論，本章則對西周金文通假現象中之「兩字單通」、「單通群字」、「群通一字」、「隔字相通」、「群字混通」之字例分節討論，各例討論內容同前章，其例依序討論如下：

第一節　二字互通

　　「二字互通」指甲字可以代替乙字使用，乙字也可以代替甲字使用。甲乙兩字在使用上可以相互替代。此部分內容中之甲、乙二字字形皆已出現於西周金文，且在使用上皆可使文意通讀無礙，但不包含異體字、後起本字與古今字等關係，其字例如下：

（一）命＝令

說解：

　　命：《說文・口部》二篇上十八：「使也。从口令。」

　　令：《說文・卩部》九篇上三十一：「發號也。从亼卩。」

金文用例：

02785《中方鼎》：「中對王休令（命）。」

02796《小克鼎》：「王令（命）譱（膳）夫克舍令（命）於成周。」

02821《此鼎》：「此敢對揚天子，不（丕）顯休令（命）。」

04276《豆閉簋》：「敢對揚天子，不（丕）顯休命（令）。」

04340《蔡簋》：「先王既令（命）女（汝）乍（作）宰，嗣（司）王家，

今余佳（唯）䚢（申）䅼（京）乃令（命），……。」

字音關係：

命：ㄇㄧㄥˋ；眉病切，明映開三去；明耕；*miĕŋ；*mi̯eng；*mieng

令：ㄌㄧㄥˋ；力政切，來勁開三去；來耕；*liĕŋ；*li̯eng；*lien

案：

「令」字於甲骨文中已見，至西周初期仍只見令字，西周中期以後「命」字始見，爾後用法逐漸分化爲二，受命、冊命等一般而言作命字而少見用令字者，如西周晚期之《毛公鼎》，銘文中連用十三個命字，而不見令字，然用「命」字之處亦可用「令」替代之，由此可知其二字於使用上尚未完全區別。西周金文中令與命每可互換，於文意仍可通，其例於西周金文習見。命、令兩字上古韻部同屬耕部，聲母分屬明部與來部，聞宥認爲命、令二字爲〔ml-〕複聲母之分衍，竺師家寧亦持相同看法，﹝註1﹞由此觀之，則命、令二字上古音不僅韻部相同，聲母部分也相同，故可相通假。

（二）明＝盟

說解：

明：《說文‧明部》七篇上二十五：「照也。从月囧。凡朙之屬皆从朙。明，古文从日。」

盟：《說文‧囧部》七篇上二十六：「周禮曰：國有疑則盟。諸侯再相與會，十二歲一盟。北面詔天之司愼司命。盟殺牲，歃血朱盤玉敦，以立牛耳。從囧，皿聲。盟，篆文从朙。盟，古文从明。」

字音關係：

明：ㄇㄧㄥˊ；武兵切，明庚開三平；明陽；*miaŋ；*mi̯wǎng；*miwang

盟：ㄇㄥˊ；武兵切，明庚開三平；明陽；*miaŋ；*mi̯wǎng；*miwang

金文用例：

02791《伯姜鼎》：「用夙夜明（盟）享于邵伯。」

﹝註1﹞ 竺師家寧：《聲韻學》（台北：五南圖書，2002年），頁607、634。

02812《師望鼎》：「克盟（明）氒（厥）心。」

案：

明字數見於金文銘文，然通「盟」者，僅見於《伯姜鼎》。盟字字形亦僅見於《師望鼎》，此二字於此可互通。全廣鎮《兩周金文通假字研究》：「是例金文僅見於東周南土系徐國彝銘。」〔註2〕今考之，《伯姜鼎》已有其例。明、盟二字上古擬音聲韻調全同，故得相通。

第二節　單通群字

「單通群字」即是「一字多借」，指某一個字可以替代幾個字使用，但這幾個字卻不能代替某字使用，其通借關係具有一定的社會約定性。此部分一字二借之例共六例；一字三借之例共二例，其例分論如下：

表十五：西周金文單通群字字例一覽表

序號	1	2	3	4	5	6	7	8
金文借字	才	古	司	每	奉	學	友	易
金文被借字	在哉	姑故	嗣事	敏誨	弼禘	效教	宥有休	揚陽錫

（一）才>在、哉

說解：

才：《說文・才部》六篇上六十八：「艸木之初也。从丨上貫一，將生枝葉也。一，地也。」

在：《說文・土部》十三篇下二十六：「存也。从土，才聲。」

哉：《說文・口部》二篇上十九：「言之間也。从口，𢦏聲。」

金文用例：

00060《逆鐘》：「弔（叔）氏才（在）大（太）廟。」

02728《旅鼎》：「才（在）十又（有）一月庚申，公才（在）䢍自（師）。」

02775《小臣𣄵鼎》：「正月王才（在）成周。」

04341《班簋》：「隹（唯）民亡徙（哉）才（哉）！彝杲（昧）天令（命），

〔註2〕全廣鎮：《兩周金文通假字研究》（台北：台灣學生書局，1989年），頁235。

故亡允才（哉），顯隹（唯）敬德。」

04342《師訇簋》：「王曰：師訇，哀才（哉）今日，天疾愧（威）降喪。」

字音關係：

才：ㄘㄞˊ；昨哉切，從咍開一平；從之；*dzə；*dz'əg；*dzəɣ

在：ㄗㄞˋ；昨宰切，從海開一上；從之；*dzə；*dz'əg；*dzəɣ

哉：ㄗㄞ　；祖才切，精咍開一平；精之；*tsə；　*tsəg；*tsəɣ

案：

「才」諸家皆釋爲「在」，無異辭，此例西周金文習見。而才通哉者，西周金文僅見於《班簋》與《師訇簋》，陳夢家：「『才』字應讀爲『哉』，是語詞。」〔註3〕楊樹達《詞詮》：「哉，語中助詞：《說文》云：『哉，言之閒也。』」又曰：「語末助詞：表感歎。」〔註4〕此三才通哉字用法同「嗚呼哀哉」之「哉」。《爾雅‧釋詁上》：「哉，始也。」邢疏：「哉，古文作才。」由上可知，才可通在、哉。才、在二字上古音聲韻皆同，故可通假。而才、哉二字上古音同屬之部，聲母從母與精母同屬齒頭音，發音部位相同故二字字音相近可通，故可通假。

（二）古＞姑、故

說解：

古：《說文‧古部》三篇上五：「故也。从口十。識前言者也。」

姑：《說文‧女部》十二篇下七：「夫母也。从女，古聲。」

故：《說文‧攴部》三篇下三十三：「使爲之也。从攴，古聲。」

金文用例：

02739《塱方鼎》：「隹（唯）周公于征伐東尸（夷）、豐白（伯）、尃（薄）古（姑）。」

02837《大盂鼎》：「無敢酘，古（故）天異（翼）臨子，灋（法）保先王。……牽肆于酉（酒），古（故）喪。」

04342《師訇簋》：「今日天疾愧（威）降喪，首德不克畫，古（故）亡（無）

〔註3〕陳夢家：《班簋》，《西周銅器斷代》（北京：中華書局，2004年），頁27。

〔註4〕楊樹達《詞詮》卷六，收於《民國叢書》第五編，據商務印書館1931年版影印，頁21。

　　　　承於先王。」

字音關係：

　　古：ㄍㄨˇ　；公戶切，見姥合一上；見魚；**ka**；**kâg**；**kaɤ**

　　姑：ㄍㄨ　　；古胡切，見模合一平；見魚；**ka**；**kâg**；**kaɤ**

　　故：ㄍㄨˋ　；古暮切，見暮合一去；見魚；**ka**；**kâg**；**kaɤ**

案：

　　古通姑者僅此一例，用作地名。陳夢家於此有詳細說解，其言：「此方鼎（《塱方鼎》）周公所伐的專古即薄姑（或作蒲姑），他和奄君是誘致武庚叛周的主使者，見於《尚書・大傳》。此雖僅見載於較晚的書傳中，但由於西周金文的互證，乃知其可靠。《左傳・昭公九年》：『及武王克商，蒲姑、商奄，吾東土也。』」〔註5〕《漢書・地理志・齊地》：「殷末有薄姑氏，皆爲諸侯，國此地；至周成王時，薄姑氏與四國共作亂，成王滅之，以封師尚父，是爲大公。」《尚書・序》曰：「成王既踐奄，將遷其君於蒲姑。」薄姑爲殷末之諸侯，故城在臨淄西北五六十里今山東省博興縣東南境，周成王時封作齊地。文獻中古通姑之例有《山海經・中山經》：「又東二百里曰姑媱之山。」《博物志》姑媱作古魯。又「古」可通「故」，西周金文共見三例。「故」字字形見於 04341《班簋》：「彝悉（昧）天令（命），故亡。」、04343《牧簋》：「故王曰。」文獻中古通故之例有：《詩經・大雅・烝民》：「古訓是式。」《烈女傳》引古作故；《戰國策・燕策二》：「欲以復振古地也。」鮑本古作故。故古可通姑、故二字。古、姑、故三字上古音同屬見母魚部，三字音同故可通假。

　　（三）司＞嗣、事

說解：

　　司：《說文・司部》九篇上二十九：「臣司事於外者。从反后。」

　　嗣：《說文・冊部》二篇下三十四：「諸侯嗣國也。从冊口，司聲。」

　　事：《說文・史部》三篇下二十：「職也。从史，屮省聲。」

金文用例：

　　00260《宗周鐘》：「隹（唯）司（嗣）配皇天。」

_____

〔註5〕陳夢家：《塱方鼎》，《西周銅器斷代》（北京：中華書局，2004 年），頁 18。

02841《毛公鼎》：「司（嗣）余小子弗彶，邦酓（將）害（曷）吉？」

04294《揚簋》：「……眔嗣（司）誓、眔嗣（司）寇、眔嗣（司）工司（事）。」

字音關係：

司：ㄙ　；息茲切，心之開三平；心之；*sĭə；*seǐg；*sjiəᴚ

嗣：ㄙˋ；詳吏切，邪志開三去；邪之；*zĭə；*geǐg；*rjieᴚ

事：ㄕˋ；鉏吏切，牀志開三去；牀之；*dʒĭə；*dz'əg；*dzieᴚ

案：

司通嗣者有繼承、接續之義，《尚書‧洪範》：「鯀乃殛死，禹乃嗣興。」文獻中司通嗣之例有《尚書‧高宗肜日》：「王司敬民。」《史記‧殷本紀》司作嗣；《荀子‧哀公》：「若天之嗣。」《大戴禮記‧哀公問五義》嗣作司，此爲其明例。司通嗣者，西周金文僅見此二例，皆爲西周晚期器。而司通事者，郭沫若：「『嗣工』漢以後作司空，下『嗣工司』司一作事。」〔註6〕張日昇亦言司假作事。〔註7〕陳夢家：「司工司，即司工史，……係似周室派遣於四夷之官吏。」〔註8〕今依《揚簋》文意應譯爲「兼司空之事」，文例如02838《曶鼎》：「令（命）女（汝）更乃且（祖）考司卜事。」故司通事似較恰當。文獻無司通事之例，西周金文亦僅見此例。司、嗣二字上古音同屬之部，又聲母部分，心母與邪母同屬齒頭音，故司、嗣二字上古音近，故可通假。又司、事上古音同屬之部字，聲母部分，心母屬齒頭音、牀母屬正齒音，發音部位同爲齒音，故司、事二字古音極接近，故可通假。

（四）每＞敏、誨

說解：

每：《說文‧屮部》一篇下一：「艸盛上出也。从屮，母聲。」

敏：《說文‧攴部》三篇下三十二：「疾也。从攴，每聲。」

誨：《說文‧言部》三篇上十：「曉教也。从言，每聲。」

〔註6〕郭沫若：《揚簋》，《兩周金文辭大系圖錄考釋》收於《郭沫若全集》（第八冊）（北京：科學出版社，2002年），頁253。

〔註7〕周法高主編：《金文詁林》冊下，（日本京都：中文出版社，1981年），卷9，頁9.121～1206。

〔註8〕陳夢家：《揚簋》，《西周銅器斷代》（北京：中華書局，2004年），頁193。

金文用例：

04261《天亡簋》：「每（敏）揚王休䇶（于）尊白。」

04269《縣妃簋》：「縣妃每（敏）揚白犀父休。」

06014《𤖔尊》：「叀王龏（恭）德谷（裕）天，順我不每（敏）。」

02838《曶鼎》：「曶迺每（誨）于𦥑。」

字音關係：

每：ㄇㄟˇ　　；武罪切，明賄合一上；明之；*muə；*mwêg；*mwər

敏：ㄇㄧㄣˇ；眉殞切，明軫開三上；明之；*mǐə；*mwêg；*mwər

誨：ㄏㄨㄟˋ；荒內切，曉隊合一去；曉之；*xuə；*m̥wêg；*mwər

案：

「敏」字字形已見於 04322《敔簋》：「競敏啟行」、04324《師嫠簋》：「女（汝）敏可使（吏）。」而「誨」字字形則見於《鴅叔鼎》：「誨乍（作）寶鬲鼎。」西周金文共見此四例，文獻中則未見每通敏或每通誨之例。每、敏二字上古音聲母同屬明母，韻部同之部。郭氏所擬之上古音，由於中古音等呼分屬一、三等的關係而有所分別，然董氏與周氏所擬知音則相同，故每、敏上古音仍屬同音，故可通假。又每、誨二字上古音同屬之部字，聲母部分，郭氏擬音分屬明母與曉母，然董氏與周氏之擬音二字上古音聲韻皆同，故每、誨二字仍可通假。

（五）夲>弼、禱

說解：

夲：《說文・夲部》十篇下十五：「疾也。从夲，卉聲。搃从此。」

弼：《說文・弜部》十二篇下六十一：「輔也。从弜，丙聲。」

禱：《說文・示部》一篇上十二：「被，除惡祭也。从示，犮聲。」陳初生《金文常用字典》：「禱，文獻作祓。」〔註9〕

金文用例：

04331《羌伯簋》：「乃且（祖）克夲（弼）先王。」

00935《圉甗》：「王夲（禱）于成周。」

04132《叔簋》：「隹（唯）王夲（禱）于成周。」

〔註9〕陳初生編：《金文常用字典》（高雄：復文圖書出版社，1992年），頁935。

09104《盂爵》：「隹（唯）王初𢇍（祓）于成周。」

字音關係：

　　𢇍：ㄏㄨ　　；許勿切，曉物合三入；曉物；*xǐwət；*xwə̂t　；*xwət

　　弼：ㄅㄧˋ；房密切，並質開三入；並物；*bǐĕt　；*b'ᴊwət；*biwət

　　祓：ㄈㄨˊ；敷勿切，滂物合三入；滂物；*p'ǐwət；*p'ᴊwət；*p'jwət

案：

　　「𢇍」字，郭沫若：「以意推之當叚爲弼。」﹝註10﹞西周金文僅見此例。「𢇍」通「祓」者，文獻皆用「祓」字以代「祓」，如：《史記・周本紀》：「周公乃祓齋，自爲質，欲代武王，武王有瘳。」張守節《正義》：「祓音廢，又音拂……祓謂除不祥求福也。」《玉篇》：「祓，除災求福也。」西周金文見此三例，句式皆同，應爲祭祀過後受賞所作之器。𢇍、弼上古音聲母雖不同，然韻部同屬物部，故可通假。而𢇍、祓二字上古音韻部同屬物部，故可通假。

（六）學＞效、教

說解：

　　學：《說文・教部》三篇下四十一：「斆，覺悟也。从教冂。冂，尙曚也。臼聲。學，篆文斆省。」

　　效：《說文・攴部》三篇下三十三：「象也。从攴，交聲。」

　　教：《說文・教部》三篇下四十一：「上所施，下所效也。从攴孝。」

字音關係：

　　學：ㄒㄩㄝˊ：胡覺切，匣覺開二入；匣覺；*ɣeə̆uk；*ɣok；*grəwk

　　效：ㄒㄧㄠˋ；胡教切，匣效開二去；匣宵；*ɣeau　；*ɣɔg；*graw

　　教：ㄐㄧㄠˋ；古孝切，見效開二去；見宵；*keau　；*kɔg；*kraw

金文用例：

　　02803《令鼎》：「曰：小子廼學（效）。令對揚王休。」

　　04273《靜簋》：「靜學（教）無罪（斁）。」

案：

﹝註10﹞郭沫若：《羖伯簋》，《兩周金文辭大系圖錄考釋》收於《郭沫若全集》（第八冊）（北京：科學出版社，2002年），頁314。

　　學通效者，孫詒讓曰：「學令當讀爲效命。《尚書大傳》：『學，效也。』」[註11] 然而此處「學」與「令」當分開釋讀，學通效，令者爲作此器者之名，而非釋讀爲效命，故楊樹達云：「今按孫讀是也。特孫以學字連下令字爲文，讀爲效命，則非是。《荀子·議兵篇》云：『臣請遂道王者諸侯彊弱存亡之效。』楊注云：『效，驗也。』此銘記王親耕藉田，禮畢，饗其臣下；饗訖，王射，有司與師氏小子會射。……令與奮二人爲王車之先導。王欲試二人之足力，……及王至康宮，甚悅，殆以令足健能至故也。令乃言曰：『小子能至之言今驗矣。』」[註12] 故知學可通效，西周金文僅此一例，爲西周早期器。

　　學通教者，郭沫若云：「『靜學無玗』：學當讀爲教，以上文言『司射學宮』，乃教射于學宮也。」[註13] 楊樹達曰：「『靜學無玗』，郭君讀學爲教，是也。……《禮記·學記》曰：『學學半』，上學謂教，下學謂學，教與學同以學字爲之，與銘文正同也。」[註14] 而「敎」者，高鴻縉曰：「敎乃晚出之教字，……至於學字，古無从攴者。學應从臼，有模仿意。从字，有孳生意。模仿而孳生，由不知而知，由不能而能，是即學也。」[註15] 高本漢曰：「比較更爲正確的講法是，『學』（*g'ôk）假借爲『敎』（*g'ôg）（例證見《尚書》），兩字屬同一個諧聲系列。」[註16]《尚書·盤庚》：「盤庚敎于民。」傳曰：「敎，教也。」；《說命》下：「惟敎學半」傳曰：「敎，教也。」是其證。文獻中學通教之例如：《尚書·洛誥》：「乃女其悉自教工。」《尚書大傳》引教作學；《禮記·學記》：「善教者使人繼其志。」《經典釋文》：「教一本作學。」以上皆爲學通教之證，西周

〔註11〕孫詒讓：〈周大蒐鼎〉，《古籀拾遺》卷下，（北京：中華書局，1989 年），葉 16，頁 39。

〔註12〕楊樹達：〈令鼎跋〉，《積微居金文說》（增訂本）（北京：中華書局，2004 年），頁 1～2。

〔註13〕郭沫若：《靜簋》，《兩周金文辭大系圖錄考釋》收於《郭沫若全集》（第八冊）（北京：科學出版社，2002 年），頁 129。

〔註14〕楊樹達：〈靜簋跋〉，《積微居金文說》（增訂本）（北京：中華書局，2004 年），頁 169～170。

〔註15〕高鴻縉：《中國字例》（台北：三民書局，1984 年），頁 598～599。

〔註16〕高本漢：《先秦文獻假借字例》上冊，（台北：中華叢書編審委員會，1974 年），頁 308。

金文僅見一例於《靜簋》，爲西周中期器。

　　學、效二字上古音聲母同屬匣母字，聲母相同，故可通假。學、教二字上古音雖異，然聲母部分，匣母與見母發音部位皆爲喉音，故聲母相近，仍可通假。

（七）友＞宥、有、休

說解：

　　友：《說文・又部》三篇下二十：「同志爲友。从二又相交。」

　　宥：《說文・宀部》七篇下十一：「寬也。从宀，有聲。」

　　有：《說文・有部》七篇上二十五：「不宜有也。《春秋》傳曰：日月有食之。從月，又聲。」

　　休：《說文・人部》六篇上六十四：「息止也。從人依木。」

字音關係：

　　友：一ㄡˇ；云久切，云有開三上；匣之；*ɣĭwə；*ɣi̯wə̌g；*ɣjwər

　　宥：一ㄡˋ；于救切，云宥開三去；匣之；*ɣĭwə；*ɣi̯wə̌g；*ɣjwər

　　有：一ㄡˇ；云久切，云有開三上；匣之；*ɣĭwə；*ɣi̯wə̌g；*ɣjwər

　　休：ㄒ一ㄡ；許尤切，曉尤開三平；曉幽；*xĭəu；*xi̯ŏg；*xjəw

金文用例：

　　02810《噩侯鼎》：「王乃祼之，駿（御）方友（宥）王，王休宴。」

　　09897《師遽方彝》：「師遽蔑曆友（宥）。」

　　04435《虢仲盨蓋》：「𢆶（茲）盨友（有）十又（有）二。」

　　《近出》0343《鄧小仲方鼎》：「鄧小仲隻（獲），友（有）得，弗敢俎（阻）。」

　　09725《伯克壺》：「白（伯）克敢對揚天右王白（伯），友（休）用乍（作）朕穆考後中（仲）尊壺。」

案：

　　「友」通「宥」，王國維《釋宥》：「睿即宥、侑二字。……『駿方睿王』者，謂駿方酢王也。《周禮・大行人》：『侯伯之禮，王禮壹祼而酢』，即此事也。」〔註17〕郭沫若、陳夢家皆同此說。〔註18〕陳夢家：「此王在大室中饗臣工而命作

〔註17〕王國維：《釋宥》，《觀堂集林》（下冊）（河北：河北教育出版社，2002年），頁764～766。

器者爲之宥，故得賞玉器五品。此器『友』字從友從甘，假作宥。王國維《釋宥》（觀堂別補 2～3）論金文之宥，甚詳確。《左傳》僖廿五、廿八記王饗醴命晉侯宥；而莊十八曰：『虢公、晉侯朝王，王饗醴，命之宥，皆賜玉五穀，馬三（應作四）匹』，則尤與本銘（《師遽方彝》）相符合。」〔註 19〕文獻中未見友通宥之例，西周金文則見此二例。

「友」通「有」之例，義爲有無之有。陳夢家：「丝盨友十又二者，兹盨友十二也。有疑假作盨。」〔註 20〕誤也。此處之「友」，應讀爲「有」，即爲有無之有，郭沫若、王輝並讀爲「有」，〔註 21〕「丝盨友十又二者」應譯爲「兹盨有十二個」。《鄧小仲方鼎》之「友（有）得」其例同 03976《䟫駿簋》：「䟫駿從王南征，伐楚荊，有得。」文獻中友通有之例如：《尚書・牧誓》：「嗟！我友邦冢君。」《史記・周本紀》友作有；《韓詩外傳》七：「昔者吾有周舍有言。」《新序・雜事一》有作友，皆可爲證。西周金文友通有之例僅見此二例。

「友」通「休」之例，西周金文僅見於 09725《伯克壺》。「休用乍（作）朕穆考」之句型於西周金文習見，如 04256《廿七年衛簋》：「休用乍（作）朕文且（祖）考」04276《豆閉簋》：「休命用乍（作）朕文考」、04283《師瘨簋蓋》：「休用乍（作）朕文考」04294《揚簋》：「休余用乍（作）朕烈考」、04312《師頪簋》：「休用乍（作）朕文考」、……，是知《伯克壺》之「友」爲借「休」之例，西周金文亦僅見此一例。

友、宥、有三字上古音同屬匣母之部，古音相同故可通假。友、休二字上古音雖異，然聲母部分，匣母與曉母發音部位皆在喉音，故聲母相近；韻部部分，之部與幽部同屬陰聲韻，且二部相近，故韻部相近，因此友、休二字上古聲母韻部俱相近，故得通假。

〔註 18〕郭沫若：《噩侯鼎》，《兩周金文辭大系圖錄考釋》收於《郭沫若全集》（第八冊）（北京：科學出版社，2002 年），頁 232～233；陳夢家：《師遽方彝》，《西周銅器斷代》（北京：中華書局，2004 年），頁 159；《鄂侯御方鼎》，頁 218。

〔註 19〕陳夢家：《師遽方彝》，《西周銅器斷代》（北京：中華書局，2004 年），頁 159。

〔註 20〕陳夢家：《虢仲盨蓋》，《西周銅器斷代》（北京：中華書局，2004 年），頁 317。

〔註 21〕郭沫若：《虢仲盨》，《兩周金文辭大系圖錄考釋》收於《郭沫若全集》（第八冊）（北京：科學出版社，2002 年），頁 257；王輝：《古文字通假釋例》（上冊）（台北：藝文出版社，1993 年），頁 14。

（八）易>揚、陽、錫

說解：

易：《說文・勿部》九篇下三十四：「開也。从日一勿。一曰飛揚、一曰長
也、一曰彊者眾皃。」

揚：《說文・手部》十二篇上三十九：「飛舉也。从手，易聲。」

陽：《說文・阜部》十四篇下一：「高明也。从皀，易聲。」

錫：說文缺。《廣韻・陽韻》：「錫，馬額飾。」

字音關係：

易：一ㄤˊ；與章切，余陽開三平；余陽；*ʎĭaŋ；*dǐang；*riang

揚：一ㄤˊ；與章切，余陽開三平；余陽；*ʎĭaŋ；*dǐang；*riang

陽：一ㄤˊ；與章切，余陽開三平；余陽；*ʎĭaŋ；*dǐang；*riang

錫：一ㄤˊ；與章切，余陽開三平；余陽；*ʎĭaŋ；*dǐang；*riang

金文用例：

04216《五年師旋簋》：「旋敢易（揚）王休。」

04287《伊簋》：「對易（揚）天子休。」

10322《永盂》：「易（賜）畀師永𢼹（厥）田滄（陰）易（陽）洛，彊（疆）
眔師俗父田。」

04201《小臣宅簋》：「易（賜）小臣宅畫干戈九、易（錫）金車馬兩。」

04216《五年師旋簋》：「齎（僑）女十五易（錫）、登、盾、生皇。」

案：

「易」可通揚、陽、錫者，金文用例不多，蓋易通揚者，金文均用於「對
揚」、「敢揚」之詞，文獻中亦作為「對揚」，為報答頌揚之義，《禮記・祭統》：
「夫鼎有銘，顯揚先祖，所以崇孝也。」文獻用例如《詩經・大雅・江漢》：「虎
拜稽首，對揚王休。」是其例，故知易可通揚。易通陽者，西周金文僅見於《永
盂》，陰陽洛應即洛水之南北。10173《虢季子白盤》：「榑（搏）伐厰（玁）執（狁）
于洛之陽。」即見陽字字形，義為洛水北岸。文獻用例如《逸周書・度邑》：「自
洛汭延于伊汭，居陽無固其有夏之居。」《史記・周本紀》：陽作易。按易乃陽
字之誤；又《戰國策・趙策三》：「胡易。」《史記・穰侯列傳》作「胡陽」；再
《漢書・地理志》：「曲易。」顏注：「易，古陽字。」以上皆為易通陽之例，然

西周金文僅見《永盂》之例。而易通錫者，皆用爲賞賜之物品，依文意無法通揚、陽，而必須爲物品，故僅可通錫字。《廣韻》釋錫爲「兵名，又馬額飾。」依金文用例之上下文意知其爲馬額之飾物，故知易亦可通錫，文獻中未見其用例，西周金文亦僅見此二例。

易、揚、陽、錫四字上古音同屬余母陽部，古音相同故可通假。

第三節　群通一字

「群通一字」即爲「多字一借」，指有幾個字可以代替某個字使用，但某個字卻不可代替這幾個字使用，仍有一定的限定性。西周金文二字同借一字之例共有三例，三字同借一例者共有二例。其例分述如下：

表十六：西周金文群通一字字例一覽表

序號	1	2	3	4	5
金文借字	好考	正政	匍夫	丂孝老	洛各客
金文被借字	孝	征	敷	考	徦

（一）好、考>孝

說解：

好：《說文・女部》十二篇下十三：「媄也。从女子。」

考：《說文・老部》八篇上六十八：「老也。从老省，丂聲。」

孝：《說文・子部》八篇上六十八：「善事父母者。从老省，从子。子，承老也。」

金文用例：

04331《羌伯簋》：「用好（孝）宗廟。……好（孝）倗（朋）友。」

02614《曆方鼎》：「曆肇對元德，考（孝）奢（友）隹（唯）井（型）。」

02743《仲師父鼎》：「用亯（享）用考（孝）于皇且（祖）帝考。」

02768《泈其鼎》：「用亯（享）考（孝）于皇且（祖）考。」

02777《史伯碩父鼎》：「史白（伯）碩父追考（孝）于朕皇考。」

04067《鼓叔鼓姬簋》：「用亯（享）用考（孝）。」

字音關係：

好：ㄏㄠˇ　　；呼皓切，曉皓開一上；曉幽；*xəu；*xôg；*xəw

考：ㄎㄠˇ　　；苦浩切，溪皓開一上；溪幽；*kʻəu；*kʻôg；*kʻəw

孝：ㄒㄧㄠˋ　；呼教切，曉效開二去；曉幽；*xeəu；*xog；*xrəw

案：

郭沫若《兩周金文辭大系圖錄考釋・乖伯簋》：「兩『好』字均當讀爲孝。孝者啻也，養也。于宗廟固可言孝，於朋友婚媾亦可言孝。」﹝註22﹞西周金文「好」字凡五見，除此二例外，其餘如00089《虢鐘》：「用濼（樂）好賓」、00143《鮮鐘》：「用樂好賓」、04448《杜伯盨》：「好佣（朋）友。」之「好」皆爲美好義，好通孝者僅此一器二例。而「用啻（享）用孝」與「用啻（享）孝」尚可見於02790《微縊鼎》：「用啻（享）孝于朕皇考」、02821此鼎：「用啻（享）孝于文申（神）」、04091《伯桃盧簋》：「用啻（享）用孝」、04107《豐伯車父簋》：「用孝用啻（享）」、04124《䢅仲簋蓋》：「用啻（享）用孝」、04188《仲再父簋》：「用啻（享）用孝」……等器，由其文例可知「考」應通「孝」，文獻中之用例如：《史記・衛康叔世家》：「子考伯立。」《史記・三代世表》、《漢書・古今人表》皆作「孝伯」，由此可知考可通孝。

好、孝上古雖同爲曉母幽部，同音可相通，但各家擬音實際上兩字仍有些爲差異。由於中古皓效二韻，皓爲〔ɑu〕，效爲〔au〕，發音部位有前後的差別，故各家在擬音上仍將之區別。總體而言，好、孝二字上古仍屬同音，故可相通。考、孝二字上古韻部同屬幽部，又溪母與曉母發音部位均爲喉音，故考、孝二字音近，故可通假。

（二）正、政＞征

說解：

正：《說文・正部》二篇下一：「是也。从一。一以止。」

政：《說文・攴部》三篇下三十三：「正也。从攴正，正亦聲。」

征：《說文・辵部》二篇下三：「延，正行也。从辵，正聲。延或从彳。」

金文用例：

﹝註22﹞郭沫若：《乖伯簋》，《兩周金文辭大系圖錄考釋》收於《郭沫若全集》（第八冊）（北京：科學出版社，2002年），頁314。

04020《天君簋》：「商（賞）貝乎（厥）正（征）斤貝。」

04313《師寰簋》：「今余肇令女（汝）率齊帀（師）、𤔲𧨉、樊尿、左右虎
臣正（征）淮尸（夷）。」

02841《毛公鼎》：「賜（賜）女（汝）絲（茲）关，用歲用政（征）。」

10173《虢季子白盤》：「賜用戉，用政（征）緣（蠻）方。」

字音關係：

正：ㄓㄥˋ；之盛切，章勁開三去；章耕；*tǐeŋ；*t̂ien̂g；*tjieng

政：ㄓㄥˋ；之盛切，章勁開三去；章耕；*tǐeŋ；*t̂ien̂g；*tjieng

征：ㄓㄥ　；諸盈切，章清開三平；章耕；*tǐeŋ；*t̂ien̂g；*tjieng

案：

正通征者，西周金文僅見此二器。「征」字一般均用作動詞，即征伐之義，
如 02809《師旂鼎》：「師旂眾僕不從王征于方雷」又 04459《翏生盨》：「王征南
淮尸（夷）」是其例。《天君簋》之「正斤貝」之例可見於 02674《征人鼎》：「賞
乎（厥）征人斤貝。」由此可證正可通征。文獻中正通征之例如：《周禮・地官・
司門》：「正其貨賄。」鄭注：「正讀爲征。」又《周禮・夏官・司勳》：「無國正。」
《經典釋文》：「正本亦作征。」《易・小畜上九》：「君子征凶。」全書征字漢帛
書本皆作正，此皆爲正可通征之例。

而政通征者，郭沫若《兩周金文辭大系圖錄考釋・毛公鼎》：「『用歲用政』
政讀爲征無可疑。」〔註23〕《說文》以「𣾟」爲正體，征爲或體字，金文則可
通用，典籍則俱作征。正、政、征三字上古音同屬章母耕部，古音相同，故可
通假。

（三）匍、夫＞敷

說解：

匍：《說文・勹部》九篇上三十六：「手行也。从勹，甫聲。」

夫：《說文・夫部》十篇下十九：「丈夫也。从大一。一以象先。周制八寸
爲尺，十尺爲丈。人長八尺，故曰丈夫。」

〔註23〕郭沫若：《毛公鼎》，《兩周金文辭大系圖錄考釋》收於《郭沫若全集》（第八冊）（北
京：科學出版社，2002 年），頁 204。

敷：《說文・攴部》三篇下三十三：「攽也。从攴，尃聲。周書曰：用敷遺
後人。」

金文用例：

00251《瘨鐘》：「匍（敷）有（佑）㝷（四）方。」

02837《大盂鼎》：「匍（敷）有（佑）㝷（四）方。」

04468《師克盨》：「匍（敷）有（佑）㝷（四）方。」

10175《史牆盤》：「匍（敷）有上下。」

《近出》0097《楚公逆編鐘》：「夫（敷）壬（任）㝷（四）方首。」

字音關係：

匍：ㄆㄨˊ；薄胡切，並模合一平；並魚；*buɑ；*bʻwâg；*bwaɤ

夫：ㄈㄨ ；甫無切，幫虞合三平；幫魚；*pi̯ɑ；*pi̯wag ；*pjwaɤ

敷：ㄈㄨ ；芳無切，滂虞合三平；滂魚；*pʻi̯ɑ；*pʻi̯wag；*pʻjwaɤ

案：

匍釋作「敷」，王國維、郭沫若、陳夢家等均讀爲《尚書・金縢》：「敷佑四
方」之敷；〔註24〕楊樹達以爲當讀作「撫」，亦可通，今依王氏等說釋解。《詩
經・小雅・小旻》：「旻天疾威，敷于下土。」毛傳：「敷，布也。」《楚公逆編
鐘》之「夫壬（任）㝷（四）方首」與上例之「匍（敷）有（佑）㝷（四）方」
句式相近，義近於02841《毛公鼎》：「出入敷命於外，……敷命敷政。」《尚書・
大禹謨》：「文命敷于四海。」《詩經・商頌・長發》：「敷政優優，百祿是遒。」
文獻或作「賦」，如：《詩經・大雅・烝民》：「出納王命，王之喉舌。賦政于外，
四方爰發。」

匍、敷二字上古音同屬魚部，並、滂二母同屬唇音，故可通假。夫、敷二
字上古音同屬魚部字，又聲母部分，幫母與滂母發音部位同屬唇音，故夫、敷
二字上古音近，可通假。

〔註24〕郭沫若：《大盂鼎》，《兩周金文辭大系圖錄考釋》收於《郭沫若全集》（第八冊）（北
京：科學出版社，2002年），頁84；陳夢家：《西周銅器斷代》（北京：中華書局，
2004年），頁103。

（四）丂、孝、老＞考

說解：

丂：《說文·丂部》五篇上三十：「氣欲舒出，勹上礙於一也。丂，古文以
　　爲亏字，又以爲巧字。」

孝：《說文·老部》八篇上六十八：「善事父母者。从老省，从子。子，承
　　老也。」

老：《說文·老部》八篇上六十七：「考也。七十曰老。从人毛匕。言須髮
　　變白也。」

考：《說文·老部》八篇上六十七：「老也。从老省，丂聲。」

金文用例：

00746《中枏父鬲》：「用敢鄉（饗）孝于皇且（祖）丂（考）。」

04270《同簋蓋》：「用乍（作）朕文丂（考）叀（惠）中（仲）寶尊簋。」

02838《曶鼎》：「曶用（茲）金，乍（作）朕文孝（考）究白（伯）鬵牛鼎。」

04292《五年召伯虎簋》：「余老（考）止公僕（附）庸土田。」

字音關係：

丂：ㄎㄠˇ　；苦浩切，溪皓開一上；溪幽；*k'əu；*k'ôg；*k'əw

孝：ㄒㄧㄠˋ；呼教切，曉效開二去；曉幽；*xeəu；*xog；*xrəw

老：ㄌㄠˇ　；盧皓切，來皓開一上；來幽；*ləu　；*lôg　；*ləw

考：ㄎㄠˇ　；苦浩切，溪皓開一上；溪幽；*k'əu；*k'ôg；*k'əw

案：

　　容庚《金文編》：「（丂）孳乳爲考。」〔註25〕「皇考」、「文考」皆爲西周銘
文中常見用語，如 04298《大簋蓋》：「用作朕皇考烈伯尊簋」、04304《此簋》：
「用作朕皇考癸公尊簋」、04285《諫簋》：「用作朕文考惠伯尊簋」……等等，
皆爲相同文例，依其句型與文例意義可推知丂可以通考。西周金文用例僅見此
二例，皆爲西周中期器。而孝通考之例者，「朕文考」、「朕皇考」之例於西周金
文中習見，如：00092《𪋿伯鐘》：「朕文考」、00141《師㝨鐘》：「朕皇考」、00143
《鮮鐘》：「朕皇考」、00238《虢叔旅鐘》：「朕皇考」、02804《利鼎》：「朕文考」、

〔註25〕容庚：《金文編》（北京：中華書局，1985 年），頁 319。

02816《伯晨鼎》:「朕文考」……等,而用「朕文孝」者僅見於此器,故知孝可通考,文獻中之用例如:《史記・三代世表》:「孝伯」《史記・衛康叔世家》作「考伯」;《史記・燕召公世家》:「燕孝公」《漢書・古今人表》作「燕考公」,由此可證孝可以通考。老通考之例,《說文解字》以兩字同部互訓而以為轉注之例,然 05428《叔趯父卣》:「余考,不克御事。」雖為考通老之例,但由西周金文可知考、老二字非可完全通用,故其在意義上仍有差別。

丂、考二字上古同屬溪母幽部,古音全同故得通假。孝、考二字上古韻部同屬幽部,又曉母與溪母發音部位均在喉音,故孝、考二字音近,故可通假。老、考二字上古韻部同屬幽部,又聲母部分,老屬來母〔*l-〕,考屬溪母〔*k'-〕,董同龢〔註26〕、丁邦新、竺師家寧〔註27〕認為上古應存有複聲母〔*kl-〕之形式,故考字應可擬音為〔*k'lôg〕,老字可擬成〔*glôg〕,由此則二字上古音相近,故可通假。

（五）洛、各、客>佫

說解:

> 洛:《說文・水部》十一篇上一・十八:「洛水出左馮翊,歸德北夷畍中,東南入渭。从水,各聲。」
>
> 各:《說文・口部》二篇上二十六:「異詞也。从口夂。夂者,有行而止之,不相聽意。」
>
> 客:《說文・宀部》七篇下十二:「寄也。从宀,各聲。」
>
> 佫:《說文解字》未收。《方言》:「佫,至也。」郭注:「佫,古格字」。

金文用例:

04692《大師盧豆》:「用邵(招)洛(格)朕文且(祖)考。」

05986《隡作父乙尊》:「公亥既洛(格)于官,商(賞)隡貝,用乍(作)父乙寶尊彝。」

02783《七年趞曹鼎》:「旦,王各(佫)大室。」

02821《此鼎》:「旦,王各(佫)大室,即立(位)。」

〔註26〕董同龢:《上古音韻表稿》(台北:中央研究院歷史語言研究所,1997年),頁39。

〔註27〕竺師家寧:《聲韻學》(台北:五南圖書,2002年),頁627、634。

02748《庚嬴鼎》：「己酉，王客（佫）朝宮，衣（卒）事。」

02804《利鼎》：「唯王九月丁亥，王客（佫）于般宮。」

字音關係：

洛：ㄌㄨㄛˋ；盧各切，來鐸開一入；來鐸；*lǎk ；*lâk；*lak

各：ㄍㄜˋ；古落切，見鐸開一入；見鐸；*kǎk ；*kâk；*kak

客：ㄎㄜˋ；苦格切，溪陌開二入；溪鐸；*k'eǎk；*k'ǎk；*k'rak

佫：ㄍㄜˊ；古伯切，見陌開二入；見鐸；*keǎk；*kâk；*krak

案：

「佫」者，文獻多作「格」，《廣韻》：「至也。亦作假。」〔註28〕「洛」通「佫」者，陳夢家云：「『洛于官』猶《競卣》之『各于官』。洛、各皆假爲格。《爾雅》：『格，至也』，《釋言》：『格，來也』；《方言》一：『假、佫……至也，邠、唐、冀、兗之間或曰假或曰佫』假與佫爲轉注字，又《方言》二：『儀、佫，來也。……周鄭之郊齊魯之間曰佫，或曰懷』。」〔註29〕而各、客通「佫」者，皆有至、到達之意，如西周金文「王佫某地」多作「王各某地」，如：02814《師奎父鼎》：「王各于大室」、02817《師晨鼎》：「王各大室」、02820《善鼎》：「王各大師宮」、02836《大克鼎》：「王各穆廟」、02839《小盂鼎》：「王各周廟」……等皆爲其例，高田忠周：「銘義假借爲佫，佫亦作逌同，……經傳此義皆以格爲之。」〔註30〕而作「王客某地」之例，如04209《衛簋》：「王客於康宮」、04214《師遽簋蓋》：「王才（在）周，客新宮」，此上皆爲借「佫」之例。而西周金文「佫」用本字使用者如，04316《師虎簋》：「王才（在）杜宓（居），佫于大室」、05391《執卣》：「乙亥，尹佫于宮」，凡此依文意與句式之並列對照，皆可說明各、客在銘文中使用時，皆爲「佫」之借，故由以上可知，各、客皆可通佫。

洛、佫二字上古韻部同屬鐸部字，又聲母部分，來母〔*l-〕與見母〔*k-〕一些學者認爲上古存有複聲母〔*kl-〕之形式，持此說之學者如董同龢〔註31〕、

〔註28〕〔宋〕陳彭年著，〔民國〕李添富主編：《新校宋本廣韻》（台北：洪葉文化，2004年），頁512。

〔註29〕陳夢家：《嬰尊》，《西周銅器斷代》（北京：中華書局，2004年），頁88。

〔註30〕高田忠周：《古籀篇》冊三（台北：大通書局，1982年），卷49，頁18，總頁1300。

〔註31〕董同龢：《上古音韻表稿》（台北：中央研究院歷史語言研究所，1997年），頁39。

丁邦新、竺師家寧〔註32〕等，即以各、洛在上古諧聲的關係來論證複聲母〔*kl-〕存在之可能，有鑑於此，則洛、各二字於上古音可說非常相近，故可通假。而各、狢二字上古音同屬見母奪部，音同故可通假。又客、狢二字上古同屬鐸部字，溪母與見母發音部位同屬喉音，顯示二字上古字音極相近，故可通假。

第四節　隔字相通

「隔字相通」指通過某字作中間媒介而一字代替另一字使用的通假方式，其例如下：

（一）叡>且>祖

說解：

叡：《說文・又部》三篇下十八：「又卑也。从又，盧聲。」

且：《說文・且部》十四篇上二十九：「所以薦也。从几。足有二橫。一，

其下地也。」

祖：《說文・示部》一篇上八：「始廟也。从示，且聲。」

金文用例：

04100《生史篡》：「用事乓（厥）叡（祖）日丁，用事乓（厥）考日戊。」

案：

「叡」字可通「且」字前已論述，然「叡」可通祖者，西周金文亦僅見此例。「用事乓叡日丁」與「用事乓考日戊」文句相對，故「叡」與「考」需相同或相近之詞，故推知爲「祖」字，其意如同西周金文常見之「用作朕皇考」、「用作朕文祖」等句型。《近出》0031《戎生編鐘》：「即龢叡（且）盅（淑）。」「叡」通「且」之例用爲連接詞，此器則用爲「祖先」之意，「祖」爲春秋以後始有之字，故於西周時期「叡」僅通「且」字，爲祖先之義，今因需與虛詞之「且」作區別，故暫歸此類，以示區別。其三字之字音關係如下：

叡：ㄓㄚ；側加切，莊麻開二平；莊魚；*tʃɛɑ；*tsăg；*tsraɤ

且：ㄑㄧㄝˇ；七也切，清馬開三上；清魚；*ts'ia；*tsịag；*tsjaɤ

祖：ㄗㄨˇ　；則古切，精姥合一上；精魚；*tsɑ　；*tsag　；*tsaɤ

〔註32〕竺師家寧：《聲韻學》（台北：五南圖書，2002 年），頁 627、634。

戲、且、祖三字上古聲母部分，且與祖同屬齒頭音、戲屬正齒音，故三字發音部位皆在齒部，故聲母部分音近；而韻部方面，三字同屬魚部字，故三字疊韻。由此可知，戲、且、祖三字上古音近，故可通假。

（二）敽>林>婪

說解：

敽：《說文》缺。

林：《說文・林部》六篇上六十六：「平土有叢木曰林。從二木。」

婪：《說文・女部》十二篇下二十六：「貪也。从女，林聲。杜林說：卜者攕相詐諗爲婪。讀若潭。」

金文用例：

04298《大簋蓋》：「余弗敢敽（婪）。」

00205《克鐘》：「用乍（作）朕皇且（祖）、考、白寶敽（林）鐘。」

案：

陳夢家《西周銅器斷代》：「金文“大敽鐘”即“大林鐘”，此假作《說文》“婪，貪也。”」〔註33〕郭沫若《兩周金文辭大系圖錄考釋・大簋》：「敽本從林聲之字，鐘銘多見之，此當讀爲婪。」〔註34〕又郭沫若《兩周金文辭大系圖錄考釋・免簋》：「敽實叚爲林衡之林也。」〔註35〕《大簋蓋》銘文「敽」借作「婪」爲隔字相通。

字音關係：

敽：缺。

林：ㄌㄧㄣˊ；力尋切，來侵開三平；來侵；*lǐən；*lįəm；*liəm

婪：ㄌㄢˊ　；盧含切，來覃開一平；來侵；*ləm；*lǎm　；*ləm

案：

「敽」釋作林，無法得知確切音讀，字音暫缺。林、婪上古同爲來母侵部，

〔註33〕陳夢家：《西周銅器斷代》（北京：中華書局，2004 年），頁 258。

〔註34〕郭沫若：《大簋》，《兩周金文辭大系圖錄考釋》收於《郭沫若全集》（第八冊）（北京：科學出版社，2002 年），頁 192。

〔註35〕郭沫若：《免簋》，《兩周金文辭大系圖錄考釋》收於《郭沫若全集》（第八冊）（北京：科學出版社，2002 年），頁 197。

僅介音有所差別，故得相通。

第五節　群字混通

「群字混通」指上述五種通假方式的綜合運用形式。雖說是混通，但並非隨意之亂通，仍同上述五種通假方式一樣具有社會約定性。其例如下：

（一）易、睗>賜；易>錫；賜＝錫

說解：

易：《說文·易部》九篇下四十四：「蜥易蝘蜓守宮也。秘書說曰：日月爲易，象尒易也。一曰从勿。」

睗：《說文·目部》四篇上八：「目疾視也。从目，易聲。」

賜：《說文·貝部》六篇下十七：「予也。从貝，易聲。」

錫：《說文·金部》十四篇上一：「銀鉛之閒也。从金，易聲。」

金文用例：

04140《大保簋》：「大保易（錫）休余土。」

04184《公臣簋》：「易（錫）女（汝）馬乘、鐘五、金。」

04201《小臣宅簋》：「白（伯）易（錫）小臣宅畫干戈九、易（錫）金車馬兩。」

04267《申簋蓋》：「睗（賜）女（汝）赤巿、縈黃、綴（鑾）旂。」

04294《揚簋》：「睗（賜）女（汝）赤巿、綴（鑾）旂。」

字音關係：

易：一ˋ　　；羊益切，余昔開三入；余錫；*ʎiĕk；*djek；*riek

睗：ㄕˋ　　；施隻切，書昔開三入；書錫；*ɕiĕk；*śjek；*st'jiek

賜：ㄘˋ　　；斯義切，心寘開三去；心錫；*siĕk；*sjeg；*sjieɤ

錫：ㄒㄧˊ；先擊切，心錫開四入；心錫；*siĕk；*sjek；*sek

案：

「易」可釋爲「錫」或「賜」，而「錫」之字形可見於西周中期04100《生史簋》：「召白（伯）令（命）生史使于楚，白（伯）錫賞，用作寶簋。」雖僅此一例，然「賜」之字形遲至春秋《越王矛》等器始見，於西周金文中未見从貝易聲之「賜」字，而皆以「睗」字爲之。王國維《毛公鼎銘考釋》：「睗，目

疾視也。古文以爲賜字。古錫、賜一字，本但作易。……字又從金從賜，後世因其繁而徑改爲從金從易，或從貝從易，於是有錫、賜二字矣。」〔註36〕又段玉裁《說文解字注》錫字下曰：「經典多假錫爲賜字，凡言錫予者，即賜之假借也。」〔註37〕

　　文獻中易通錫之例如：《史記・鄭世家》：「哀公易。」《皇王大紀》易作錫。而文獻亦多有賜與錫相通之例，如：《易・師》：「王三錫命。」《經典釋文》：「錫，鄭本作賜。」又《尚書・禹貢》：「九江納錫大龜。」《史記・夏本紀》：作「九江入賜大龜。」《詩經・大雅・韓奕》：「王錫韓侯。」《周禮・天官・屨人》鄭注引錫作賜。故從以上可知，易可通錫或賜，賜可通賜，而錫、賜亦可通用。

　　易、錫二字上古音同屬錫部字，雖聲母余部屬舌頭音、心部屬齒頭音，兩者音有差異，然易、錫二字餘字音上仍可通假。易、賜上古音同屬錫部，雖各家擬音略有差異，郭氏以爲賜屬錫部，董氏與周氏則將之歸屬支部，然支、錫二部於上古音可相通，是以易、賜二字上古音相近，故可通假。賜、賜二字上古音同屬錫部，聲母部分，雖書母屬舌上音、心母屬齒頭音，然古無舌上音，而書母與心母發音部位相近，故賜、賜二字古音相近，故可通假。賜、錫二字上古音同屬心母錫部，音同可通假。

（二）述>遂、墜；豕、遂>墜

說解：

　　述：《說文・辵部》二篇下三：「循也。從辵，朮聲。」

　　遂：《說文・辵部》二篇下十：「亡也。從辵，㒸聲。」

　　墜：《說文・自部》十四篇下四：「從高隊也。從自，㒸聲。」

　　豕：《說文・八部》二篇上二：「從意也。從八，豕聲。」

金文用例：

　　02814《無叀鼎》：「王各（格）于周廟，述（遂）于圖室。」

　　02837《大盂鼎》：「我聞殷述（墜）命。」

〔註36〕王國維：《毛公鼎銘考釋》，收於《海寧王靜安先生遺書》冊 5，（台北：台灣商務印書館，1979 年），頁 1988。

〔註37〕〔清〕段玉裁：《說文解字注》（台北：藝文印書館，1999 年），十四篇上一，頁709。

04238《小臣謎簋》:「唯十又(有)一月,遣自䍙𠂤(師)述(遂)東。」

10168《守宮盤》:「永寶用勿遂(墜)。」

10175《史牆盤》:「夙(夙)夜不㒸(墜)。」

10321《䵼盂》:「命䵼事于述(遂)土。」

字音關係:

述:ㄕㄨˋ　;食聿切,船術合三入;船物;*d̥ǐwə̆t;*d̂'i̯wət;*zdjiwət

遂:ㄙㄨㄟˋ;徐醉切,邪至合三去;邪物;*ziwə̄t　;*zi̯wəd;*rjiwər

墜:ㄓㄨㄟˋ;直類切,澄至合三去;定物;*ziwə̄t;*zi̯wəd;*rjiwər

㒸:ㄙㄨㄟˋ;徐醉切,邪至合三去;邪物;*ziwə̄t;*ziwəd;*rjiwər

案:

「述」通「遂」者,西周金文僅見於《趞盂》和《無專鼎》,郭沫若、徐中舒皆認爲述可通遂,〔註 38〕《廣韻》遂字下注:「達也、進也、成也、安也、止也、往也、從志也。」〔註 39〕於此有前往、到達之義。

「述」通「墜」者,西周金文僅見於《大盂鼎》。高本漢曰:「有好幾位學者(郭沫若、于省吾、楊樹達、聞一多)注釋《盂鼎》銘文:「我聞殷述命。都用了這一說。(指「述」假借爲『墜』)」〔註 40〕因此「述」於此借爲「墜」,有毀壞之義。文獻中之例爲《尚書・酒誥》:「今惟殷墜厥命。」又《尚書・君奭》:「乃其墜命。」《魏・石經》墜作述,以此可證。

「㒸」通墜者,西周金文共十見,即 00063《逆鐘》、00205《克鐘》、02841《毛公鼎》、04241《周公簋》、04302《彔伯𢦚簋蓋》、04313《師寰簋》、04464《駒父盨蓋》、06516《趩觶》、10175《史牆盤》、《近出》0106《逨編鐘》。吳大澂:「隕也。小篆作㒸,亦作隊,許氏說從高隊也。今俗作墜。」〔註 41〕《段注》:

〔註 38〕郭沫若:《小臣謎簋》,《兩周金文辭大系圖錄考釋》收於《郭沫若全集》(第八冊)(北京:科學出版社,2002 年),頁 64～65。

〔註 39〕〔宋〕陳彭年著,〔民國〕李添富主編:《新校宋本廣韻》(台北:洪葉文化,2004 年),頁 350。

〔註 40〕高本漢:《先秦文獻假借字例》(下冊),(台北:中華叢書編審委員會,1974 年),頁 147。

〔註 41〕吳大澂、丁佛言、強運開撰:《說文古籀補》冊一第二,(台北:藝文出版社),葉 4。

「隊、墜正俗字。古書多作隊，今則墜行而隊廢矣。大徐以墜附土部，非許意。《釋詁》:『隊，落也。』」〔註42〕遂通墜者僅見於《守宮盤》。陳夢家：「勿遂即勿墜，字亦省辵，如前器（指《趩觶》）。」〔註43〕郭沫若亦將遂讀若墜。〔註44〕文獻之例如《晏子春秋・內篇・雜上》:「溺者不問墜。」《荀子・大略》:「溺者不問遂。」是其例。

述、遂二字上古音韻部同屬物部，韻部相同，故可通假。述、墜二字上古音同屬物部，又船母屬舌上音，定母屬舌頭音，因上古無舌上音，船、定二母同屬舌音，二字上古音近，故可通假。豙、墜二字上古音韻部同屬物部，邪母屬齒頭音、定母屬舌頭音，聲母音雖遠，但二字仍可韻部相通，故可通假。遂、墜二字上古音韻部同屬物部，邪母屬齒頭音、定母屬舌頭音，發音部位不同，然其韻部相同，故仍可通假。

〔註42〕〔清〕段玉裁：《說文解字注》（台北：藝文印書館，1999 年），十四篇下四，頁 739。

〔註43〕陳夢家：《守宮盤》，《西周銅器斷代》（北京：中華書局，2004 年），頁 186。

〔註44〕郭沫若：《守宮盤》，《兩周金文辭大系圖錄考釋》收於《郭沫若全集》（第八冊）（北京：科學出版社，2002 年），頁 202。

第五章　通假字之偏旁分析

本文第參、肆兩章將西周金文 113 組 [註1] 通假字例討論其音義之關係，本章則再對這些材料作字形分析。然而通假字主要以字音作為其通假之橋樑，文字之意義與字形關係基本上不在其討論之範圍之內，然而古人在通假字之借用上，往往受到潛意識之影響，會不覺地使用相通偏旁之字或意義相近之字以為通假字，其因則為偏旁常常具有聲符之功能，或是偏旁常常兼表意義之功能，以致於通假字中兩字通假之時不免會有偏旁相同或相近之現象出現，是以本章主要試圖將此現象作連帶之討論，而非認為通假字於通假之時有字形上之聯繫因素，於此特以註明。古字通假於字形上之區分主要分為兩大類：一為有相同偏旁者，另一為無相同偏旁者。其中，有相同偏旁者又可再分為四類：（一）以另一字為偏旁，並作為聲符者；（二）以另一字為偏旁，並作為形符者；（三）二字之偏旁同為聲符者；（四）二字之偏旁同為形符者，其依序分述如下：

第一節　有相同偏旁者

西周金文通假字其有偏旁相同之部分共有八十八例，約佔西周金文通假字例之 78%，其中又可依其字形之組合成分區分為：（一）以另一字為偏旁，並

〔註 1〕 第三章有本字之假借應共討論114組字例，然有隔字相通之例：「戠>林>婪」者，因「戠」字字音不明，故暫不討論其字音關係，然於此章則可作字形上之探討。

作爲聲符者，共有五十三例；（二）以另一字爲偏旁，並作爲形符者，共有五例；（三）二字之偏旁同爲聲符者，共有十八例；（四）二字之偏旁同爲形符者，共有十二例，等四類。其中，第一類和第三類之字例合計約佔西周金文通假字例的 63%，所佔數量最多，由此亦可推知通假字於字例通假時，兩字之聲音關係是否相近仍是最主要之因素，印證了假借字「依聲託事」之原則。

一、以另一字爲偏旁，並作爲聲符者

此種字例共有五十三例，於通假字字例中約佔 47%，由此可知，通假字之條件爲音同或音近，故聲符佔了相當大的決定性因素。西周金文以另一字爲偏旁，並作爲聲符者，其字音亦有相同或相近之特點。

表十七：西周金文通假字以另一字為偏旁，並作為聲符者字例一覽表

序號	1	2	3	4	5	6	7	8	9	10
字例	匕>妣	丂>考	土>徒	工>功	才>在	才>哉	匀>鈞	壬>任	申>神	田>甸
序號	11	12	13	14	15	16	17	18	19	20
字例	同>絧	古>姑	古>故	司>嗣	刑>荊	成>盛	各>洛	里>裏	攸>鋚	吳>虞
序號	21	22	23	24	25	26	27	28	29	30
字例	巠>經	吾>敔	求>逑	每>敏	每>誨	征>正 正>征	者>書	或>國	隹>唯	青>靜
序號	31	32	33	34	35	36	37	38	39	40
字例	命=令	易>賜	易>錫	苟>敬	豕>墜	昜>揚	昜>陽	昜>鍚	般>盤	眚>生
序號	41	42	43	44	45	46	47	48	49	50
字例	章>璋	黃>璜	桒>禕	商>賞	登>鄧	朝>廟	奠>鄭	絲>茲	童>東	彘>矢
序號	51	52								
字例	䖒>且	辟>璧								

（1）匕>妣

妣：《說文・女部》十二篇下七：「从女，比聲。㚸，籀文妣省。」妣字金文从女匕聲，如《叔夷鐘》：「用亯（享）于其皇祖皇妣（妣）。」爲小篆所本，故妣以匕爲偏旁，且爲其聲符。

（2）丂>考

考：《說文・老部》八篇上六十八：「从老省，丂聲。」考字原象老人扶杖

之形，與老爲同字，然其所扶之杖後譌爲丂，考遂轉變爲從老省，丂聲之形聲字。考遂以丂爲偏旁，並以其爲聲符。

（3）土＞徒

徒：《說文・彳部》二篇下三：「从辵，土聲。」徒字金文多作爲从辵土聲，故土爲其偏旁，且爲其聲符。

（4）工＞功

功：《說文・力部》十三篇下五十：「从力，工聲。」功字西周金文僅一見於 05995《師𣄨尊》：「王女（如）上𠊠（侯），師𣄨（俞）從王□功。」是以「功」字以「工」爲其偏旁，且爲聲符。

（5）才＞在

在：《說文・土部》十三篇下二十六：「从土，才聲。」才爲在之偏旁，亦爲在之聲符。

（6）才＞哉

哉：《說文・口部》二篇上十九：「从口，𢦏聲。」又「𢦏」：《說文・戈部》十二篇下四十：「从戈，才聲。」故哉字以才爲偏旁，亦爲其聲符。

（7）勻＞鈞

鈞：《說文・金部》十四篇上十四：「从金，勻聲。」西周金文「鈞」字多以「勻」字借之，「鈞」字則作「从金从勻」或「从金从旬」之形。勻、旬聲近，古旬字或作从日勻聲之形，如《子禾子釜》：「贖以金半鎰。」〔註2〕容庚曰：「勻，孳乳爲鈞。」〔註3〕故勻爲鈞之偏旁，且爲其聲符。

（8）壬＞任

任：《說文・人部》八篇上二十二：「从人，壬聲。」任字從壬偏旁，以其爲聲符。

（9）申＞神

神：《說文・示部》一篇上五：「从示，申聲。」神字金文或不從示，以申字爲之也。神字從申偏旁，以其爲聲符。

〔註2〕郭沫若：《子禾子釜》，《兩周金文辭大系圖錄考釋》收於《郭沫若全集》（第八冊）（北京：科學出版社，2002 年），頁 467。

〔註3〕容庚：《金文編》（北京：中華書局，1985 年），頁 650。

（10）田＞甸

甸：《說文·田部》十三篇下四十四：「从勹田。」《段注》：「各本作从田，包省。小徐作包省聲。今正包，裏也。布交切。甸之外九服重重，勹之故从勹田。」案：金文甸字从人、田，田亦聲，與佃爲一字，金文或借田字爲之。故田爲甸之偏旁，田亦爲聲符。

（11）同＞絧

絧：《說文·糸部》十三篇上九：「从糸，同聲。」同爲絧之偏旁，亦爲其聲符。

（12）古＞姑

姑：《說文·女部》十二篇下七：「从女，古聲。」古文姑之偏旁，亦爲姑之聲符。

（13）古＞故

故：《說文·攴部》三篇下三十三：「从攴，古聲。」金文或以古借故。古爲故之偏旁，亦爲故之聲符。

（14）司＞嗣

嗣：《說文·冊部》二篇下三十四：「从冊口，司聲。」嗣字金文或从冊，司聲；或从二口；或司倒書，皆爲同字異構之字。司爲嗣之偏旁，亦爲其聲符。

（15）刑＞荆

荆：《說文·艸部》一篇下三十二：「从艸，刑聲。」金文「荆」不從艸，且有从井與不从井兩種結構。井當爲纍增之聲符。刑之金文作，後分化爲、，《說文》以爲荆之古文，然既釋荆爲楚木，則不該從艸。荆字從艸，刑聲，刑爲其偏旁，亦爲聲符。

（16）成＞盛

盛：《說文·皿部》五篇上四十六：「从皿，成聲。」故成字爲盛之偏旁，亦爲其聲符，金文中或假成爲盛。

（17）各＞佫

佫：《說文解字》未收。金文各字有从彳、从辵、从走者，彳、辵、走於古

文字形中皆可通用。〔註4〕佫爲從彳，各聲，各爲其偏旁，亦爲其意符兼聲。

（18）里＞裏

裏：《說文・衣部》八篇上五十一：「从衣，里聲。」以里爲其聲符也。

（19）攸＞鋚

鋚：《說文・金部》十四篇上二：「从金，攸聲。」鋚字金文亦爲从金，攸聲，銘文或借攸字爲之。鋚以攸爲其偏旁，亦兼聲符。

（20）吳＞虞

虞：《說文・虍部》五篇上四十一：「从虍，吳聲。」虞字金文與小篆同，吳爲虞之偏旁，亦爲其聲符。

（21）巠＞經

經：《說文・糸部》十三篇上二：「从糸，巠聲。」巠蓋爲經之初文，後有从糸巠聲之經，其以巠爲偏旁，亦爲聲符。

（22）吾＞敔

敔：《說文・攴部》三篇下三十九：「从攴，吾聲。」敔字金文字形或不从攴，或从戈，吾聲（如《王孫誥鐘》）。金文吾字皆作兩五重疊之形，其下之口或省略成𠮷。吾字爲敔之偏旁，亦爲其聲符。

（23）求＞述

述：《說文・辵部》二篇下九：「从辵，求聲。」求字爲述之偏旁，亦爲聲符。

（24）每＞敏

敏：《說文・攴部》三篇下三十二：「从攴，每聲。」敏字金文不从攴而从又，又、攴形義皆近，於古文中每相混用，如敔、啓等字於金文字形亦多从又。敏字以每爲偏旁，亦爲其聲符。

（25）每＞誨

誨：《說文・言部》三篇上十：「从言，每聲。」誨字以每爲偏旁，亦以其當聲符。

（26）征＞正；正＞征

征：《說文・辵部》二篇下三：「从辵，正聲。延或从彳。」《說文》以延爲

〔註４〕高明：〈古體漢字義近形旁通用例〉，《中國語文研究》1980 年第 4 期，頁 30～32。

正體，金文征、迮二字並見，然征字字形出現較早，文獻亦多用征。正爲征之偏旁，亦爲聲符。

（27）者>書

書：《說文・聿部》三篇下二十二：「从聿，者聲。」金文與小篆同，多爲從聿，者聲之字，亦有省聿作者之例，故書字以者爲偏旁，亦爲其聲符。

（28）或>國

國：《說文・囗部》六篇下十一：「从囗从或。」或爲國之初文，後加囗形以作爲國字，爲小篆所本。或爲國之偏旁，或字亦爲其聲符。

（29）隹>唯

唯：《說文・口部》二篇上十八：「从口，隹聲。」西周金文隹字通唯之例習見，然多用作發語詞，隹爲唯之偏旁，亦爲其聲符。

（30）青>靜

靜：《說文・青部》五篇下一：「从青，爭聲。」靜字金文與小篆同，青爲靜之偏旁，亦爲其聲符。

（31）命=令

命：《說文・口部》二篇上十八：「从口令。」命字金文或不从口，與令爲一字，後再加形符口而成命字，西周時期二字於使用上意義差別不大，可相互通用。命字从口从令，以令字爲偏旁，亦爲其聲符。

（32）易>賜

賜：《說文・貝部》六篇下十七：「从貝，易聲。」容庚《金文編》：「賜，與賜、錫爲一字。」〔註5〕賜字以易爲偏旁，易亦爲賜之聲符。

（33）易>錫

錫：《說文・金部》十四篇上一：「从金，易聲。」錫字金文从金，睗聲。睗：《說文・目部》四篇上八：「从目，易聲。」，是以錫、睗皆从易聲。

（34）茍>敬

敬：《說文・茍部》九篇上三十九：「从攴茍。」早期金文或以茍爲敬，茍爲敬之初文，敬爲茍之孳乳字。敬字从攴从茍，茍爲偏旁，亦爲聲符。

〔註 5〕容庚：《金文編》（北京：中華書局，1985年），頁235。

（35）豕＞墜

墜：《說文・阜部》十四篇下四：「从𨸏，豕聲。」墜字以豕爲其偏旁得聲，故豕字爲其聲符。

（36）昜＞揚

揚：《說文・手部》十二篇上三十九：「从手，昜聲。」手爲其形符，揚字金文字形爲象人執玉或執璧之形，昜爲其偏旁，亦爲揚字之聲符。

（37）昜＞陽

陽：《說文・阜部》十四篇下一：「从𨸏，昜聲。」金文字形與小篆相同，昜字爲陽之偏旁，亦表其聲符。

（38）昜＞錫

錫字《說文》未收。其字形爲从金，昜聲。昜爲其偏旁，亦表其聲符。

（39）般＞盤

盤：《說文・木部》六篇上四十五：「槃，承槃也。从木，般聲。鎜，古文从金。盤，籀文从皿。」金文盤字可作般、盤、鎜，其乃形符不定，可更替也。盤字从皿，般聲，般字爲其偏旁，亦爲其聲符。

（40）眚＞生

眚：《說文・目部》四篇上十：「从目，生聲。」容庚《金文編》「省」字下曰：「與眚爲一字。敦煌本《尚書・說命》：惟干戈眚厥躬。今本作省。」〔註6〕金文字形多爲从目，生聲之眚字，而不見省字，蓋省由眚生。生爲眚之偏旁，亦爲其聲符。

（41）章＞璋

璋：《說文・玉部》一篇上二十四：「从王，章聲。」金文璋與小篆同从玉、章聲，亦有不从玉者（如《大矢始鼎》）。璋字以章爲偏旁，章亦爲其聲符。

（42）黃＞璜

璜：《說文・玉部》一篇上二十三：「从玉，黃聲。」金文璜或不从玉，與黃相同。璜字以黃爲偏旁，亦爲其聲符。

〔註 6〕容庚：《金文編》（北京：中華書局，1985 年），頁 242。

（43）茇>禷

禷：《說文・示部》一篇上十二：「禷，除惡祭也。从示，犮聲。」禷，即文獻中之祓字。茇，龍宇純謂字象草根之形，《說文・艸部》一篇下三十五：「茇，艸根也。」按此茇爲茇之初文。禷字以茇爲偏旁，亦爲其聲符。

（44）商>賞

賞：《說文・貝部》六篇下十七：「从貝，尚聲。」金文賞字或从貝，尚聲；或从貝，商聲如賣、賣等，皆用爲賞賜字，是以賞、賣、賣爲同字異構之字。故賞字以商爲偏旁，商亦爲其聲符。

（45）登>鄧

鄧：《說文・邑部》六篇下四十：「从邑，登聲。」鄧字金文或不從邑，即以登字爲之。鄧字從邑、登聲，爲其聲符。

（46）朝>廟

廟：《說文・广部》九篇下十八：「从广，朝聲。」廟字金文从广，或從宀，广、宀皆表屋意，故可相通。〔註7〕廟字以朝爲偏旁，朝字亦爲其聲符。

（47）奠>鄭

鄭：《說文・邑部》六篇下二十九：「从邑，奠聲。」小篆字形與金文同，鄭字以奠爲偏旁，奠亦爲聲符。

（48）絲>茲

茲：《說文・艸部》一篇下三十六：「从艸，絲省聲。」甲骨文、金文茲字皆作88。88即古絲字，故小篆茲爲从艸丝聲。茲以丝爲偏旁，丝亦爲其聲符。

（49）童>東

童：《說文・辛部》三篇上三十三：「从辛，重省聲。」東：《說文・東部》六篇上六十六：「從木。官溥說。從日在木中。」童字金文字形爲从辛、从目、从東、从土，从土或可省略，東當爲其聲符。後世遂譌爲从辛，重省聲之形。故童當以東爲其偏旁得聲，東爲其聲符。

（50）𢎘>矢

𢎘：《說文・互部》九篇下三十九：「从互从二七，矢聲。」矢：《說文・矢

〔註7〕高明：〈古體漢字義近形旁通用例〉，《中國語文研究》1980年第4期，頁43～44。

部》五篇下二十二：「从入，象鏑祐羽之形。」彘以矢爲其偏旁得聲，矢爲彘之聲符。

（51）叡>且

叡：《說文・又部》三篇下十八：「从又，虘聲。」又《說文・虍部》五篇上四十二：「虘，虎不柔不信也。从虍，且聲。」叡字金文或不从又，與虘相同，故叡字以且爲偏旁，且亦爲其聲符。

（52）辟>璧

璧：《說文・玉部》一篇上二十五：「从玉，辟聲。」金文璧字之口乃〇形之謁變，金文或省。璧字以辟爲偏旁，辟字亦爲其聲符。

二、以另一字爲偏旁，並作爲形符者

西周金文通假字中以另一字爲其偏旁，並作爲其形符之字例共有五例，約僅佔西周金文通假字的 4%。然「考與老」、「老與考」非可完全通用，故仍分作二例，於說解時一同解釋，不另作說明。

（1）又>有

有：《說文・有部》七篇上二十五：「从月，又聲。」容庚：《金文編》「有」字下曰：「从又持肉會意，當在肉部下。《說文》从月非。」〔註8〕依此則「有」字爲从又从肉會意，象以手持肉，表爲有無之有。

（2）內>入

內：《說文・入部》五篇下十八：「从冂入。」是以內以入爲其偏旁，入亦爲其形符。

（3）考>老；老>考

考：《說文・老部》八篇上六十七：「从老省，丂聲。」老：《說文・老部》八篇上六十七：「从人毛匕。」老字甲骨文爲象老人常髮曲背扶杖之形，與考本爲一字，金文字形，其所扶之杖形體經謁變爲匕，形意漸晦，成爲老字，而丅謁爲丂，丂遂變成聲符，成爲考字，是故考、老二字皆從老之偏旁，老字爲其形符。

（4）言>歆

言：《說文・言部》三篇上七：「从口，䇂聲。」歆：《說文・欠部》八篇下

〔註 8〕容庚：《金文編》（北京：中華書局，1985 年），頁 479。

二十六：「从欠，音聲。」徐中舒曰：「象木鐸之鐸舌震動之形，……，卜辭中與告、言實為一字。」〔註9〕高鴻縉曰：「按字意當為言之音。故从言。而以一表音之假象。指事字。名詞。」〔註10〕故歆字字形从音偏旁，音與言同，故言為其偏旁，亦為其形符。

三、二字之偏旁同為聲符者

西周金文通假字中，二字偏旁皆作為聲符者故有十八例，約佔西周金文通假字的 16%，其例分述如下：

表十八：西周金文通假字二字之偏旁同為聲符者字例一覽表

序號	1	2	3	4	5	6	7	8	9	10
字例	妹>昧	俗>欲	故>辜	宥>囿	政>征	匍>敷	洛>徦	客>徦	逆>朔	博>搏
序號	11	12	13	14	15	16	17	18		
字例	虡>祖	睗>賜	遂>墜	誓>哲	賜=錫	厰>嚴	學>教	歡>婪		

（1）妹>昧

妹：《說文·女部》十二篇下八：「从女，未聲。」昧：《說文·日部》七篇上二：「从日，未聲。」故妹、昧二字皆从未字偏旁得聲，故未字同為二字之聲符。

（2）俗>欲

俗：《說文·人部》八篇上二十四：「从人，谷聲。」欲：《說文·欠部》八篇下二十：「从欠，谷聲。」俗、欲二字同以谷字為其偏旁，谷字同為二字之聲符。

（3）故>辜

故：《說文·攴部》三篇下三十三：「从攴，古聲。」辜：《說文·辛部》十四篇下二十二：「從辛，古聲。」故、辜二字皆同从古字為偏旁，又古皆為其聲，是以二字皆以古字為其聲符。

〔註9〕徐中舒：《甲骨文字典》卷三，（成都：四川辭書出版社，1988 年），頁 208。

〔註10〕高鴻縉：〈指事〉，《中國字例》第三篇，（台北：三民書局，1984 年），頁 385。

（4）宥＞囿

宥：《說文・宀部》七篇下十一：「从宀，有聲。」囿：《說文・囗部》六篇下十二：「从囗，有聲。」囿、宥二字同从有字得聲，故有同爲二字之聲符。

（5）政＞征

政：《說文・攴部》三篇下三十三：「从攴正，正亦聲。」征：《說文・辵部》二篇下三：「延，正行也。从辵，正聲。延或从彳。」是以「征」字爲从彳，正聲之字。正、征二字同以「正」字爲其偏旁得聲，故二字同以正字爲其聲符。

（6）匍＞敷

匍：《說文・勹部》九篇上三十六：「从勹，甫聲。」敷：《說文・攴部》三篇下三十三：「从攴，尃聲。」又「尃」字《說文・寸部》三篇下三十：「布也。从寸，甫聲。」是以匍、敷、尃三字同从甫字偏旁得聲，故匍、敷二字皆以甫爲其聲符。

（7）洛＞佫

洛：《說文・水部》十一篇上一・十八：「从水，各聲。」佫：《說文解字》未收，依其金文字形爲从彳，各聲之字，各爲其聲符。是故洛、佫皆以各爲其偏旁得聲，各爲二字之聲符。

（8）客＞佫

客：《說文・宀部》七篇下十二：「从宀，各聲。」「佫」依其金文字形爲从彳，各聲之字，各爲其聲符。客、佫皆以各爲偏旁得聲，且爲二字之聲符。

（9）逆＞朔

逆：《說文・辵部》二篇下五：「从辵，屰聲。」朔：《說文・月部》七篇上二十四：「从月，屰聲。」逆、朔二字皆从屰字偏旁得聲，故屰字同爲二字之聲符。

（10）博＞搏

博：《說文・十部》三篇上十八：「从十尃。尃，布也，亦聲。」搏：《說文・手部》十二篇上二十七：「从手，尃聲。」博、搏二字皆以尃字爲偏旁得聲，故尃字同爲二字之聲符。

（11）叡＞祖

叡：《說文・又部》三篇下十八：「从又，虍聲。」祖：《說文・示部》一篇

上八：「从示，且聲。」又《說文・虍部》五篇上四十二：「盧，虎不柔不信也。从虍，且聲。」虘字金文或不从又，與盧相同。是以虘與祖皆从且得聲偏旁，且同爲二字之聲符。

（12）睗>賜

睗：《說文・目部》四篇上八：「从目，易聲。」賜：《說文・貝部》六篇下十七：「从貝，易聲。」睗、賜二字以易爲其得聲偏旁，易同爲二字之聲符。

（13）遂>墜

遂：《說文・辵部》二篇下十：「从辵，㒸聲。」墜字，依金文字形爲从土，隊聲。又隊字：《說文・𨸏部》十四篇下四：「从𨸏，㒸聲。」，是以遂、墜、隊三字皆从㒸偏旁得聲，㒸同爲遂、墜二字之聲符。

（14）誓>哲

誓：《說文・言部》三篇上十三：「從言，折聲。」哲：《說文・口部》二篇上十八：「从口，折聲。」誓、哲二字皆以折爲偏旁得聲，故折同爲二字之聲符。

（15）賜=錫

賜：《說文・貝部》六篇下十七：「从貝，易聲。」錫：《說文・金部》十四篇上一：「从金，易聲。」賜、錫二字皆以易爲其偏旁得聲，易同爲二字之聲符。

（16）厰>嚴

嚴：《說文・吅部》二篇上二十九：「从吅，厰聲。」嚴字古文字形或从二口，或从三口，蓋爲形符可增省之故也。嚴、厰二字皆以敢字爲偏旁，亦同爲二字之聲符。

（17）學>教

學：《說文・教部》三篇下四十一：「从教冖。冖，尚曚也。臼聲。」教：《說文・教部》三篇下四十一：「从攴孝。」甲骨文學字不从子，亦不从攴。學字金文皆不从攴，然增加意符「子」，變爲从子𦥑聲。張日昇曰：「竊疑𦥑从爻聲。叚作教，後增从子若孜，乃教字之類化。覺、𦥑、𤕡、嚳、斅、鷽、𤲷等字皆从𦥑得聲。」〔註11〕教字甲骨文、金文或从攴从子，爻聲；或从攴爻聲。教字或作斅，亦作效，與學字金文同从爻聲。

〔註11〕周法高主編：《金文詁林》冊上，（日本京都：中文出版社，1981 年），卷 3，頁 3.831 ～0446。

（20）斅>婪

婪：《說文・女部》十二篇下二十六：「从女，林聲。」斅字各家皆釋爲林字，依其字形應爲从攴从尙，林聲。容庚《金文編》：「替，《說文》所無。即《左傳・襄公十九年》：季武子作林鐘之林之專字。」〔註12〕「替」字於金文或从攴，或从金，皆爲林之專字。斅、婪二字皆从林偏旁得聲，故林爲其二字之聲符。

四、二字之偏旁同爲形符者

西周金文二字之偏旁同時用爲形符之字例共有十二例，約佔西周金文通假字的 11%。「考與孝」、「孝與考」二例於西周金文非可相互通用之例，故仍分爲二例，然於此討論時，二例字形說解相同無別，故一起討論，其說解分述如下：

表十九：西周金文通假字二字之偏旁同爲形符者字例一覽表

序號	1	2	3	4	5	6
字例	子>巳	友>宥	友>有	母>毋	司>事	有>右
序號	7	8	9	10	11	
字例	好>孝	考>孝；孝>考	明=盟	述>遂	剌>烈	

（1）子>巳

子：《說文・子部》十四篇下二十四：「象形。」巳：《說文・巳部》十四篇下三十：「象形。」子象幼兒之形，巳象胎兒之形。銘文巳字與已字爲同一字。故知子、巳二字皆象胎兒之形，二字本身即爲獨體之形符，非爲偏旁，今暫歸於此類。

（2）友>宥

友：《說文・又部》三篇下二十：「从二又相交。」宥：《說文・宀部》七篇下十一：「从宀，有聲。」友字金文字形作从二又或从二又、从甘，故知「又」爲其形符。「宥」之「有」爲从又从肉會意，「又」亦爲其形符，所以友、宥二字皆有同爲形符之偏旁。

〔註12〕容庚：《金文編》（北京：中華書局，1985 年），頁 410。

（3）友＞有

友：《說文・又部》三篇下二十：「从二又相交。」有：《說文・有部》七篇上二十五：「从月，又聲。」然「有」字依金文之形應解爲从又从肉之形，會意。故友、有二字同从「又」偏旁，「又」同爲二字之形符。

（4）母＞毋

母：《說文・毋部》十二篇下六：「从女，象裹子形。」毋：《說文・毋部》十二篇下三十：「从女一。」母字甲骨文與金文皆从女字，兩點象乳房之形，用以彰顯母親之意。毋字與母字相同，皆从女形，故母、毋二字形符偏旁相同。

（5）司＞事

司：《說文・司部》九篇上二十九：「从反后。」事：《說文・史部》三篇下二十：「从史，㞢省聲。」司字金文字形从又省从口，後爲與后相區別，遂再加意符「啻」，司則轉爲聲符。事者，爲象手持旂之形，引伸爲有所執事之義。司、事二字字形雖異，然依其古文字形則二字皆有「手」、「又」爲其偏旁，是以二字之形符相同。

（6）有＞右

有：《說文・有部》七篇上二十五：「从月，又聲。」然有字依金文字形當爲象手持肉之形，故爲从又从肉會意。右：《說文・又部》三篇下十六：「从又口。」「又」字亦爲「右」之形符偏旁，由此可知有、右二字皆以「又」爲其形符偏旁。

（7）好＞孝

好：《說文・女部》十二篇下十三：「从女子。」孝：《說文・子部》八篇上六十八：「从老省，从子。」孝字金文大多爲象子承老之形。好、孝二字皆以子爲其偏旁，子爲二字之形符。

（8）考＞孝；孝＞考

考：《說文・老部》八篇上六十八：「从老省，丂聲。」孝：《說文・子部》八篇上六十八：「从老省，从子。」考爲形聲、孝爲會意，然二字皆从老省，故二字皆以「老」爲其形符。

（9）明＝盟

明：《說文・明部》七篇上二十五：「从月囧。凡朙之屬皆从朙。明，古文

從日。」盟：《說文・囧部》七篇上二十六：「從囧，皿聲。盟，篆文从朙。盟，古文从明。」盟字从朙，皿聲；明字从月囧，二字同以囧字爲形符。

（10）述>遂

述：《說文・辵部》二篇下三：「從辵，朮聲。」遂：《說文・辵部》二篇下十：「從辵，㒸聲。」述、遂二字皆以辵爲其偏旁，辵亦同爲二字之形符。

（11）剌>烈

剌：《說文・刀部》六篇下九：「從束從刀。」烈：《說文・火部》十篇上四十一：「從火，列聲。」又「列」字《說文・刀部》四篇下四十五：「分解也。從刀，歺聲。」是以剌、烈二字皆有从刀偏旁，故刀字同爲二字之形符。

第二節　無相同偏旁者

本節探討西周金文通假字二字字形無相同偏旁者，共計有二十五例，約佔西周金文通假字 22％，茲依序論述如下：

表二十：西周金文通假字無相同偏旁之字例一覽表

序號	1	2	3	4	5	6	7	8	9	10
字例	尸>夷	亡>無	弔>叔	死>尸	衣>殷	吹>墮	事>士	奉>封	叔>朱	哀>愛
序號	11	12	13	14	15	16	17	18	19	20
字例	辰>揚	害>曷	參>三	喪>爽	義>宜	虞>永	朢>忘	虘>對	畐>首	莽>弼
序號	21	22	23	24	25					
字例	學>效	友>休	夫>敷	述>墜	釁>眉					

（1）尸>夷

尸：《說文・尸部》八篇上七十：「象臥之形。」夷：《說文・大部》十篇下七：「從大，從弓。」甲骨文、金文尸皆象人彎身屈膝之形。容庚《金文編》：「尸，《說文》陳也。象臥之形。案金文作尸，象屈膝之形，意東方之人其狀如此。後假夷爲尸，而尸之意晦。祭祀之尸其陳之，而祭有似于尸，故亦以尸名之。《論語》：『寢不尸。』茍尸爲象臥之形，孔子何爲寢不尸？故知尸非象臥之形矣。」

〔註 13〕夷字，改側面爲正面，變曲身象形爲添加表示彎曲的符號弓。尸、夷雖非有相同之偏旁，然其象人之形顯矣。

（2）亡＞無

亡：《說文・亡部》十二篇下四十五：「从入ㄴ。」無：《說文・林部》六篇上六十七：「從林爽。」亡字，林潔明曰：「蓋爲鋒芒之本字，从刀，一點以示刀口鋒芒之所在，當爲指示字，如本字从木，一點以示木本之所在也。假借爲無有之亡，又借爲逃亡之亡，本義遂湮。」〔註 14〕無字甲骨文、金文皆作象人手持物而跳舞之形，其爲舞之初文。李孝定曰：「《周禮・舞師》有兵舞、帗舞、羽皇舞、隨所舞之不同，而所執亦各異，鄭注賈疏言之詳矣。卜辭云：『貞：無（舞）允从雨？其雨。』此非有無字，乃記舞雩之事也。」〔註 15〕蓋亡與無於字形上無所聯繫，然其上古音同屬明母字，故於音仍可通假。

（3）弔＞叔

弔：《說文・弓部》八篇上三十七：「从人弓。」叔：《說文・又部》三篇下十九：「从又，尗聲。」郭沫若曰：「今案叔當以收芌爲其初義，从又持弋（木杖）以掘芌，丨若小即象芌形。尗，叔省，當是一字。尗用爲菽，叔用爲伯叔字者，均叚借也。（古器文伯叔字均作弔，亦叚借字，弔乃繳之初文。）」〔註 16〕是以弔、叔二字於字形上無聯繫者，又字音上弔、叔二字音接近，故可通假。

（4）死＞尸

死：《說文・死部》四篇下十三：「从歺人。」尸：《說文・尸部》八篇上七十：「象臥之形。」尸字前以論述爲象人彎身屈膝之形。死字象人於骨之旁，示人已死。死、尸二字字形無聯繫，字音上二字上古音同屬脂部字，故仍可通假。

（5）衣＞殷

〔註 13〕容庚：《金文編》（北京：中華書局，1985 年），頁 602。

〔註 14〕周法高主編：《金文詁林》冊下，（日本京都：中文出版社，1981 年），卷 12，頁 12.565～1619。

〔註 15〕李孝定：《甲骨文字集釋》第五，（台北：中央研究院歷史語言研究所，1991 年），頁 1928。

〔註 16〕郭沫若：〈釋叔〉，《金文餘釋之餘》收於《郭沫若全集》（第五冊）（北京：科學出版社，2002 年），頁 486。

衣：《說文・衣部》八篇上四十八：「象覆二人之形。」殷：《說文・𣍟部》八篇上四十八：「从𣍟殳。」衣字，林義光曰：「象領襟袖之形。」〔註17〕殷字，于省吾曰：「甲骨文殷字从身从攴，象人患腹疾用按摩器以治療之。它和作樂舞干戚之形毫不相涉。《說文》又不知古文之不分反正，而別𣍟于身，其延譌襲謬，由來已久。」〔註18〕左民安則謂「殷」之本義為「治理」，引申為「正定」之義，如《尚書・堯典》：「以殷仲春」亦即以正仲春之節氣。〔註19〕衣、殷二字於字形上無關聯，於其字音則上古音二字同屬影母字，故仍可通假。

（6）吹＞墮

吹：《說文・口部》二篇上十六：「从口欠。」墮：《說文・𨸏部》十四篇下六；「从𨸏，㒸聲。」吹字甲骨文用作人名或地名，孫海波〈卜辭文字小記〉認為其其為欠字加口，象人側立吹噓之形。〔註20〕墮字各家仍從《說文》解為「敗城之形」。吹、墮二字於字形無所聯繫，於字音則二字上古同屬歌部字，聲母發音部位又相同，故可通假。

（7）事＞士

事：《說文・史部》三篇下二十：「从史，𡳿省聲。」士：《說文・士部》一篇上三十九：「从一十。」士字，郭沫若曰：「土、且、士實同為牡器之象形。」〔註21〕故士為象男性生殖器之形。事者，為象手持旂之形，引伸為有所執事之義。事、士二字於字形無所聯繫，而於字音上，二字上古音同屬牀母之部，故可通假。

（8）奉＞封

奉：《說文・廾部》三篇上三十五：「从手廾。丰聲。」封：《說文・土部》

〔註17〕林義光：《文源》，收於《金文文獻集成》冊 17，（香港：香港明石文化國際出版有限公司，2004 年）據 1920 年寫印本影印，卷 1，葉 20，頁 473。

〔註18〕于省吾：〈釋殷〉，《甲骨文字釋林》卷下，（北京：中華書局，1999 年），頁 323。

〔註19〕陳初生編纂：《金文常用字典》（高雄：復文圖書出版社，1992 年），頁 801。

〔註20〕引自古文字詁林編纂委員會編纂：《古文字詁林》冊二，（上海：上海教育出版社，1999 年），頁 19。

〔註21〕郭沫若：〈釋祖妣〉，《甲骨文字研究》（台北：藍燈文化事業股份有限公司，1991 年），葉 11，頁 35。

十三篇下二十七：「从之土，从寸。」容庚《金文編》：「奉，省手。猶承之省手
作𢍌也。……在手部以爲捧古文。」﹝註22﹞封字即以林木爲界之象形。是以奉、
封二字於字形無可聯繫之處，於字音則上古字音二字同屬東部字，又聲母發音
部位均爲唇音，故奉、封二字可通假。

（9）叔＞朱

叔：《說文・又部》三篇下十九：「从又，未聲。」朱：《說文・木部》六篇
上二十一：「從木，一在其中。」叔字今從郭沫若之說以叔當以收芋爲其初義。
﹝註23﹞朱爲株之初文。金文又或从穴从朱，朱亦聲。即示以株植於穴中。叔、
朱二字於字形無所聯繫，於字音上二字之聲母發音部位同屬舌上音，故二字音
近可通假。

（10）哀＞愛

哀：《說文・口部》二篇上二十六：「从口，衣聲。」愛：《說文・夊部》五
篇下三十六：「從夊，炁聲。」哀字金文與小篆同。金文愛字从心旡聲。哀、愛
二字於字形無聯繫之處，於字音則哀、愛二字上古音同屬影母，韻部亦相近，
故二字上古音相近可通假。

（11）厩＞揚

揚：《說文・手部》十二篇上三十九：「从手，易聲。」「厩」字，郭沫若：
「厩字从厂長聲，殆是碭之古文，讀爲揚。」﹝註24﹞然厩字於金文字形从厂，
長聲，與揚字字形無聯繫，然二字於上古音則同屬陽部字，故二字疊韻，可通
假。

（12）害＞曷

害：《說文・宀部》七篇下十三：「从宀口，言从家起也，丯聲。」曷：《說
文・曰部》五篇上二十八：「从曰，匃聲。」故害、曷二字於古文字形上無關聯，
又上古音二字同屬匣母月部，古音相同，可以通假。

﹝註22﹞容庚：《金文編》（北京：中華書局，1985 年），頁 158。

﹝註23﹞郭沫若：〈釋叔〉，《金文餘釋之餘》收於《郭沫若全集》（第五冊）（北京：科學出
版社，2002 年），頁 486。

﹝註24﹞郭沫若：《令簋》，《兩周金文辭大系圖錄考釋》收於《郭沫若全集》（第八冊）（北
京：科學出版社，2002 年），頁 27。

（13）參>三

參：《說文‧晶部》七篇上二十三：「从晶，㐱聲。」三：《說文‧三部》一篇上十七：「於文一耦二爲三，成數也。」參字金文爲象參宿三星在人頭上，而三字爲三條齊長的三橫畫，爲記數所用。參、三於字形無所聯繫，然二字上古音同屬侵部字，又聲母之發音部位皆爲齒音，二字於上古音非常相近，故可通假。

（14）喪>爽

喪：《說文‧哭部》二篇上三十：「从哭亡，亡亦聲。」爽：《說文‧㸚部》三篇下四十四：「从㸚大。」喪字金文字形或从走桑聲（如《史牆盤》）、或於喪字偏旁再加上走（如《丼人妄鐘》），皆爲喪之增繁。喪、爽二字字形上無關聯，於字音則喪、爽上古音韻部同屬陽部字，又聲母發音部位同爲齒音，故可通假。

（15）義>宜

義：《說文‧羊部》十二篇下四十三：「从我从羊。」宜：《說文‧宀部》七篇下十一：「从宀之下，一之上，多省聲。」義字金文字形爲从羊我聲。宜爲象陳肉於俎上之形。義、宜二字字形無相同之偏旁，然二字上古音同屬疑母歌部，故仍可通假。

（16）虞>永

虞：《說文‧虍部》五篇上四十一：「从虍，吳聲。」永：《說文‧永部》十一篇下五：「象水巠理之長永也。」虞字金文與小篆同。永字，高鴻縉曰：「按此永字，及潛行水中之泳字之初文。原从人水中行。由文『人彳』生意。故託以寄游泳之意。動詞。金文或加止以足行意。作𣲖。益證从彳之確。後人借用爲長永。久而爲借意所專。乃加水旁作泳以還其原。」〔註25〕又容庚《金文編》「羕」字下曰：「永或从羊。《詩‧漢廣》：『江之羕矣。』《毛詩》作永。又《說文》永與羕同訓水長。」〔註26〕故羕與永爲同字。虞、永二字字形上無關聯，字音上雖二字聲韻皆異，然聲母之發音部位同爲喉音，韻部主要原因相同，故二字上古音相近，仍可通假。

（17）望>忘

望：《說文‧壬部》八篇上四十六：「从月从臣从壬。」忘：《說文‧心部》

〔註25〕高鴻縉：〈象形〉，《中國字例》第二篇，（台北：三民書局，1984年），頁309。
〔註26〕容庚：《金文編》（北京：中華書局，1985年），頁749。

十篇下四十：「从心，亡聲。」望字甲骨文、金文皆象人站在地上舉目遠望之形，其偏旁「臣」象目視之側形，或譌爲亡，如此則與忘字有相同之偏旁。小篆則分爲望、望二字；月之偏旁金文或省其形；象人身體之形小篆則譌爲壬。忘字金文則與小篆同。望字字形早期與忘字無相同偏旁，後來譌爲「望」時，「亡」則爲其相同之偏旁。今依早期望字字形說解，則望、忘二字無字形關聯，然其二字上古音同屬明母陽部，古音相同，故可通假。

（18）惠>對

惠：《說文・叀部》四篇下三：「叀者，如叀馬之鼻。从冂，此與牽同意。」對：《說文・丵部》三篇上三十四：「从丵口从寸。對或从士。」惠字，張亞初曰：「『惠』字早期作田，是『脫華（花）』後的象形字。後來才在下面加意符作田，『止』表示『惠』爲花的下基、底座。」〔註27〕而金文對字多作从丵从又之形，而又偏旁又或作廾、攴。廾、攴與又字意近。惠、對二字形無可聯繫處，然其上古字音聲母同屬端母，韻部相近可通，故可通假。

（19）囂>首

囂：《說文・囂部》十四篇下十八：「象耳、頭、足坐地之形。」首：《說文・首部》九篇上十六：「巛象髮，髮謂之鬊。鬊即巛也。」甲骨文囂字字形多作从單从口，金文結構增繁，或从辵，然皆爲象形。首字金文字形象頭之形。按囂、首二字於字形無聯繫，字音則上古音同屬幽部字，故仍可通假。

（20）叇>弼

叇：《說文・本部》十篇下十五：「从本，弁聲。」弼：《說文・弜部》十二篇下六十一：「从弜，丙聲。」叇字象草根之形，弼字金文作弶、弶，爲弓上的輔助器物。叇、弼二字字形上無相同偏旁，然其上古音韻部同屬物部，故可通假。

（21）學>效

學：《說文・教部》三篇下四十一：「从教冂。冂，尙矇也。臼聲。」效：《說文・攴部》三篇下三十三：「从攴，交聲。」學字金文皆不从攴，从子，爻聲，甲骨文不从子，乃知「子」爲後來所增之偏旁。金文效字或从又，又、攴或混

〔註27〕張亞初：〈周厲王所作祭器䚅簋考─兼論與之相關的幾個問題〉，《古文字研究》第五輯，頁158。

用不分。學、效二字於字形雖無相同偏旁，然其二字上古音聲母同屬匣母字，故可音近通假。

（22）友>休

友：《說文·又部》三篇下二十：「从二又相交。」休：《說文·人部》六篇上六十四：「從人依木。」友字金文或从二又，从甘，作𦎟。休字金文多作从人从木之形，或从禾（如《師𡞰簋》）、从屮（如《無㝬簋》）。友、休二字於字形無所聯繫，於字音方面，則二字上古音雖異，然其聲母發音部位俱爲喉音，又韻部之部與幽部相近，故二字仍可通假。

（23）夫>敷

夫：《說文·夫部》十篇下十九：「从宀一。」敷：《說文·攴部》三篇下三十三：「从攴，尃聲。」夫金文字形爲象人正立之形，敷字金文多不从攴。夫、敷二字於字形無所聯繫，字音部分則夫、敷二字上古韻部同屬魚部字，又聲母之發音部位同屬唇音，故二字音近可通假。

（24）述>墜

述：《說文·辵部》二篇下三：「从辵，朮聲。」墜：《說文·阜部》十四篇下四：「从𨸏，㒸聲。」述字金文與小篆字形相同；墜字字形或不从土（如《卯簋蓋》）。述、墜二字於金文字形無聯繫處，然其二字上古音韻部同屬物部，於字音仍可疊韻通假。

（25）𤅡>眉

沬：《說文·水部》十一篇上二·三十六：「从水，未聲。」眉：《說文·目部》四篇上十四：「從目象眉之形，上象頟理也。」「𤅡」字象用水盆洗臉，《說文解字》作「沬」，或作「𩈍」爲之。眉字金文則象目上眉毛之形。𤅡、眉二字於字形上無所聯繫，然則字音二字上古音同屬明母字，韻部又可相押，故二字於古音相近，可以通假。

第六章　結　論

第一節　研究成果總結

　　西周金文爲古文字學中一個重要的類別，現存之西周有銘文之銅器高達五千餘件，除銘文內容提供了豐富的歷史材料可供相關學者研究之外，關於青銅器本身之製作技術、紋飾、器物用途等方面，更提供了相關學者豐富的資料以探究西周社會之生活面貌。青銅器銘文一直以來爲古文字學者之重要研究對象，從文字的考釋、史料之陳述、語法之研究等層層推進，使得金文的研究可以逐步深入並擴展範圍。

　　西周金文上承甲骨文，下啓東周文字，居於文字轉趨於以形聲字爲主之重要過渡階段，是以西周銘文之研究當具有重要之意義。由於漢字在發展的過程中，隨著時空的轉移，人事漸繁，原來所使用之文字符號已經不敷使用，人們便透過「引伸」與「假借」等方式，賦予文字符號新的意義，讓文字之意義更趨豐富，對於語言之記錄也能更加的便利。本文即以西周青銅器銘文爲主，探討銘文中的假借現象。透過本文所析出的 443 件西周青銅器銘文逐字清理過後，從中獲得通假字共 113 組字例，並對其通假現象與字音、字形關係作討論，其字形與字音關係如下表所列：

表二十一：西周金文通假字借字與被借字之通假條件整理表

（符合條件者以＋號表示）

序號	通假字例	偏旁關係			字音關係			
		形符相同	聲符相同	形符聲符皆異	二字音同	二字雙聲	二字疊韻	字音相近
1	匕>妣		＋		＋			
2	又>有	＋			＋			
3	丂>考		＋		＋			
4	土>徒		＋				＋	
5	尸>夷			＋			＋	
6	亡>無			＋		＋		
7	工>功		＋		＋			
8	子>巳	＋					＋	
9	才>在		＋		＋			
10	才>哉		＋				＋	
11	弔>叔			＋				＋
12	勻>鈞		＋				＋	
13	壬>任		＋		＋			
14	內>入	＋						＋
15	友>宥	＋			＋			
16	友>有	＋			＋			
17	友>休			＋				＋
18	夫>敷			＋			＋	
19	母>毋	＋				＋		
20	申>神		＋				＋	
21	田>甸		＋		＋			
22	回>絅		＋		＋			
23	古>姑		＋		＋			
24	古>故		＋		＋			
25	司>事	＋					＋	
26	司>嗣		＋				＋	
27	正>征		＋		＋			
28	刑>荊		＋				＋	

29	成>盛		+		+		
30	死>尸			+		+	
31	考>老	+				+	
32	有>右	+			+		
33	衣>殷			+		+	
34	好>孝	+			+		
35	考>孝	+			+		
36	老>考	+				+	
37	各>洛		+		+		
38	里>裏		+		+		
39	攸>鑒		+			+	
40	吳>虞		+		+		
41	巠>經		+		+		
42	吾>敔		+		+		
43	言>歆	+					+
44	求>述		+		+		
45	每>誨		+			+	
46	每>敏		+		+		
47	孝>考	+			+		
48	吹>墮			+		+	
49	征>正		+		+		
50	者>書		+			+	
51	或>國		+			+	
52	隹>唯		+			+	
53	事>士			+	+		
54	奉>封			+		+	
55	青>靜		+			+	
56	叔>朱			+			+
57	妹>昧		+		+		
58	易>錫		+			+	
59	易>賜		+			+	
60	命=令		+			+	
61	明=盟	+			+		
62	俗>欲		+			+	

63	故>辜		+		+			
64	苟>敬		+			+		
65	剌>烈	+			+			
66	宥>囿		+		+			
67	哀>愛			+		+		
68	易>揚		+		+			
69	易>陽		+		+			
70	易>錫		+		+			
71	政>征		+		+			
72	匍>敷		+				+	
73	洛>佫		+				+	
74	客>佫		+				+	
75	述>遂	+					+	
76	述>墜			+			+	
77	豕>墜		+				+	
78	般>盤		+				+	
79	逆>朔		+				+	
80	眚>生		+		+			
81	辰>揚			+			+	
82	害>曷			+	+			
83	參>三			+			+	
84	章>璋		+		+			
85	黃>璜		+		+			
86	商>賞		+		+			
87	弅>弼			+			+	
88	弅>祓		+				+	
89	童>東		+				+	
90	登>鄧		+				+	
91	喪>爽			+			+	
92	朝>廟		+				+	
93	博>搏		+		+			
94	奠>鄭		+		+			
95	絲>茲		+				+	
96	彘>矢		+					+

97	義>宜			+	+		
98	叡>且	+			+		
99	叡>祖	+			+		
100	虞>永		+				+
101	辟>璧	+		+			
102	睗>賜	+			+		
103	遂>墜	+			+		
104	厰>嚴	+		+			
105	誓>哲	+			+		
106	塱>忘		+	+			
107	憲>對		+	+			
108	嘼>首		+		+		
109	賜=錫	+		+			
110	學>效		+	+			
111	學>教	+					+
112	歔>嫠	+					
113	䚉>眉		+	+			

透過上表可知，西周金文通假字之字形與字音之相互關係。字形方面，西周金文通假字其有偏旁相同之部分共有八十八例，約佔西周金文通假字例之 78％；字音方面，此 113 組字例，除「歔與嫠」例無法確知音韻關係之外，其餘皆具有音同或音近的關係。因此，誠如王力於〈訓詁學上的一些問題〉中所云：

> 同音字的假借是比較可信的；讀音十分相近（或者是既雙聲又疊韻，或者是聲母發音部位相同的疊韻字，或者是韻母相近的雙聲字）的假借也還是可能的，因為可能有方言的關係；至於聲母發音部位很遠的疊韻字與韻母發音部位很遠的雙聲字，則應該是不可能的。而談古音通假的學者們卻往往喜歡把古音通假的範圍擴大到一切的雙聲疊韻，這樣就讓穿鑿附會的人有廣闊的天地，能夠左右逢源，隨心所欲。[註1]

此言即指假借必須立根於兩字之聲韻關係之相近，方可言假借，然而，文字於

〔註1〕 王力：《龍蟲並雕齋文集》第一冊，（北京：中華書局，1982 年），頁 339。

假借之時，雖以其音同音近為假借之基礎，然而經由本文討論之後可以發現，古人於用字通假之時雖著重於聲音關係之聯繫，然而或許是受到潛意識之影響或是用字之習慣等因素，造成通假字中有 78% 之字例具有偏旁相同或相近之現象，而這些偏旁中又有 63% 之字例其偏旁同為聲符，由此可知，通假字雖著重聲音借用之關係，然而在其借用的過程中，受到潛意識之影響，而不自覺地使用了偏旁相同或相近之字，使通假字雖不重於字形關係之聯繫，卻造成了通假字大部分均有相同偏旁之結果。

除此之外，西周金文假借字為銘文中文字使用之現象，經本文對於西周金文之假借字從形、音、義三方面討論之後，可得出以下幾點結論：

一、專名的假借使用字數多於虛詞的假借

本文對於本無其字之處理方式為具體將其使用字例呈現，以使西周金文銘文中本無其字之假借字例通盤且完整的呈現出來，以具體表格羅列各字例之使用情形。

西周金文假借字專名的假借本文共分為人名、地名、族名、族徽、朝代、王號、祭祀名、水名、天干、地支、單位、數字等十二種，共有 920 字；而虛詞的假借包含連詞、介詞、助詞、歎詞等四種，共有 34 字。雖然由使用字數上觀之，虛詞的假借字數雖較少，然可普遍見於各器之中，其與專名之差別在於：專名數量雖多，然大部分專名均使用於單一青銅器或少數青銅器中，使用範圍較為狹窄；虛詞字數雖較少，然其可普遍見於各器之中，且一器之中往往可見到多個語氣詞。

西周金文假借字中，「本無其字的假借」數量居多，蓋先民用字之時，於許多抽象概念或是名物專詞無由取象，是以依聲託事，借字以名之。虛詞即為抽象之詞，然其於用語中又常常使用，即使如此，虛詞的用字仍只有 34 個字，但其出現頻率高，不若專名的假借，使用字數雖遠高於虛詞之假借，但是其各字之使用頻率相對較低。

二、西周金文通假字字組數量之確定

歷來學者對於甲骨文、金文之假借字數量皆有不同之看法，然鮮有提出具體之數據者，本文經大規模對西周金文檢索整理之後，選錄其中 443 筆銘文資料以作為研究之基礎，總收錄用字約 2400 餘字，扣除重複者仍有 1700 餘字。

經本文對此字例逐一檢閱、查照之後，共得出本無其字之假借共 954 字，本有其字之假借共 113 組。如此一方面可對於西周時期之假借字例數量之確定，另一方面可作爲文字演變研究之具體數據，以提供相關研究之應用與參考。

三、提供西周金文銘文檢索之字表

本文寫作基礎爲附錄一之「西周金文索引字表」。此字表對於本文所選錄之 443 筆銘文材料，逐一檢查、清理，並將各字之使用情形，依其筆畫與使用器號逐一列出，一方面可以方便檢閱，另一方面亦可觀察各字之使用情形，可供相關研究之應用。

然而此表僅列各字之使用器號，具體之使用句例仍需於銘文中檢閱，此爲本表所不足之處。各字之隸定仍以《殷周金文集成釋文》爲主要參考資料，若有疑問仍需檢閱各家說法，以明其得失。

四、提供通假字研究之驗證資料

本文對於通假字字組之選取皆以「西周金文索引字表」爲主，其中之「通用釋例」則爲各家對各字之不同說解，其中包含異體字、分別字、古今字、同源字等說法，因此欲對各字例予以驗證，則可先從字表下手。原則上本文所選取之通假字例仍以同時期於不同銘文中所使用之字例爲選取標準，故古今字與同源字若見於同時期中之不同銘文者，由於仍屬本文所討論之通假現象之範圍，因此視其爲用字之過渡階段，並收錄其中加以註明。而有其他疑問者亦可以此字表作爲驗證之材料。

五、通假字之音韻關係

本文以第參、肆兩章所整理的資料依其音韻關係作分類，可分音同、音近、其他等三小類。第一類音同者：依郭錫良《漢字古音手冊》之上古韻部三十部作分類，依次羅列各通假字間之音韻關係。第二類音近的部分：此部分再區分爲雙聲與疊韻兩類，爲顧及上古擬音系統之系統性與一致性，雙聲的部分依《漢字古音手冊》之上古聲母分爲六類三十二母；疊韻的部分同樣依前書將上古韻部分作三十類分類探討。第三類爲其他類，將通假字部分非音同音近者劃分於此，此小類共分爲（1）聲母、韻部皆相近；（2）聲母相近；（3）韻部相近；三部分探討，各類結果依表格羅列如下：

（一）音　同

表二十二：西周金文通假字音同字使用字例表

序號	韻部	上古擬音	韻類	使用字例
1	之部	〔*-ə〕	陰聲韻	又>有；友>宥；友>有；有>右；里>裏；每>敏；事>士；宥>囿；才>在。
2	職部	〔*-ək〕	入聲韻	
3	蒸部	〔*-əŋ〕	陽聲韻	
4	幽部	〔*-əu〕	陰聲韻	丂>考；好>孝；求>逑。
5	覺部	〔*-əuk〕	入聲韻	
6	冬部	〔*-əm〕	陽聲韻	
7	宵部	〔*-au〕	陰聲韻	
8	藥部	〔*-auk〕	入聲韻	
9	侯部	〔*-o〕	陰聲韻	
10	屋部	〔*-ok〕	入聲韻	
11	東部	〔*-oŋ〕	陽聲韻	工>功。
12	魚部	〔*-ɑ〕	陰聲韻	故>辜；古>姑；古>故；吳>虞；吾>敔。
13	鐸部	〔*-ɑk〕	入聲韻	博>搏；各>佫。
14	陽部	〔*-ɑŋ〕	陽聲韻	明=盟；章>璋；易>揚；易>陽；易>錫；黃>璜；朢>忘；商>賞。
15	支部	〔*-e〕	陰聲韻	
16	錫部	〔*-ek〕	入聲韻	辟>璧；賜=錫。
17	耕部	〔*-eŋ〕	陽聲韻	正>征；成>盛；至>經；征>正；政>征；奠>鄭；眚>生；回>絅。
18	脂部	〔*-ei〕	陰聲韻	
19	質部	〔*-et〕	入聲韻	
20	眞部	〔*-en〕	陽聲韻	田>甸。
21	微部	〔*-əi〕	陰聲韻	匕>妣。
22	物部	〔*-ət〕	入聲韻	妹>眛。
23	文部	〔*-ən〕	陽聲韻	
24	歌部	〔*-a〕	陰聲韻	義>宜。
25	月部	〔*-at〕	入聲韻	剌>烈；害>曷。
26	元部	〔*-an〕	陽聲韻	
27	緝部	〔*-əp〕	入聲韻	
28	侵部	〔*-əm〕	陽聲韻	壬>任。
29	葉部	〔*-ap〕	入聲韻	
30	談部	〔*-am〕	陽聲韻	

　　※使用字例空白處爲無使用字例者。

（二）音　近

1、雙　聲

表二十三：西周金文通假字雙聲字使用字例表

序號	1	2	3	4	5	6	7	8	9
筆畫	3	5	6	9	9	14	14	16	26
字例	亡>無	母>毋	衣>殷	苟>敬	哀>愛	叀>對	厰>嚴	學>效	靏>眉
發音部位	唇音	唇音	喉音	喉音	喉音	舌頭音	喉音	喉音	唇音
聲母	明母	明母	影母	見母	影母	端母	疑母	匣母	明母
擬音	〔*m-〕	〔*m-〕	〔*ø-〕	〔*k-〕	〔*ø-〕	〔*t-〕	〔*ŋ-〕	〔*-ɣ〕	〔*m-〕

2、疊　韻

表二十四：西周金文通假字疊韻字使用字例表

序號	韻　部	上古擬音	韻　類	使用字例
1	之部	〔*-ə〕	陰聲韻	子>巳；才>哉；司>嗣；每>誨；司>事；絲>茲
2	職部	〔*-ək〕	入聲韻	或>國。
3	蒸部	〔*-əŋ〕	陽聲韻	登>鄧。
4	幽部	〔*-əu〕	陰聲韻	䁹>首；攸>鋚；老>考；考>老；考>孝；孝>考。
5	覺部	〔*-əuk〕	入聲韻	
6	冬部	〔*-əm〕	陽聲韻	
7	宵部	〔*-au〕	陰聲韻	朝>廟。
8	藥部	〔*-auk〕	入聲韻	
9	侯部	〔*-o〕	陰聲韻	
10	屋部	〔*-ok〕	入聲韻	俗>欲。
11	東部	〔*-oŋ〕	陽聲韻	童>東；奉>封。
12	魚部	〔*-ɑ〕	陰聲韻	土>徒；夫>敷；匍>敷；者>書；叡>且；叡>祖。
13	鐸部	〔*-ɑk〕	入聲韻	逆>朔；洛>佫；客>佫。
14	陽部	〔*-ɑŋ〕	陽聲韻	辰>揚；喪>爽。
15	支部	〔*-e〕	陰聲韻	
16	錫部	〔*-ek〕	入聲韻	易>錫；易>賜；睗>賜。

17	耕部	〔*-eŋ〕	陽聲韻	刑>荊；青>靜；命=令。
18	脂部	〔*-ei〕	陰聲韻	尸>夷；死>尸。
19	質部	〔*-et〕	入聲韻	
20	眞部	〔*-en〕	陽聲韻	申>神；勻>鈞。
21	微部	〔*-əi〕	陰聲韻	佳>唯。
22	物部	〔*-tə〕	入聲韻	述>遂；述>墜；豕>墜；遂>墜；桒>弼；桒>褟。
23	文部	〔*-ən〕	陽聲韻	
24	歌部	〔*-a〕	陰聲韻	吹>墮。
25	月部	〔*-at〕	入聲韻	誓>哲。
26	元部	〔*-an〕	陽聲韻	般>盤。
27	緝部	〔*-əp〕	入聲韻	
28	侵部	〔*-əm〕	陽聲韻	參>三。
29	葉部	〔*-ap〕	入聲韻	
30	談部	〔*-am〕	陽聲韻	

※使用字例空白處爲無使用字例者。

（三）其他

表二十五：西周金文通假字其他音韻條件使用字例表

序號	1	2	3	4	5	6	7	8
字例	內>入	友>休	言>歆	虞>永	彘>矢	叔>朱	學>教	弔>叔
通假條件	聲韻皆近	聲韻皆近	聲韻皆近	聲韻皆近	聲韻皆近	聲母相近	聲母相近	韻部相近

第二節　未來研究上之展望

本文於西周金文假借字之研究，雖在字形與字音上討論較多，於字義之說解則未免相對薄弱。文字之討論本應兼具形、音、義三方面之討論，方能對於文字有確實之說解，然而文字本義之說解，則爲諸多學者至今仍致力追尋之事。況且假借爲時既遠，由於文字本身發展之歷史背景，使其本字、本義更加難以推求，是以本文撰寫之時，於字之本義能說解者，皆詳述於文中，然於其所不知者，則付之闕如，留以備考。此其一也。

其二爲對於文句之訓釋與各家之說法亦當多加參酌。文句訓釋乃對於銘文

之內容能有更精準之掌握，各家說法則是對於研究之深度與廣度之加深，正所謂「前出未密，後出轉精」，前人之研究亦爲學問之基礎，吾人需於此基礎上不斷加深加高，方能成就學問之博大精深、學科之嚴謹完整。

其三則爲假借字與形聲字之間的關係。李孝定於〈從六書觀點看甲骨文字〉中提到：

> 假借字的聲化現象，則更爲複雜，而且假借字的本身，已是表音文字的開始，從假借字變成形聲字，多半是就原字加注形符而成，嚴格的講，假借字本就是代表聲音的，它變成形聲字，實在不能算聲化，而該說『形化』，但形化一詞有語病，好像是說變成了象形字，不能用；若說是『注形』，倒還恰當，但這個詞兒又嫌有點標新立異，不管怎樣，它們一部份終於變成了真真的形聲字，不必再假借了，所以我們仍將這類現象，解釋成聲化，這是形聲字的濫觴。筆者認爲它們不但較後起的純粹形聲字爲早，也較除此以外的其他原始形聲字爲早，是最早的形聲字。形聲造字的辦法，原是受了假借字的啓示，纔被發明的。〔註2〕

因此，形聲字於假借字中，佔有相當之份量，凡言假借者，必論其聲，而其音同、音近之字，又多可歸入於形聲字。形聲字之發展與假借字有相當之關係，亦可以說假借字促成了形聲字之發展。西周金文正處於文字構造轉變時期，形聲字之比例於此時逐漸增加，因此研究西周金文之形聲字不僅可以釐清文字於西周金文中之轉向，亦可理解形聲字於此期之使用情形與發展。

〔註 2〕李孝定：〈從六書的觀點看甲骨文字〉，《漢字的起源與演變論叢》（台北：聯經出版事業公司，1986 年），頁 28。

參考書目

（先後次序依人名筆畫排列，若第一字相同，則以第二字排列，以此類推）

一、專　書

1. 〔南朝宋〕范曄撰：《後漢書》（全三冊），收於《百納本二十四史》，（臺北：臺灣商務印書館），1988 年 1 月臺 6 版。

2. 〔宋〕陳彭年著，〔民國〕李添富主編：《新校宋本廣韻》（臺北：洪葉文化事業有限公司），2004 年 1 月修訂 1 版 1 刷。

3. 〔元〕戴侗：《六書故》收於文淵閣四庫全書冊 226（全 1501 冊），（臺北：臺灣商務印書館），1986 年 3 月初版。

4. 〔清〕王引之：《經傳釋詞》，收於《叢書集成初編》，冊 1260，據守山閣叢書本排印，（北京：中華書局）1985 年北京新一版。

5. 〔清〕王筠：《說文釋例》（全二冊）（臺北：文海出版社），1971 年。

6. 〔清〕朱駿聲：《說文通訓定聲》（北京：中華書局），1998 年 12 月北京第 2 次印刷。

7. 〔清〕阮元：《十三經注疏附校堪記》（全八冊），（臺北：藝文印書館），1989 年 1 月第 11 版。

8. 〔清〕段玉裁：《說文解字注》（臺北：藝文印書館），1999 年 9 月 7 版 2 刷。

9. 〔清〕徐灝：《說文解字注箋附檢字》（全八冊），（臺北：廣文書局），1962 年 4 月初版。

10. 〔清〕劉心源：〈盂鼎〉，《奇觚室吉金文述》，收於《金文文獻集成》冊 13，（香港：香港明石文化國際出版有限公司），2004 年 12 月初版。

11. 〔清〕劉淇著、章錫琛校注：《助字辨略》，（北京：中華書局），2004 年 7 月第 2

版北京第 6 次印刷。

12. 〔清〕戴震：《戴東原集》，《四部叢刊初編》冊 291，（上海：上海書店）據商務印書館 1926 年版重印，1989 年 10 月第 1 刷。

13. 丁山：《甲骨文所見氏族及其制度》（北京：中華書局），1988 年新 1 版 1 刷。

14. 于省吾：《甲骨文字釋林》（北京：中華書局），1999 年 11 月北京第 4 次印刷。

15. 于省吾：《雙劍誃吉金文選》（北京：中華書局），1998 年 9 月北京第 1 次印刷。

16. 于省吾：《商周金文錄遺》（北京：中華書局），1993 年 7 月第 1 版。

17. 中國社會科學院考古研究所編：《殷周金文集成釋文》（全六冊）（香港：香港中文大學出版社），2001 年 10 月第 1 版第 1 次印刷。

18. 王力：《同源字典》（北京：商務印書館），2002 年 11 月北京第 6 次印刷。

19. 王力：《龍蟲並雕齋文集》（全三冊），（北京：中華書局），1982 年 6 月北京第 2 次印刷。

20. 王世民、陳公柔、張長壽：《西周青銅器分期斷代研究》（北京：文物出版社），1999 年 11 月第 1 次印刷。

21. 王初慶：《中國文字結構——六書釋例》（臺北：洪葉文化事業有限公司），2003 年 11 月第 1 版。

22. 王政白：《古漢語虛詞辭典》（合肥：黃山書社），2002 年 10 月第 2 次印刷。

23. 王國維：《王國維遺書》（全十冊），（上海：上海書店），1996 年 8 月第 2 次印刷。

24. 王國維：《海寧王靜安先生遺書》（全十四冊），（臺北：臺灣商務印書館），1979 年 5 月臺 2 版。

25. 王國維：《觀堂集林》（全二冊），（河北：河北教育出版社），2002 年 1 月第 2 次印刷。

26. 王健：《西周政治地理結構研究》（鄭州：中州古籍出版社），2004 年 5 月第 1 次印刷。

27. 王鳳陽：《漢字學》（長春：吉林文史出版社），1992 年 11 月第 4 次印刷。

28. 王輝：《古文字通假釋例》（全二冊），（臺北：藝文出版社），1993 年 4 月初版。

29. 王輝：《商周金文》（北京：文物出版社），2006 年 1 月第 1 版。

30. 孔仲溫：《類篇字義析論》，（臺北：臺灣學生書局），1994 年 1 月初版。

31. 尹盛平主編：《西周微史家族青銅器群研究》（北京：文物出版社），1992 年 6 月第 1 版。

32. 白川靜著，溫天河、蔡哲茂譯：《金文的世界》（臺北：聯經出版社），1989 年 8 月初版。

33. 古文字詁林編纂委員會編纂：《古文字詁林》（全十二冊），（上海：上海教育出版社），2004 年 12 月第 2 次印刷。

34. 朱鳳瀚：《古代中國青銅器》（天津：南開大學出版社），1995 年 6 月第 1 次印刷。

35. 全廣鎮：《兩周金文通假字研究》（臺北：臺灣學生書局），1989 年 10 月初版。

36. 李孝定：《甲骨文字集釋》（全八冊），（臺北：中央研究院歷史語言研究所），1991年3月景印5版。

37. 李孝定：《金文詁林讀後記》（臺北：中央研究院歷史語言研究所），1992年12月2版。

38. 李孝定：《漢字的起源與演變論叢》（臺北：聯經出版事業公司），1986年6月初版。

39. 李孝定：《讀說文記》（臺北：中央研究院歷史語言研究所），1992年1月初版。

40. 李孝定、周法高、張日昇編著：《金文詁林附錄》（香港：香港中文大學），1977年4月出版。

41. 李珍華、周長楫編撰：《漢字古今音表》（北京：中華書局），1999年北京第1次印刷。

42. 李學勤：《古文字學初階》（臺北：萬卷樓圖書股份有限公司），2004年9月初版3刷。

43. 李學勤：《新出青銅器研究》（北京：文物出版社），1990年6月第1次印刷。

44. 李學勤：《李學勤集－追溯·考據·古文明》（哈爾濱：黑龍江教育出版社），1989年5月第1版。

45. 李學勤、艾蘭編著：《歐洲所藏中國青銅器遺珠》（北京：文物出版社），1995年12月第1版。

46. 吳大澂、丁佛言、強運開撰：《說文古籀補》（全八冊），（臺北：藝文出版社）。

47. 吳其昌：《金文曆朔疏證》（北京：北京圖書館出版社），2004年3月第1次印刷。

48. 吳鎮烽：《金文人名彙編》（北京：中華書局），1987年2月北京第1次印刷。

49. 何樂士：《古代漢語虛詞詞典》（北京：語文出版社），2006年2月第1版。

50. 何琳儀：《戰國文字通論》（南京：江蘇教育出版社），2003年1月第1次印刷。

51. 沈建華編：《饒宗頤新出土文獻論證》（上海：上海古籍出版社），2005年9月第1次印刷。

52. 沈寶春：《商周金文錄遺考釋》（全三冊）收於《古典文獻研究輯刊》初編，第30～32冊（臺北：花木蘭文化出版社），2005年初版。

53. 呂思勉：《字例略說》（臺北：台灣商務印書館），1995年10月臺2版第1次印刷。

54. 林義光：《文源》收於《金文文獻集成》冊17，收於（香港：香港明石文化國際出版有限公司）據1920年寫印本影印，2004年12月初版。

55. 周法高：《中國古代語法》（造句編上），（臺北：中央研究院歷史語言研究所），1993年4月景印1版。

56. 周法高主編：《金文詁林》（全三冊），（日本京都：中文出版社），1981年10月出版。

57. 周法高編撰：《金文詁林補》（全八冊），（臺北：中央研究院歷史語言研究所），1982年5月出版。

58. 周法高：《金文零釋》（臺北：臺聯國風出版社），1972 年 3 月重刊。

59. 周寶宏：《近出西周金文集釋》（天津：天津古籍出版社），2005 年 10 月第 1 次印刷。

60. 屈萬里：《尚書集釋》（臺北：聯經出版事業公司），2001 年 3 月初版第 5 刷。

61. 屈萬里：《尚書釋義》（臺北：中國文化大學出版部），1980 年 8 月。

62. 屈萬里：《殷虛文字甲編考釋》（全二冊），（臺北：聯經出版社，1984 年）7 月初版。

63. 竺師家寧：《聲韻學》（臺北：五南圖書），2002 年 10 月 2 版 9 刷。

64. 胡楚生：《訓詁學大綱》（臺北：華正書局），2002 年 3 月 10 版

65. 胡澱咸：《甲骨文金文詁林》（合肥：安徽人民出版社），2006 年 4 月第 1 次印刷。

66. 侯志義：《西周金文選編》（西安：西北大學出版社），1990 年三月第 1 版第 1 次印刷。

67. 孫詒讓：《古籀拾遺‧古籀餘論》（北京：中華書局），1989 年 9 月 1 版。

68. 孫稚雛：《金文著錄簡目》（北京：中華書局），1981 年 10 月北京第 1 次印刷。

69. 高木森：《西周青銅彝器彙考》（臺北：中國文化大學出版社），1986 年 7 月。

70. 高田忠周：《古籀篇》（全五冊）（臺北：大通書局），1982 年 9 月初版。

71. 高本漢著、陳舜政譯：《先秦文獻假借字例》（全二冊），（臺北：中華叢書編審委員會），1974 年 6 月。

72. 高亨：《古字通假會典》（山東：齊魯書社），1997 年 7 月第 2 次印刷。

73. 高明：《中國古文字學通論》（北京：北京大學出版社），2005 年 6 月第 6 次印刷。

74. 高明：《古文字類編》（北京：中華書局），2005 年 7 月北京第 5 次印刷。

75. 高鴻縉：《中國字例》（臺北：三民書局），1984 年 8 月 7 版。

76. 唐蘭：《中國文字學》（上海：上海古籍出版社），2006 年 3 月第 2 次印刷。

77. 唐蘭：《天壤閣甲骨文存并考釋》（北京：北京圖書館出版社），2000 年。

78. 唐蘭：《古文字學導論》，

79. 容庚：《金文編》（北京：中華書局），1985 年 7 月第 1 版。

80. 容庚、張維持：《殷周青銅器通論》（臺北：康橋出版事業有限公司），1986 年 5 月第 1 版。

81. 容希白：《商周彝器通考》（臺北：文史哲出版社），1985 年元月。

82. 馬敍倫：《讀金器刻詞》收於《金文文獻集成》冊 30，（香港：香港明石文化國際出版有限公司，2004 年）據 1962 年中華書局影印本影印，頁 386～429。

83. 馬承源：《中國青銅器》（上海：上海古籍出版社），2004 年 6 月第 3 次印刷。

84. 徐中舒：《甲骨文字典》（成都：四川辭書出版社），1988 年 11 月第 1 次印刷。

85. 徐中舒主編：《漢語古文字字形表》（臺北：文史哲出版社），1988 年 4 月再版。

86. 郭沫若：《甲骨文字研究》（臺北：藍燈文化事業股份有限公司），1991 年 12 月初

版。

87. 郭沫若：《兩周金文辭大系圖錄考釋》收於《郭沫若全集》（第七、八冊）（北京：科學出版社），2002 年 10 月第 1 版。

88. 郭沫若：《金文叢考》收於《郭沫若全集》（第五冊）（北京：科學出版社），2002 年 10 月第 1 版。

89. 郭沫若：《金文餘釋之餘》收於《郭沫若全集》（第五冊）（北京：科學出版社），2002 年 10 月第 1 版。

90. 陳初生編纂：《金文常用字典》（高雄：復文圖書出版社），1992 年五月初版。

91. 陳佩芬：《夏商周青銅器研究》（全六冊）（上海：上海古籍出版社），2004 年 12 月第 1 版。

92. 陳新雄：《古音學發微》（臺北：文史哲出版社），1982 年 2 月 3 版。

93. 陳新雄：《聲運學》（臺北：文史哲出版社），2005 年 9 月初版。

94. 陳新雄、竺師家寧、姚榮松、羅肇錦、孔仲溫、吳聖雄編著：《語言學辭典》（臺北： 三民書局），2005 年 10 月增訂版 1 刷。

95. 陳夢家：《西周銅器斷代》（全二冊）（北京：中華書局），2004 年 4 月第 1 版北京第 1 次印刷。

96. 陳夢家：《西周年代考‧六國紀年》（北京：中華書局），2005 年 7 月北京第 1 次印刷。

97. 陳夢家：《中國文字學》（北京：中華書局），2006 年 7 月北京第 1 次印刷。

98. 許世瑛：《中國文法講話》（臺北：臺灣開明書店），1992 年 7 月修訂 21 版發行。

99. 許倬雲：《西周史》（臺北：聯經出版社），1998 年 3 月第 3 版第 3 刷。

100. 商承祚：《戰國楚竹簡彙編》（山東：齊魯書社），1995 年 11 月第 1 次印刷。

101. 黃然偉：《殷周青銅器賞賜銘文研究》（香港：龍門書店），1978 年初版。

102. 黃坤堯、鄧仕樑：《新校索引經典釋文》（臺北：學海出版社），1988 年 6 月初版。

103. 張玉金：《西周漢語代詞研究》（北京：中華書局），2006 年 4 月北京第 1 次印刷。

104. 張再興：《西周金文文字系統論》（上海：華東師範大學出版社），2004 年 1 月第 1 次印刷。

105. 張其昀：《漢字學基礎》（北京：中國社會科學出版社），2005 年 12 月第 1 次印刷。

106. 張亞初、劉雨：《西周金文官制研究》（北京：中華書局），2004 年 6 月北京第 2 次印刷。

107. 張亞初：《殷周金文集成引得》（北京：中華書局），2001 年 7 月北京第 1 次印刷。

108. 張建葆：《說文假借釋義》（臺北：文津出版社），1991 年 12 月初版。

109. 張書岩主編：《異體字研究》（北京：商務印書館），2004 年 9 月第 1 次印刷。

110. 彭裕商：《西周青銅器年代綜合研究》（四川：巴蜀書社），2003 年 2 月第 1 次印刷。

111. 楊家駱主編：《文通校注》（臺北：世界書局），1989 年 11 月 4 版。

112. 楊寬：《西周史》（上海：上海人民出版社），2003 年 4 月第 1 次印刷。

113. 楊樹達：《詞詮》，收於《民國叢書》第五編，冊 47，據商務印書館 1931 年版影印。

114. 楊樹達：《積微居金文說》（增訂本）（北京：中華書局），2004 年 1 月北京第 2 次印刷。

115. 裘錫圭：《文字學概要》（北京：商務印書館）2004 年 7 月第 10 次印刷。

116. 裘錫圭：《裘錫圭自選集》（鄭州：大象出版社）1999 年 8 月第 2 次印刷。

117. 董同龢：《上古音韻表稿》（臺北：中央研究院歷史語言研究所），1997 年 6 月影印 5 版。

118. 裴學海：《古書虛字集釋》（全二冊），（北京：中華書局），2004 年 11 月第 2 版北京第 4 次印刷。

119. 管燮初：《西周金文語法研究》（北京：商務印書館），1981 年 10 月北京第 1 次印刷。

120. 聞一多：《聞一多全集》（全四冊），（臺北：里仁出版社），2002 年 12 月初版 2 刷。

121. 廣西教育出版社金文今譯類檢編寫組《金文今譯類檢（殷商西周卷)》（南寧：廣西教育出版），2003 年 11 月第 1 版。

122. 魯實先：《假借遡源》（臺北：黎明文化事業股份有限公司），2003 年 12 月初版。

123. 潘玉坤：《西周金文語序研究》（上海：華東師範大學出版社），2005 年 5 月第一次印刷。

124. 鄧和：《中國文字結構選解》（北京：學苑出版社），2002 年 5 月北京第 1 版第 3 次印刷。

125. 劉雨、盧岩編著：《近出殷周金文集錄》（全四冊）（北京：中華書局），2002 年 9 月第 1 版北京第 1 次印刷。

126. 劉又辛：《通假概說》（四川：巴蜀書社），1988 年 11 月第 1 次印刷。

127. 劉翔、陳抗、陳初生、董琨編著，李學勤審訂：《商周古文字讀本》（北京：語文出版社），1991 年 8 月第 2 次印刷。

128. 魏建功：《古音系研究》（北京：中華書局），2004 年 9 月北京第 2 次印刷。

129. 戴家祥：《金文大字典》（全三冊），（上海：學林出版社），1995 年 1 月第 1 版第 1 次印刷。

130. 謝雲飛：《中國文字學通論》（臺北：學生書局），1984 年 10 月 8 版。

131. 韓耀隆：《中國文字義符通用釋例》（臺北：文史哲出版社），1987 年 2 月初版。

132. 龍宇純：《中國文字學》（臺北：五四書店），1996 年 9 月定本再版。

133. 羅振玉：《三代吉金文存》（北京：中華書局）1983 年 12 月第 1 版。

134. 羅振玉：《石鼓文考釋》（臺北：藝文印書館），1974 年 4 月初版。

135. 羅振玉：《增訂殷墟書契考釋》（臺北：藝文印書館），1981 年 3 月 4 版。

二、學位論文

1. 方麗娜：《西周金文虛詞研究》，臺北：臺灣師範大學國文研究所碩士論文，1984年。

2. 江學旺：《西周金文研究》，上海：南京大學博士論文，1998年。

3. 汪中文：《西周冊命金文所見官制研究》，臺北：臺灣師範大學國文研究所碩士論文，1988年。

4. 李綉玲：《《說文段注》假借字研究》，嘉義：中正大學中國文學系碩士論文，2001年。

5. 余迺永：《兩周金文音系考》，臺北：臺灣師範大學國文研究所博士論文，1980年。

6. 柯佩君：《西周金文部件分化與混同研究》，嘉義：中正大學中國文學系碩士論文，2005年。

7. 胡長春：《新出殷周青銅器銘文研究》，合肥：安徽大學博士論文，2004年。

8. 黃師靜吟：《楚金文研究》，高雄：中山大學中國文學系博士論文，1997年。

9. 陳美蘭：《西周金文地名研究》，臺北：臺灣師範大學國文研究所碩士論文，1997年。

10. 曹永花：《西周金文構形系統研究》，北京：北京師範大學博士論文，1998年。

11. 雷縉碚：《西周金文與傳世文獻同詞異字研究》，重慶：西南師範大學碩士論文，2005年。

12. 董妍希：《金文字根研究》，臺北：臺灣師範大學國文研究所碩士論文，2000年。

13. 劉釗：《古文字構形研究》，吉林：吉林大學博士論文，1991年。

14. 盧宗賢：《甲骨文假借字研究》，新竹：玄奘人文社會學院中國語文研究所碩士論文，2003年。

三、期刊論文

1. 孔仲溫：〈論字義的分類及本義的特質〉，《中山人文學報》1993年第1期，頁39～49。

2. 孔仲溫：〈論假借義的意義與特質〉，《中山人文學報》1994年第2期，頁21～43。

3. 朱國藩：〈從詞彙運用角度探討毛公鼎銘文的眞偽問題〉，《中央研究院歷史語言研究所集刊》2000年第71本第2分冊，頁459～493。

4. 江學旺：〈從西周金文看漢字構形方式的演化〉，《古籍整理研究學刊》2003年第2期，頁30～33。

5. 李仲操：〈史墙盤銘文試釋〉，《文物》1978年3期，頁33～34。

6. 李福泉：〈訇簋銘文的綜合研究〉，《湖南師大學報》（哲社版）1979年2期，頁58～66。

7. 李學勤：〈論史墙盤及其意義〉，《考古學報》1978年2期，頁149～157。

8. 李學勤：〈論多友鼎的時代及意義〉，《新出青銅器研究》（北京：文物出版社，1990年），頁126～133。

9. 吳嶠：〈早該糾正的邏輯錯誤——關於假借性質之我見〉，《江漢大學學報》第13卷第2期，1996年4月，頁27～31。

10. 周何：〈訓詁學中的假借說〉，《第一屆國際訓詁學研討會論文》1997年，頁59～64。

11. 洪颺：〈古文字考釋中使用通假方法的歷史回顧——從晚清至二十世紀中葉以前起〉，《古籍整理研究學刊》2004年第6期，頁54～62。

12. 孫稚雛：〈金文釋讀中一些問題的探討（續）〉，《古文字研究》（第九輯），（北京：中華書局，1984年），頁407～419。

13. 高明：〈古文字的形傍及其形體演變〉，《古文字研究》（第四輯），（北京：中華書局，1980年），頁41～90。

14. 高明：〈古體漢字義近形旁通用例〉，《中國語文研究》1980年第4期，頁19～50。

15. 高鴻縉：〈毛公鼎集釋〉，《師大學報》第一期（臺北：國立臺灣師範大學），1956年，頁67～109。

16. 高鴻縉：〈散盤集釋〉，《師大學報》第二期（臺北：國立臺灣師範大學），1957年，頁1～90。

17. 高鴻縉：〈頌器考〉，《師大學報》第四期（臺北：國立臺灣師範大學），1959年，頁36～91。

18. 唐蘭：〈陝西省岐山董家村新出重要銅器銘辭的譯文和注釋〉，《文物》1976年5期，頁55～59、63。

19. 唐蘭：〈略論西周微史家族窖藏銅器群的重要意義〉，《文物》1978年3期，頁19～24。

20. 馬曉琴：〈簡論「通假」與「假借」的關係——兼論音近通假的原因〉，《唐都學刊》第10卷，1996年第6期（總第40期），頁51～54。

21. 徐中舒：〈西周墻盤銘文箋釋〉，《考古學報》1978年2期，頁139～148。

22. 張政烺：〈周厲王胡簋釋文〉，《古文字研究》（第三輯）（北京：中華書局，1980年），頁104～119。

23. 張亞初：〈周厲王所作祭器䐖簋考——兼論與之相關的幾個問題〉，《古文字研究》（第五輯），頁151～168。

24. 張振林：〈先秦古文字材料中的語氣詞〉，《中國語文研究》1980年2期，頁55～66。

25. 郭沫若：〈弭叔簋及訇簋考釋〉，《文物》1960年2期，頁5～6。

26. 陳殿璽：〈試論古字通假〉，《大連教育學院學報》1995年第1、2期，頁8～12。

27. 陳殿璽：〈談古字通假的種類與通假的方式〉，《大連教育學院學報》1997年第4期，頁16～19。

28. 勞榦：〈殷周年代的問題——長期求證的結果及其處理的方法〉，《中央研究院歷

史語言研究所集刊》1996 年第 67 本第 2 分冊，頁 239～261。

29. 裘錫圭：〈史墻盤銘解釋〉，《文物》1978 年 3 期，頁 25～32。

30. 葉正渤：〈論假借和假借義〉，《古籍整理研究學刊》2006 年 3 期，頁 33～35。

31. 趙誠：〈甲骨文虛詞探索〉，《古文字研究》（第十五輯）（北京：中華書局，1986 年），頁 277～302。

32. 錢玄：〈金文通借釋例一、二〉，《南京師大學報》1986 年 2 期，頁 93～112。

33. 龍宇純：〈有關古書假借的幾點淺見〉，《第一屆國際訓詁學研討會論文》1997 年，頁 7～19。

34. 戴家祥：〈墻盤銘文通釋〉，《師大校刊》1978 年，頁 66。

35. 譚戒甫：〈西周「塱鼎銘」研究〉，《考古》1963 年 12 期，頁 671～673、678。

36. 龐懷清：〈陝西省岐山縣董家村西周銅器窖穴發掘簡報〉，《文物》1976 年 5 期，頁 26～44。